NUESTROS CLÁSICOS CONTEMPORÁNEOS

ÁGATA OJO DE GATO

José Manuel
Caballero Bonald

ÁGATA OJO DE GATO

P L A N E T A

NUESTROS CLÁSICOS CONTEMPORÁNEOS
Dirección: Fernando Lara Bosch
Diseño de tapas y portadillas: Nacho Soriano

Córcega, 273-279, 08008 Barcelona (España)

Primera edición: enero de 1996
Depósito Legal: B. 46.158-1995
ISBN 84-08-46112-5
Impresión y encuadernación: Cayfosa
Printed in Spain - Impreso en España

ESCENARIOS DE "AGATA OJO DE GATO"

Para José Luis Barros

PRÓLOGO O EPÍLOGO

No hay distancias ni contrastes ni puntos de referencia, sólo una inmensa fulguración taponando el campo visual, una gigantesca boca de horno vaciándose sobre el espacio calcinado, exprimiendo la ya consumida superficie de aquella comarca donde apenas un vislumbre de vegetación traspasa la bruma para simular una indecisa frontera del vacío. La tierra y el agua son del mismo difuso color oxidado que el cielo, como si aún no hubiese podido solventarse ningún litigio de elementos contrarios en un paraje transferido de nuevo a sus primarias amalgamas geológicas y, sin embargo, inagotablemente reintegrado a un hervidero de episodios que él, el último superviviente del desastre, pretende rescatar ahora de otro voraz e ininterrumpido proceso de consunción. En algún rescoldo, en algún incandescente vaciadero de la vigilante memoria, parece resurgir de pronto la silueta exangüe de la casa, su derredor de terrazas y pérgolas ganadas palmo a palmo al vertiginoso exterminio de la naturaleza, salvadas de la succión del cenagal gracias a la pugna inmisericorde de braceros moriscos comprados como mercancía en los arrabales portuarios de Zapalejos y en las dehesas de Benalmijar.

Sabiendo que no podrá equivocarse a pesar de tantas mutaciones, se acerca primero al túnel abandonado, a lo que debió ser el tenebroso hueco de la galería donde estuvo depositada durante siglos la plata tartésica, convertida luego en metal monetario fenicio y más luego en piezas de orfebrería romana.

Pozo cegado ya por la movediza acción de las dunas, allí quedó también sumergida, con los despojos de termas y lupanares, ágoras y embarcaderos, la memoria de todos aquellos que habían sucedido en el tiempo a los primitivos colonos de las orillas del lago de Argónida.

Giran en lo turbio los tentáculos de la felicidad y el miedo, de aquellas primeras agobiantes, clandestinas inmersiones en los rudimentos del placer y la crueldad. La intumescente cabeza, hinchándose a medida que arrastraban el cuerpo por el graderío frontal de la casona, parece cruzar ahora el desértico espacio, la nuca rebotando en el mamperlán de los escalones con un aterrador sonido a hueco. Y ya abajo, quien así daba muerte de perro a Clemente, tomó un descoyuntado impulso de trayectoria semicircular hasta que proyectó el cuerpo contra los macetones del rellano, y nada dijo ya la irreconocible víctima, nada podía ya decir, sino que una pavorosa soledad, como adosada al estrujado silencio de los testigos atónitos y del propio hijo de Clemente, reemplazó al escalofriante resonar del cráneo. Eso sí subsistía allí mismo, junto a la imaginaria jamba encinchada de buganvillas, sobre el marmóreo atrio de verdeantes aguas y roídos balaustres no sin razón confundido de lejos con un caprichoso artificio lacustre. Allí permanecía la cabeza anticipando tal vez el primer indicio premonitorio de la ruina, totalmente ocupando lo que fuera el acceso porticado del casal, tumefacta y monstruosa, rodeada de un coagulado terror y de un negro nimbo de sangre imposible de borrar, no perteneciendo ya en absoluto a Clemente vivo sino a la diabólica criatura emanada de aquel libro furtivamente entrevisto en la penumbra sofocante de las postreras tardes del verano. ¿Por qué ha sido precisamente esa fugaz y nunca restañada sangre quien se ha anticipado a todo lo que él intenta reconstruir ahora, no desde luego a ciegas, sino valiéndose de una irreversible y cada vez más perentoria alianza con la propia ferocidad de las comprobaciones?

Sólo las paredes maestras y algunas mutiladas vigas

de aire permanecen en pie; el resto de la fábrica es ya piedra reintegrada a la escoria, escombros electrizados, arena devoradora de arena, osamentas de juncia. La humedad y el salitre, incesantes y juntos, han ido erosionando, desmontando lo que la implacable ejecutoria de los desplazamientos geológicos terminó de fundir en la viscosidad de los tremedales, engulléndolo todo bajo la nauseabunda alfombra de cieno surgida en lo que fuera jardín especialmente transportado por piezas desde los viveros del señorío. Cansado como está, no se detiene entonces en el retrospectivo inventario de la destrucción, aun pudiendo constatar de nuevo la realidad inmediata con la lejana memoria. Ni siquiera el pútrido hedor de los lucios, tantas veces recuperado en la distancia como un sexual ramalazo de prohibiciones, lo incita a recomponer una vez más (siquiera fuese desde otra frustrada perspectiva) el gradual encadenamiento de los hechos.

Hediondo y a la vez lozano mundo de alevosas ciénagas neolíticas y parques periódicamente renovados en almácigas de invernadero, surcado de súbitas algarabías de aves migratorias y sedentarias camadas salvajes; tierra baldía pero también fecunda, sin cesar repoblada de roedores traídos en las naves de los viajantes de comercio fenicios y vueltos a trasegar en las barquichuelas que registraban los socaires en busca de la corza malherida y no cobrada por quien así podía abandonarla como carroña. Recuerda a la jabalina de repente, la ve otra vez huyendo como acorralada por su propio y jadeante rebudio, medio arrastrando su despavorido vientre de preñada por los jabonosos flecos del brezal, las ubres rezumando un humor clarito como de aguada de arroz y su único abierto ojo espantosamente reflexivo. Y ya reculaba entre espasmos con el perro jabalinero encima, cuando viró en un último quiebro y saltó de bruces para suicidarse en el encrespado embudo del caño Cleofás.

Posesión no de mar ni de tierra, sino de ambas extensiones coaligadas y mutuamente usurpadas a partir del repliegue tectónico del delta, traslaticios arenales en los que el solo crujido de una caña se repetía a través de alucinantes catapultas isócronas hasta el final de lo inmenso, allí donde no podía existir ya nada que no perteneciera desde la fundación de Argónida al dominio de las furias, cuyos temibles pactos aún sumaban entonces nuevos estupores al riesgo de las aventuras. La siempre mortificante y siempre tentadora expedición por la laberíntica algaida, el imán de lo oculto amordazando la subalterna amenaza del castigo, escapados del tedio crepuscular de las lecturas devotas para recorrer los movedizos canales de los lucios. Con la vara de acebuche tanteando entre materias en fermentación y gelatinosas sartas de huevos de batracios, vigilaban en lo perplejo de la última luz la aparición del espejismo, cuando esa sola e inesperada fantasmagoría —un barco anclado entre nubes espumeantes o un superpuesto caserío atribuido al de los jabegotes de la otra parte de la ensenada— rompía toda conexión con la realidad y daba paso a la ofuscación de un tiempo que ya no poseía (no podía poseer) ni medida ni reclamo ni correspondencia alguna con la diaria tramitación de la historia.

Al aire el mondo esqueleto de los últimos podridos travesaños aquellas avaras ruinas aún no tragadas definitivamente por el insaciable pantanal, reproducen como la subrepticia persistencia de algo abolido pero no extirpado, el hosco y rudimentario asedio de un infortunio que se instala en la obnubilación del contorno y que él pretende reincorporar ahora a su esfera originaria. Todo parece obstruido entre los atolladeros de aquel aire malsano y al mismo tiempo fascinante por donde penaba sin posible descanso el alma de Clemente Pavón, con su hermosa e insepulta cabeza de argonidense rodando como una inapagable tea por las escalinatas frontales de la casona y aun por toda la acérrima desolación de la marisma. ¿Fue allí y desde aquel aciago momento en que asistió a la bárbara ejecución, cuando empezó a sentirse perseguido, precisamente él, el único que había pronosticado el encadenamiento del desastre, conspirado en contra de los verdugos, impedido el total deterioro de su propia capacidad indagatoria?

Como si la insistencia en aquella borrosa prueba del pasado pudiera proporcionarle una concluyente —y ya innecesaria— pista, saca del bolsillo el arrugado papel y lee una vez más la noticia de la subasta y previa tasación pública del tesoro, insólita y estentóreamente divulgada en la propia tierra natal del abuelo normando, con lo que vino a cerrarse el círculo de un proceso de aniquilamiento que sólo podía ser completado con la misma intervención del azar con que se iniciara. Ya apenas legible, desvaído en parte por la obstinada ratificación de las sospechas, aquel estragado recorte de periódico convoca aún el perseverante testimonio de una ruina familiar implícita en la propia y originaria degradación de la opulencia. Y él, que ya había rastreado y cotejado desde mucho antes la trayectoria del derrumbamiento, verifica de nuevo la remota procedencia (y el también remoto inventario) de una riqueza extraída de aquel acumulativo subsuelo arqueológico y transmitida fraudulentamente a su propio padre:

3 pectorales de oro con cápsulas de rosetas y dobles bellotas en los ángulos; 8 placas de oro perforadas transversalmente; 2 brazaletes de plata bruneta con semiesferas de esmalte (uno de ellos incompleto); un collar de oro articulado con pasador fusiforme y colgantes en espiral; 3 vasos de alabastro; 5 diademas de oro con labor de filigrana (una de ellas deteriorada); 2 parejas de abridores de plata; 4 ánforas ovoides carenadas; 16 cuentas de jaspe bicónicas; 2 colgantes de plata con rosetas troqueladas; 2 zarzillos de oro con barriletes (uno de ellos mal conservado); 4 copas de oro con incrustaciones de gemas (una de ellas sin base); 3 fíbulas anulares de plata bruneta; 14 monedas de plata con inscripciones turdetanas; 2 pares de arracadas de oro con terminales en forma de palmeta; 5 vasos ovoides de oro con orlas de gemas (dos de ellos algo deterio-

rados por los bordes); una jarra de oro con incrustaciones de esmalte; 2 estuches terminados en doble arco (uno de ellos incompleto); un colgante de bronce en forma de anillo signatorio.

Pero incluso el recuento de esa enigmática e ilegítima propiedad, barateada otrora a cambio de una incipiente y vengativa forma de dominio marismeño, posee ya otro sentido que el de la general confluencia en el absurdo. Por los boquetes de la escombrera que fue casal parece vaciarse ahora el desenfrenado aluvión del tiempo, el incierto itinerario de experiencias que él había compartido de algún atribulado modo antes de la diáspora. Nada conserva ya, sin embargo, su cíclico engranaje con una realidad juntamente abyecta y gustosa, despojada de toda posible resistencia frente a la contaminación de la adversidad. Sólo algún dato aislado, algún evanescente amago de reencuentro con Blanquita o Juansegundo, imperioso desde su misma invalidez, proporciona una informe significación a lo más interino de la memoria. El horizonte circunvala un espacio ruin y deshabitado y todo adquiere de pronto el rango de una propuesta engañosa, donde el pasado ha quedado abruptamente destituido por la enfermiza cerrazón del presente.

Más lejos de la más lejana linde de los lucios, la comarcal conduce ahora a los nuevos poblados de colonos y a la planificada multiplicación de los arrozales y a las obras de canalización que acortarán el trecho navegable del río. ¿Qué quedaba de aquella acuciante encrucijada familiar, de aquella torpe genealogía de venturas e infortunios que había estado actuando con una creciente virulencia sobre su propia y hereditaria inclinación al autoexterminio? Un vacío dentro de otro vacío, y hasta cuándo. ¿Estaba en lo cierto ahora, lo estaba en la fatídica noche en que decidió regresar (no sabía exactamente para qué) al sitio donde tantos funerales estigmas habían ido ocupando lo que fuera desde su infancia un paraíso imposible de perder?

PRIMERA PARTE

I

Llegaron desde más allá de los últimos montes y levantaron una hornachuela de brezo y arcilla en la ciénaga medio desecada por la sedimentación de los arrastres fluviales. Jamás entendió nadie por qué inconcebibles razones bajaron aquellos dos errabundos —o extraviados— colonos desde sus nativas costas normandas hasta unos paulares ribereños donde, si lograban escapar del paludismo o la pestilencia, sólo iban a poder malvivir de la difícil caza del gamo en el breñal o de la venenosa pesca del congrio en los caños pútridos. El caserío más próximo caía al otro lado de lo que fue laguna (y ya marisma) de Argónida, y era de gentes que acudían por temporadas al sanguinario arrimo de los mimbrales mientras que más al sur, hacia los contrarios rumbos del delta primitivo, bullía la secta de las almadrabas, el mundo suntuoso y enigmático al que sólo se podía ingresar a través de navegaciones fraudulentas o pactos ilegítimos con los patrones de los atuneros.

Nadie supo de los normandos ni los vio bregar por la marisma hasta bastante después de su insólita llegada. Debieron de luchar a brazo partido contra la salvaje tiranía de los médanos y la bronca resistencia del terreno a dejarse engendrar. Una costra salina, compacta y tapizada de líquenes, que rompía en formas concoideas de pedernal al ser golpeada por el azadón, les fue metiendo en las entrañas como una progresiva réplica a aquella misma reciedumbre y a aquella misma crueldad. Con asnos cimarrones cazados a lazo y domesticados por hambre, fueron acumulando guano y tierra de aluvión sobre la marga que ya habían conseguido sacar a flote entre las brechas del salitre. No sembraron cereales ni legumbres ni plantas solanáceas (cuya cohabitación con el esquilmado subsuelo tampoco habría sido posible), sino momificadas simientes de hierbas salutíferas que habían traído con ellos, conservadas en viejos pomos de botica y como única hereditaria manda, desde sus bancales nórdicos. Arropadas en mantillo y recosidas con hilachas de agave, aquellas venerandas semillas de ajenjo y ruibarbo, sardonia y camomila, lúpulo y salicaria, germinaron muy luego en la extensión baldía y provisoriamente hurtada a la mordedura del nitro, contraviniendo por vez primera el código de una erosión iniciada desde que el río perdiera uno de sus prehistóricos brazos para ir soldando la isla oriental de la desembocadura con los arenales limítrofes. Nunca llegó a sospecharse, sin embargo, la finalidad o el presunto beneficio de aquellas delirantes plantaciones, vigiladas hasta el agotamiento durante meses y cuyas iniciales y precarias cosechas revertieron en su totalidad al semillero destinado a una gradual ampliación de los yerbazales.

Ya debía de haber muerto en la empresa —envenenado por su propia saliva o apestado de fiebres cuartanas— uno de los normandos, cuando el otro, el único del que se conserva fidedigna memoria (y el único que cruzó su vieja sangre norteña con la ya renovada de las pescadoras moriscas del estuario), cavando una noche de los idus de octubre en unas corredizas dunas, sintió de pronto como una insoportable calambrina al rebotar la laya contra algo duro y al parecer magnético. Mientras se restregaba el hormigueo del brazo, tuvo la vaga certeza de que allí abajo debía existir una veta de calamita, no comprobada entonces por ninguna especial sabiduría mineralógica, sino presentida con una atenazante seguridad que lo impulsó a escarbar frenéticamente en la arenisca, ya la luna saliendo de lo hondo y la brama de los cérvidos oyéndose en la breña.

Hasta que descubrió al fin una laja evidentemente labrada por mano de hombre y luego otra y otra más, y cuando ya clareaban los repliegues del páramo, vino a darse cuenta de que lo que había desenterrado era el tramo curvo de una vieja calzada. Pero no se amilanó por ello el normando; impelido por una especie de espectral desasosiego, buscó momentáneo alivio a su calentura con una irrazonable actividad: se apresuró a llevar una y otra vez brazadas de helecho a dos venados caídos días antes en la trampa natural de la ciénaga, y clavó un cerco de estacas junto a la zanja recién abierta por si la arena volvía a cubrirla, y se internó por la junquera en busca de camaleones, los mismos que confundía con basiliscos y hacía reventar sobre una estameña empapada en zumo de moras.

A la amanecida, aún sin dormir y sin sueño, excavó más largo y la calzada era como de cuatro varas de latitud y, según la inclinación de las lajas, allí mismo torcía hacia el norte, viniendo (como al parecer venía) del oeste, o al revés. De modo que lo primero que se le ocurrió fue trazar mentalmente la supuesta trayectoria de aquel sepultado camino, eligiendo para sus iniciales y nada precisas maniobras el rumbo occidental (que no era, por supuesto, el que trajeran un día los dos erráticos buscadores de nada), ya olvidado de sus plantaciones e inconscientemente esclavizado por el obsesivo rastreo del terminal —o del punto de arranque— de la calzada.

Pasados que hubieron cuatro meses desde que iniciara las subterráneas pesquisas, lejos como estaba el normando aquel luciente día del chozo, vio entrar dos faluchos por la bocana del caño Cleofás, tal vez con la ruta de cabotaje confundida o aventurados por aquellas palúdicas aguas en temerarias intentonas de pesca de bajura. Tardó algún tiempo en comprender que no se trataba de ninguna de las fementidas imágenes estampadas de pronto en el caliginoso hondón de la marisma (que tantas veces lo embargaran de terror o lo hicieran sospechar que empezaban a estancársele los humores de la cabeza), pero salió simultáneamente de dudas y ensoñaciones cuando llegó hasta él, conducida por los densos orificios de la salinidad, una ininteligible jerga, marinera y gutural como el griterío de las grullas. Fue arrimándose sin ser notado hasta los vientos de la orilla, hurtando detrás de los juncos un cuerpo ya camuflado por una especie de mimetismo con la mohosa impregnación de la tierra, y distinguió a los tripulantes de uno de los faluchos aclarando el aparejo, y a los del otro, ya arriadas las velas, bogando en un bote hacia los bajíos de Matafalúa.

Vigiló durante horas sin comprender qué decían ni en qué se afanaban. Dos hombres harapientos recogían en unas espuertas lo que debía ser sal mezclada con cieno de un lucio desaguado, transportándola con atropelladas prisas a bordo. Y en eso estaban cuando el normando distinguió la figura de una mujer que revolvía entre unas cuarterolas estibadas a popa del velero. Con la virilidad entumecida durante años, o tal vez durante toda su indescifrable vida, el solitario se sintió absorbido de pronto por el vórtice de una turbia rotación de delirios que le circuló vertiginosamente por la sangre y se le incrustó en las ingles y allí le violentó las desvencijadas compuertas del sexo. Arrastrándose por el pestilente lodo restregándolo y lamiéndolo, una mano vibrando entre los muslos, le adelantó a la hembra sobre los entrevistos pechos y el combado vientre su boca jadeante y su envilecido cuerpo de animal celibatario. Tumbado de bruces, mojado de limo y esperma, su propio orgasmo le alimentó la combustión de un ansia que sólo podría ya extinguirse, no coincidiendo periódicamente con el celo de la fauna vecina, sino por medio de un inaplazable ayuntamiento con mujer.

El normando vio a los faluchos enfilar la bocana como si de repente se le viniera encima la todavía informe presunción —ya que no la evidencia— de que todo cuanto había vivido hasta entonces no era más que una disparatada aglomeración de calamidades. Peleó enconadamente contra sus propios atavismos antes de decidirse a dar una tregua a las exploraciones en la calzada, siendo así como, al cabo de unos incalculables años de supervivencia, abandonó por primera vez sus pagos marismeños y subió por el caño Cleofás arriba hasta la hoya de Malcorta.

Su aspecto, a poca atención que se le prestara, debía de favorecer directamente la sorpresa o el espanto o, cuando menos, alguna sobresaltada conmiseración. Estaba ya bien entrado el verano y las mimbreras habían sido taladas poco antes, de manera que se encontró con el caserío medio despoblado. Merodeó como un fugitivo por las vacías callejas, arrimado a las paredes de mampuesto y procurando ocultarse de cualquier presunta acechanza, hasta que el hambre y la fatiga lo empujaron bajo un sombrajo donde dos hombres bebían mosto y pidió de comer por señas y le dieron mosto y cazón guisado sin quitarle los estupefactos ojos de encima. Ni entendió lo que hablaban ni pudo explicar que venía de los caños bajos en busca de mujer. Le hicieron la recelosa caridad de un viejo blusón de dril, que sustituyó por su ya andrajosa zamarra de vellocino, y se volvió para sus pertenencias con la misma sofocante soledad con que había llegado, mientras veía revolar una y otra vez por los vértices de la tarde al pájaro de mal agüero.

Cuatro días permaneció el normando en la hornachuela como rendido a un malsano letargo, del que apenas salió alguna vez para trepar a unas dunas o asomarse sin vista a la ya extensa cavidad abierta sobre la calzada. ¿Le llegó luego el olor a hembra por un súbito trastorno de la última pleamar del verano, lo venteó desde allí según el distante rumbo de Zapalejos y gracias a la inhumana desmesura de su olfato cervuno? El caso fue que aquella misma madrugada se puso en camino, siguiendo instintivamente el sumergido litoral del lago de Argónida, y a la otra noche columbró la costa que aún seguía llamándose de los Moriscos. Si no hubiese sido por la virulenta fulguración de los ojos o por la rubiasca pelambre leonina, su paso por aquel bullicioso centro de pesquerías (en constante trasiego con los jabegotes del otro lado de la ensenada) no habría suscitado siquiera una disimulada curiosidad. Atravesó las casuchas con la misma furtiva alarma con que cruzara días antes la desolación de Malcorta; comió la cecina de jabalí y chupó la arcilla de magnesia que llevaba en el morral junto al sacrosanto ramito de muérdago, y durmió su primer propiciatorio sueño de Zapalejos alebrado contra el tabique de una zahúrda. Cuando despertó con el alba, se alargó sin más hasta el embarcadero, orientándose por la hedentina de los despojos de pescado y confiándose al natural vaciado del terreno hacia la depresión de la cala.

Ya habían salido las barcas al curricán y, a medida que el normando dejaba correr el tiempo entre caminatas por la playa y ojeos por los malecones, empezó a sentir como un gradual aflojamiento de las tenazas que habían venido hurgándole en las reservas de la lujuria. Algo rebullía dentro de él que desplazaba tantas martirizantes acometidas del sexo como había soportado desde que viera a la mujer en la popa del falucho. Una insinuante propuesta de comunicación parecía ponerle cerco a su inconmensurable soledad y presintió, en un inesperado relampagueo imaginativo, que iba a ingresar entonces en un mundo que de alguna manera (y acaso desde la dispersión de su casta de pescadores del Canal enrolados en navíos filibusteros) le había sido despiadadamente proscrito. Lo que muchos años después sería reconsiderado como lo que realmente era, como un fortuito sucedáneo de la fatalidad, ya suscitó entonces en el normando la vaga conjetura de que algo no muy distinto a una estafa le había sido suministrado en forma de diabólicos goteos de obnubilación. Y fue así como lo asaltó la necesidad de quedarse en Zapalejos un tiempo todavía indeterminado, aun sin pretender abandonar ni por asomo sus exploraciones en la calzada, no buscando ciertamente una compensación de lo irremediable sino un simple simulacro de alivio en la sórdida incapacidad para la convivencia que lo perseguía. Y lo primero que hizo a estos fines fue vagar con la oreja presta por el caserío aledaño, atento a algún atisbo de conversación que pudiera resultarle familiar o que, al menos, lograra proporcionarle una pista para hacerse entender.

Zapalejos crecía entonces al mismo abrupto compás que el volumen de transacciones de la pesca del señorío, y gentes de muy diversa calaña y procedencia recalaban a su abrigo por ver de sortear los asedios del hambre y la justicia. Sin llegar, desde luego, a la multiforme población de las fronteras almadrabas, pululaba por allí un creciente reflujo humano principalmente abastecido, a más de por el inestable censo de indígenas, por una abigarrada tropa de inmigrantes italianos y marroquíes. De modo que el normando, a poco de andar de merodeo por los alrededores, vino a escuchar palabras no del todo irreconocibles, emitidas por dos muchachos brunos y cenceños, suspicaces por igual, aunque no exactamente despreciativos cuando mal que bien pudo ponerles en claro que venía de la marisma alta y tenía el propósito de agenciarse algún apaño por aquellos andurriales. Los dos muchachos, que resultaron ser prófugos de Mequínez, tras husmear de cerca al normando y sacar la conclusión de que no era disfraz sino connatural podredumbre lo que llevaba encima, lo condujeron a las cercanías del pósito. Hablaron allí con un hombretón vociferante y ojizaino, de enormes antebrazos tatuados, que no pareció darles mayor beligerancia, pero que terminó brindándole al normando la oportunidad de que volviera a media tarde a echar una mano en el acarreo de la pesca, cosa que efectivamente hizo, cumpliendo a gusto y con provecho la soportable faena de desembarcar esportones de brecas y pejesapos, chocos y japutas.

A la noche, enfangado hasta la cintura y en el irrespirable trajín de la lonja, cobró el normando su primer dinero acuñado en España y obtuvo sin pedirlo que lo apalabraran por más días, a tanto la unidad de carga, según pudo sacar en limpio de lo poco que allí lo estaba. Si no necesariamente satisfecho, sí se sintió ganado por una eventual racha de ufanía y, después de haber conseguido plaza en uno de los barracones que hacían las veces de albergues, se aligeró de mugres y se mercó —al precio de latrocinio estipulado por uno de los moriegos— unas alpargatas de caucho sin estrenar y un calzón medianamente usado. Ya tarde, tendido en la mugrienta litera, masticó una tira de cecina con la todopoderosa gula del descanso triunfante, mientras se abría por la cóncava negrura de la noche la grieta de un sueño distinto a los demás.

En apariencia todo fue bien hasta que, a las pocas jornadas de oficiar en los vaivenes de la pesca, le sobrevino otra vez al normando el concomio del celo y, casi aún más, la imantación que ejercía sobre él la inquietante memoria de la calzada. Hembras había visto de todas las pintas y con muy vario grado de alteraciones por su parte, pero lo que de veras empezaba a roerle nuevamente el sosiego era el enigmático reclamo de aquella zanja abierta con tanto desbarajuste de su propia vida y, a buen seguro, medio taponada ya por algún corrimiento de arena. Tres días más aguantó mientras le crecía la zozobra y se extraviaba frente a una irreconciliable pugna de llamamientos. ¿Decidió entonces hacer lo que hizo, o fue después de efectuar una ansiosa escapada a la marisma, como si se hubiese sentido repentinamente impulsado a comprobar la existencia (o la no existencia) de algún maleficio, regresando a Zapalejos en situación de remunerado y tomadas ya al parecer sus más decisivas y urgentes determinaciones?

II

Tras una ausencia cuyo término coincidió con los primeros indicios migratorios de las aves invernizas, volvió el normando a sus cotas marismeñas en compañía de una adolescente más bien andrajosa, de edad de dieciséis años a lo sumo (cuando ya él debía andar por los treinta y ocho), zafia y asustadiza, no carente de cierta agresiva sazón corporal y de una especie de huraña hermosura filtrándose por la cochambre, con cuyos menesterosos padres, deudos o pupileros debió cerrar el normando algún ignominioso trato.

Menguaba la luz sobre el chamizo cuando lo avistaron desde unos alcores, y el normando, que durante todo el camino no había dado pruebas de ninguna soliviantada virilidad (amordazado tal vez el deseo por la inminencia de su cumplimiento), al llegar a la altura de una heredad de la que se había posesionado por fuero de ocupante, volvió a sentir rebrotar con lastimosa saña el empellón de la lascivia. Pero quiso asomarse una vez más, sin embargo, al talud de la calzada antes de conducir a su medrosa compañera a lo que iba a empezar siendo cobijo de rudas y no consumadas bodas.

Ya de vuelta al chozo, arrimó los pocos enseres que habían traído de Zapalejos junto al fogón y, sin decir nada que ella pudiese comprender, sin que mediara ninguna previa tramitación de intimidades, sin violencias tampoco, tumbó a la adolescente sobre el petate y, ya encima de ella, le hurgó entre las ropas con tosca y vacilante mano. La muchacha parecía sumisa y como alobada. Se dejó tocar y lamer la boca y el pecho con una resignada y tal vez habitual lasitud, pero cuando el normando, ya cegado de sofocos, quiso separarle las piernas, la muchacha se revolvió poseída de una supitaña ferocidad. Y si bien ya había acabado él renunciando a su presa en las estribaciones de una prematura eyaculación, aún siguió ella forcejeando inútilmente y mugiendo como un animal malherido.

No pudo pasarle por las mientes al normando averiguar si semejante repudio correspondía a un defensivo automatismo frente a alguna remota (o no tan remota) tentativa de estupro o a un congénito terror amoroso latente en sus adentros moriscos. Con el tiempo, se limitó a habituarse a aquellos cotidianos rechazos, de los que no salía envenenado del todo porque, al menos, podía aquietar sus bríos en unas imposturas de posesión donde la obstinada coraza de la virginidad tomaba a veces la forma de un antinatural impedimento, como si de pronto deseara ella entregarse a una desesperada cópula y se viera imposibilitada de realizarla con el sexo abrochado por el atroz anillo de la infibulación.

En todo caso, la muchacha se mostró diligente y servicial y, mientras el normando se afanaba de la mañana a la noche desenterrando lajas y procediendo a esotéricas adivinaciones en las entrañas de las aves o según la orientación del desove de los batracios, se preocupó ella con eficiente solicitud por sacarle partido a su nueva y desatinada experiencia: adecentó y remendó el chamizo, industrió trampas de liga para torcazas y orzuelos para nutrias, pescó en los lucios con una jábega que formara parte de su ajuar y le fue traspasando a toda aquella permuta de miserias (que no otra cosa fue su primera habitación de concubina y doncella juntamente) como una rudimentaria seña de vitalidad. Por las noches, cuando volvía el normando, si no taciturno sí exhausto y como sin vista, la adolescente le sacaba de comer salazón o huevos de gallareta y le espiaba su hermetismo ovillándose en un fardo de pieles sin adobar. Juntos como estaban en aquel mutuo espacio de despego que ponía entre los dos la extrañeza de la sangre, fueron haciéndose poco a poco compatibles y poco a poco fueron ingeniándose un lenguaje híbrido para nombrar al menos las cosas más perentorias.

En medio de la rutina de aquella convivencia, sostenida por las mismas ceremonias sexuales y los mismos desconcertados trajines, vio el normando una tarde a la muchacha acercándose a la linde del más reciente trecho de calzada descubierto, sabiendo como sabía que nunca había mostrado ella la menor curiosidad por presenciar una faena que no alcanzaba ni remotamente a explicarse. Venía con un sigilo laborioso y ensimismado y nada le dijo ni le dio a entender a su dueño, sino que se echó como una corza en un claro de la junquera y se quedó mirándolo con una fijeza entre mansa y exasperada. El normando se acercó a ver qué hacía allí, y ella desvió los ojos sin hablar cuando él advirtió que llevaba puesta la saya que le comprara en Zapalejos. Tuvo entonces la efímera certidumbre de que iba a quebrantarse al fin el conjuro de una frustración incorporada como una quemadura a sus irredentas vidas, a partir de cuyo cumplimiento se tejería también (con el paso de unos años que acabarían por alterar la geografía y la historia de la marisma argonidense) el primer nudo de una tupida red de incoherencias y fatalidades.

Y así aconteció efectivamente: en una minúscula fracción de tiempo, en menos de lo que tardó en trasponer las crestas del breñal un escuadrón de garzas, la húmeda arena engulló la poca sangre de la virgen, que se quedó extenuada sobre la cama de juncos, las desnudas y mojadas piernas retraídas en una postura fetal que tantas veces, y ya en vano, debió protegerla de la inerme pesadilla de la violación. El normando la llevó al chozo no ayudándola, pero sí transmitiéndole una muda suerte de remuneración que ella notaba voluptuosamente adherida al vértice de los pechos y que de algún modo la hacía sentirse confortada por los auspicios de su propia ofrenda. Ya en el chamizo, el normando le colgó del cuello, ensartada a un hilo de pita, la piedra de lincurio —la petrificada orina de gato cerval— que protegería a la desvirgada de las acechanzas del maligno, y le dio a beber la infusión de verónica que iría lubrificando los conductos por donde, llegado el caso, se trasvasaría a la masa placentaria de la hembra lo más enterizo de su sangre.

Así que pasaron tres lunas quedó fecunda la muchacha, a medias favorable acontecimiento que precedió en otras tres lunas al presumible hallazgo del confín natural —o del sísmico derrumbe— de la calzada, ya en las lomas que quedaban fuera del alcance de las mareas conducidas hasta los lucios por el caño Cleofás. Estaba al caer la noche y el normando tuvo que prender una vareta untada de bálsamo de azofeifo para no dar un traspiés por la ya tenebrosa oquedad abierta tras las últimas lajas visibles. Caló con tiento las paredes que casi rebasaban su altura y, a poco que anduvo hurgando, un leve desprendimiento vino a descubrirle la boca medio taponada de un boquete todavía impreciso, del que sacó la tierra floja que pudo, arrimando luego el hachón sin lograr ver otra cosa que una especie de nicho circular excavado en un murete de piedra.

Los retumbos del pecho no lo dejaron ir aquella noche más lejos en su desatentada exploración, pero al día siguiente, con los primeros despuntes del alba activando su insomnio, ya estaba otra vez allí escudriñando y extrayendo las molidas valvas que alfombraban lo que resultó ser el arranque de un angosto túnel. Y por allí se arrastró igual que un hurón, hasta que le falló el piso bajo las manos y se puso a escarbar frenéticamente como si tuviera la anticipada evidencia de que iba a encontrar, como en realidad encontró, un asombroso rimero de preseas y utensilios de metales preciosos.

No supo entonces el normando (ni nunca llegaría a saberlo a ciencia cierta) lo que había descubierto después de tantas y tan visionarias esclavitudes, pero un deslumbrante pasmo lo sobrecogió mientras reunía el grueso de las piezas en el declive arenoso. Se quedó luego al borde de la oquedad, genuflexo y estupefacto, medio imaginándose que había sido precisamente eso, no el presagio de la calamita sino el hipnótico flujo del metal argonidense, quien lo mantuvo maniatado desde que el golpe del azadón contra la primera losa de la calzada lo retrotrajera al centro premonitorio del tesoro, aun sin haber tenido aviso de su existencia ni a través del legendario conducto de sus belicosos antepasados ni por medio de escrituras secretas, confidencias oníricas o artes adivinatorias.

El normando volvió a enterrar los objetos en lugar distinto al del hallazgo (sin relacionar en absoluto los emporcados destellos del oro con ninguna clase de alojamiento), solapó lo mejor que pudo el nuevo escondrijo y se volvió para el chozo con la congoja del sentenciado a una vigilia perpetua. Y allí se encerró como huyendo de sus propias ofuscaciones o como si ya lo persiguieran, que todavía no, los abominables endriagos que contagiaban la vesania a cuantos interferían sus designios. A nadie informó, no obstante, de su descubrimiento, ni siquiera a la desvalida preñada, la cual lo vio desde aquel punto y hora languidecer y permanecer días enteros en una vegetativa inmovilidad, sólo interrumpida por alguna súbita escapada a los rezumaderos de la breña, mientras el vientre de ella se abultaba ante la manifiesta ignorancia de él y por toda aquella tórrida paramera se iban acumulando anticipadamente los periódicos arrasamientos de la sequía.

A las treinta y cuatro semanas mal contadas de haber sido engendrado, vino al mundo, con el cordón umbilical uncido al bramante del lincurio y sin otra ayuda que el desgarrador instinto de la parturienta, un varón de pelo de brea y ojos verdirrojizos copiados del ágata de los de la madre, al que dieron el nombre de Perico Chico y que, andando el tiempo, sería legalmente inscrito en el registro del condado como Pedro Lambert Cipriani, hijo de Pedro o Pierre Lambert (de incierto segundo apellido) y de Manuela Cipriani Lobatón (presunta bastarda de calabrés y morisca), siendo así como se fundó de hecho el linaje que tantas y tan indelebles marcas vendría a dejar en aquellas inhóspitas demarcaciones marismeñas.

III

Durante los primeros meses todo parecía presagiar que el niño iba a malograrse. Sus cuatro dispersas fuentes sanguíneas, mezcladas en aquel yermo de vientos malsanos, asediantes salvajinas y aguas corruptas, tardarían en prosperar bastante más de lo que vaticinara la ceniza de muérdago esparcida en el plenilunio sobre un tamiz de arpillera. El niño, cuya más pujante dominación biológica procedía de la misma inmunda cloaca de la marisma, no podía buscar aún ninguna clase de alianza con una tierra gangrenada por la sed, apenas cubierta de una hidrópica costra de talco y donde los lucios aparecían cubiertos de cadáveres de peces y sobrevolados de aves impelidas a la necrofagia. De modo que el niño se consumía magro y traslúcido en su cuna de cuero de venado sostenida por dos horquetas de ricino. La extenuada madre, que ya había conservado el meconio del recién nacido para untarse los pezones y engolosinar así al hijo con sus propios jugos, era de leche floja y tuvo que ayudarse de la más rica en grasa de una corza cautiva, pero ni aun con eso salía el niño de su escuálida fragilidad.

Algo insospechado ocurrió entonces. Y ello fue que el normando regresó una tarde al chamizo bastante más pronto de lo normal. Traía un manojo de yerbas, a las que dio de inmediato un hervor y cuyo caldo hizo tragar al niño en un cuenco donde había macerado previamente agallas de congrio. Como no podía por menos de acontecer, aquel brebaje (única testificación de que el normando no había olvidado del todo la existencia del hijo) comunicó su salutífera sustancia al infante y éste se recuperó a partir del séptimo mes con una vitalidad escandalosa y agotadora, cuando ya unas cenicientas lloviznas habían mitigado en parte la sequedad de la tierra. Sus nocturnos gritos, copiados del ulular de las jaurías, catapultaban por los esteros de clamor de un lenguaje no del todo distinto en sus dos trayectorias humana y animal.

Sumergido en el repudio de cuanto lo rodeaba, que tampoco era más que el cerco de los lamedales, dedicaba el normando su tiempo vacío y su vacía razón a la vigilancia metódicamente inútil del lugar en que había reenterrado el tesoro. Alguna vez, después de asegurarse de que nadie lo había seguido (cuando sólo podía buenamente hacerlo alguna alimaña hambrienta), escarbaba con repentinas premuras en la arenisca para comprobar que allí continuaban las fascinantes joyas y que nadie, a no ser él, conocía su existencia y su escondrijo. Manuela empezó a maliciarse entonces que algo, no sabía bien si un sortilegio o una excesiva sequedad de la sesera, encadenaba al normando a una vida ya infranqueable, a un cobijo de rencor que quedaba más allá de sus menguadas posibilidades de acceso. Pero el cuido y la atracción conminatoria del hijo la defendían de algún modo contra un desamparo que no podía calibrar enteramente porque tampoco podía referirlo a ninguna otra distinta dotación de la memoria. Su único nexo con el normando, que nunca se daba ya por aludido ante algún esporádico y lúbrico retozo de la hembra, se soldaba interinamente cuando él volvía de anochecida con una huraña lentitud y ella le aliviaba un hambre nunca manifestada con alguna exigua ración de tasajo. Todo lo demás, la indigente maraña del tiempo, seguía sometido a la misma esteparia insensibilidad que el paular circundante.

Hasta que una mañana sin viento y con más aves de lo común volando hacia la costa, se estampó en el cielo la invertida panorámica de un caserío de inconcebible nitidez. Nunca había sido tan inquietante, por su misma meticulosa articulación de elementos de la realidad, la traza del espejismo en las lontananzas de la marisma. Manuela estaba trajinando en el chozo y, cuando columbró la aparición de aquel desafuero sobre el fondo de los caños, cogió en brazos al niño y subió hasta el alcor donde anidaban los somormujos y vio desde allí la imagen del poblado sobre el horizonte como si fuese ella la que estuviese metida boca abajo en la fantasmagórica visión. Sintió entonces el vértigo del pájaro que cae asfixiado sobre el lucio en la bajamar del verano, y no acertó sino a correr en dirección a la breña, por donde supuso que debía andar el normando. Pero no dando con él por más que hizo, se volvió para el chozo y allí lo vio antes de llegar, plantado junto a la puerta y con un bulto de sarga apretado contra el pecho.

De la mirada de él salía una candela marrón que Manuela sólo le había notado cuando la poseyó por primera vez entre los juncos que flanqueaban la calzada. El normando la hizo entrar atolondradamente en el chamizo, y ella permanecía expectante con el niño a horcajadas sobre la prieta cadera, mientras él desenvolvía la sarga y le mostraba dos vasos de eclesiástico oro, cuajados de cristales purpúreos que titilaron bajo la filtrada claridad como los ojos luciferinos del lince. El normando, después de tanto y tan agrio tiempo sin decir palabra, prorrumpió en un arrebatado discurso del que Manuela sólo pudo entender que el espejismo (ya absorbido por una celeste bruma) anunciaba algún sibilino estigma de la naturaleza, según la latitud y disposición en que había sido visto, y que él se iba volando a Zapalejos con aquella preciosa carga, sobre cuya inaudita procedencia acumuló ella confusamente todas las orfandades que la asediaban.

Y el normando se fue aquel mismo mediodía para Zapalejos, no volviendo hasta una semana después (cuando ya dudaba Manuela, sin cuidado alguno, de que lo hiciese) en compañía de un mozo que resultó ser alarife y de un carro tirado por un muleto negrón y abarrotado de bultos. Ni explicó qué suerte habían corrido los suntuosos vasos ni tampoco aclaró de entrada qué se proponía hacer con aquel imprevisible cargamento. Pero por la agitación con que se conducía, por el desacostumbrado bullicio que movilizaba sus actos, comprendió Manuela que en aquel mismo instante algo muy parecido a una fisura estaba empezando a abrirse en el sórdido marasmo de su existencia. El normando parecía verdaderamente otra persona y su misma desusada vitalidad transmitía a los anteriores hermetismos de su conducta como un repentino anuncio de recuperación, más anómalo quizá por lo brusco del contraste. Llegó a poner una mano sobre el hombro de Manuela, como cuando la eligió —o compró— por mujer en Zapalejos, y le entregó un envoltorio donde había prendas para ella y Perico Chico, esforzándose por hacerle saber que iban a dejar aquella apestosa covacha para instalarse mejor y un poco más largo, hacia la vecindad de la breña por donde corrían ya los afluentes del caño que llegaba a Malcorta.

La extrañeza de Manuela avivó un estático resquicio de su corazón equidistante entre la gratitud y el llanto y, por ver de sosegarse o acaso por eludir entonces las visuales del alarife, se entró con el niño en el chozo, poniéndose el holgado traje de rasoliso que encontró en el hato y anudándose las azulencas greñas en un rodete sobre la nuca. Cuando se asomó otra vez a la puerta del chamizo, ya arreaban al muleto. El normando pareció mirarla con cierto fugaz beneplácito antes de explicarle mal que bien que iba a llevar la carga y que volvería por ella y Perico Chico y por los pocos enseres aprovechables cuando estuviera amañada la nueva vivienda, que ya tendría noticias suyas de todas formas. Y ella asintió sin entender del todo y volvió a reconocerse sola y estrenando el vestido para nadie, pero con un oscuro añico de ufanía merodeando por su entumecida conciencia.

De modo que el normando y el alarife se pusieron en camino, ya entre dos luces, vadeando laboriosamente los esteros y siguiendo la ruta de la vieja calzada hasta avistar la breña por las inmediaciones del caño Cleofás. Aquella noche durmieron al abrigo de unos arbustos de paloduz, junto a la custodia de una fogata que la humedad extinguía a cada paso. Y al primer claror del día siguiente, ya estaba el normando oteando los alrededores y señalizando con un palo, en medio de un cabezo de arena firme, la planta sobre la que habría de alzarse no una hornachuela de arcilla y brezo, sino una habitación de mampostería, techada de un llovedizo de tejas y solada con ladrillos costaneros.

Mientras duró el acarreo de materiales desde Malcorta —y aun desde Benalmijar— y las cumplidas faenas de albañilería, el ya agolpado sinvivir de Manuela no pudo aliviarse ni con las someras visitas del normando en busca de frenos a su calentura (a la que ella correspondía entregándose con una deseosa y jamás satisfecha avidez) ni con los anticipados incentivos de la mudanza. Más de una vez se alargó con Perico Chico hasta el cabezo, antes que por arrimar alguna ayuda o alguna cazuela de lisas, por comprobar el avance de la vivienda a la que trasladarían pronto sus mutuas y ahora mitigadas reclusiones. El alarife la miraba entonces con ansias mal aguantadas, como queriendo dictarle a aquella vida arisca y a aquel cuerpo a la vez tan henchido e invalidado, la propuesta de alguna dadivosa suerte de compensación. Y ella, que conocía el distante cerco del nombre, se revolvía enconadamente contra su propia y malgastada pujanza, habituándose poco a poco a un deleite solitario que antes envenenaba que apaciguaba el nunca compartido excedente de sus deseos, más imperiosos quizá a medida que Perico Chico empezaba a poder prescindir de la protección materna y desaparecía a veces sin que ella supiese de cierto por dónde andaba.

Se quedaba entonces Manuela a la puerta del chamizo o recostada sobre unas dunas vecinas, la memoria extraviada y como sujetándose a algo que le era preciso conservar y estaba a punto de perder, no exactamente esperando que volviera el hijo, sino sintiéndose maniatada por una soledad de la que ya se excluía el apremio o la permanente vigilancia materna. Y fue así como empezó a reconstruir a retazos vacilantes su miserable adolescencia en Zapalejos, no logrando en absoluto anteponerla a la borrosa realidad de un tiempo —y un espacio— donde ni siquiera la promesa de un mejor hospedaje podía indemnizarla más que de una precaria y efímera manera.

IV

Oyó algo que bien podía ser el arrastre de un cuerpo y luego una sucesión de crujidos, mezclados aún dentro del sueño con la difusa imagen de la comadreja persiguiendo a la rata o del camaleón trepando por los puntales del chamizo. No se despertó todavía: intuyó la proximidad de alguien amparado al otro lado de la negrura (o tal vez muy lejos de allí) y pensó que era el normando quien llegaba a deshora como solía para aparearse con ella sin otra agencia que la animal y sin decir palabra. Y ya se delineaba la sombra acercándose, más distinta a la esperada a medida que trasponía la oscuridad y penetraba en la zona de la penumbra, hasta que la silueta taponó el cuadro lunar de la ventana y se inclinó al lado del camastro, palpando por las piernas a quien ya no dormía. Manuela tardó aún unos segundos en comprobar que la actitud de aquel insólito visitante no coincidía desde luego con la del normando, pero no se movió hasta que la mano empezó a deslizarse con cautelosos tientos por los muslos para desviarse luego en busca de la mano de ella, reteniéndola entonces con una dulce apretura, como si quisiera dar a entender que en ningún caso era un enemigo quien así procedía. Sustituyó Manuela de repente el temor por la expectativa y se levantó de un respingo, sabiendo ya que el visitante no era otro que el alarife. ¿Qué pasa qué está haciendo aquí?, gritó veladamente y sin saña, ¿cómo se atreve? No se asuste, susurró él, ¿me deja quedarme me deja? Usted está loco ¿qué se ha figurado?, contestó Manuela con un enronquecido tiemblo en la voz, ahora mismito se va a ir por donde ha venido.

Se removió en esto Perico Chico con un conato de llanto, y la noche multiplicó los ruidos dentro de la hornachuela con el enervante sobresalto que precede a la culpa. Manuela se acercó a la cuna para mecer al niño y, al volverse, se encontró con el cuerpo del alarife que parecía interceptar su paso sin proponérselo. Ni él usó del ventajoso poder que la soledad pronosticaba ni experimentó ella la sensación de que iba a ocurrir nada que no hubiese previamente aceptado. El alarife le pasó una mano por la cintura, atrayéndola con una discreción más bien inusitada y le habló al oído diciéndole: no paro de pensar en ti ya no podía dormirme, a lo que nada respondió Manuela porque seguía asimilando aquellas palabras desconocidas dentro de una turbación soñolienta, como si le llegaran de algún edénico claustro de la noche. Y cuando el alarife le repitió que no paraba de pensar en ella, tenía que decírtelo a eso vine, se soltó Manuela bruscamente del apacible brazo de él y se reclinó en el camastro, al que apenas llegaba ahora un desteñido rastro de luna.

El alarife se quedó un punto inmóvil antes de sentarse junto a ella, las manos apoyadas a uno y otro lado del cuerpo tendido sin tocarlo, reiterándole que no tuviera miedo, que se había atrevido a ir a verla porque no podía más, ahora me voy. Y lo interrumpió Manuela tuteándolo: te aprovechas de que estoy sola para abusar de mí ¿y si se lo digo a quien tú sabes qué va a pasar si se lo digo? No se lo vas a decir, añadió trémulamente el alarife, y si lo haces tampoco me importa ése ni oye ni entiende. Lo has calculado todo ¿verdad?, susurró Manuela, por eso te figuras que puedes abusar de mí.

Hubo un silencio que amplificó los concéntricos zumbidos de la marisma, y déjame estar contigo no voy a hacerte nada si tú no quieres, musitó el alarife ladeando un poco su cuerpo sobre el de Manuela. Eso por descontado, dijo ella resbalándose por el petate como para acomodarse mejor entre los tolondrones de la borra. El alarife interpretó aquel gesto como un síntoma de abandonada aceptación y se inclinó sobre Manuela buscándole la boca con un jadeante aturdimiento. Nada dijo ella, pero sustraía la cara a la codicia del alarife, hurtándola una y otra vez con una obstinación quejumbrosa y en parte postiza, las manos agarrotadas contra el pecho de él. Y así se estuvieron un buen rato, empecinados en aquella pugna que iba aflojándoles las últimas amarras de la excitación, hasta que el alarife encontró de pronto con su boca la boca de Manuela, no cerrada ni apretada (merced a una resistencia que había conservado cierta tónica ritual) sino abierta anhelantemente con una chorreante blandura, iniciándose ya una recíproca y ansiosa operación de fricciones sólo interrumpida para que alguno de ellos recuperara el aliento. No quiso Manuela, empero, que el alarife la desnudara del todo, ni consintió de ninguna manera que la penetrase por más que él lo intentara con reiterados y sofocantes asedios. Pero tampoco tardó mucho para que ella, que apretaba entre sus muslos el sexo del muchacho, se decidiese a verificar una masturbación que también la satisfizo en cierta mimética y accesoria manera. Y nada más hubo.

Se levantó el alarife a medias sosegado y se quedó mirando entre una lánguida opacidad a Manuela, la cual lo miraba a su vez con una fijeza que parecía encandilada por un frágil atisbo de animadversión, los pechos aún desnudos y como escapados por su propia rigidez del escote. Encendió entonces un fósforo el alarife y, mientras lo acercaba al cigarro, oyó a Manuela pidiéndole que se fuese, a lo que respondió él después de apagar el fósforo que si lo dejaba volver otro día, que ahora sí que no iba a poder aguantarse sin estar con ella. Y Manuela le repitió que se fuese, no quiero verte más ¿lo estás oyendo? ¿Por qué?, dijo él. Porque no, dijo ella, vete ya y no vuelvas a aparecer por aquí no se te ocurra, y en tanto que lo reiteraba procedía a frotar ávidamente con un trapo la parte mojada del almadraque, como si de la desaparición de aquella mancha dependiera también la única viable posibilidad de seguir resistiendo, no sabía realmente hasta cuándo ni en razón de qué absurdas dilaciones de la voluntad.

Ya se había puesto la luna y una neblina como de polvo de cuarzo venía arrastrándose desde la parte del mar. El alarife buscó a tientas a Manuela por la reducida oscuridad del chozo y, en tocándola, la quiso abrazar, pero ya ella lo empujaba sin excesiva acritud hacia la puerta, te he dicho que te vayas hazme ese favor vete de una vez. Y él así lo hizo finalmente, ya me voy descuida que no vuelvo más, usando de una mansa e irrazonable contrición de víctima, mientras Manuela permanecía absorta y más desterrada que de costumbre frente a la enemistad de la noche.

A poco de aquella enojosa incursión del alarife, y coincidiendo con las primeras mareas del equinoccio otoñal, quedó lista la nueva casucha. El normando cargó a lomos de un macho y una potranca algunos trastos del chozo y se fue con Manuela y Perico Chico para la nunca imaginada habitación. Ya había regresado el alarife a Zapalejos con el carro y Manuela sintió más que nunca el encono de no haber sabido —o querido— transmitir del todo a aquel muchacho tan de veras complaciente lo que sus propios y atávicos resquemores habían frustrado. Pero otras más inmediatas sugerencias la compensaron entonces de la renuncia.

Desde el cabezo donde estaba situada la casucha se veían los rezumaderos mayores del caño Cleofás y las primeras sumarias frondas de la algaida, y fue como si Manuela entrara también en posesión de aquel otro dominio marismeño con una jactancia que a ella misma la inquietó por lo apremiante. La vivienda era espaciosa y de buena luz y todo aparecía pulido por la módica sorpresa del estreno. Llegaba desde algún rincón del atardecer el melancólico recordatorio de un grito de ánade y, mientras el normando parecía inventariar otra vez los ya colocados enseres traídos de Zapalejos, se reincorporó a la inestable memoria de Manuela el enigmático relumbre de los vasos. Una subrepticia malquerencia fue entonces desplazando todas las anteriores y estimulantes ufanías. La atracción todopoderosa del oro volvía a arrastrarla por un declive de incertidumbres donde era su propia actitud inhibitoria quien más violentamente la hacía sentirse agredida por la marginación del secreto. Al no alcanzar ni por asomo las causas —legítimas o punibles— de aquel cambio de fortuna, empezó a corroerla el insinuante egoísmo de convertirse en única depositaria de una prosperidad tan insólita como sospechosa de ser jamás compartida.

Y fue así como, desde los mismos días que siguieron al de la mudanza, acechó Manuela las entradas y salidas del normando (que había ido reincorporándose ostensiblemente a sus pasados extravíos) y rastreó sus pasos más de una vez desde la calzada hasta las márgenes del breñal. Pero nada averiguó la espía que ya no supiese: el normando permanecía de la mañana a la noche tendido de bruces sobre unas dunas, cuando no se internaba por la fronda para armar perchas en los acudideros de los cérvidos o vigilaba sin más el rumbo de las aves o se metía en los lucios hasta las ingles para atrapar congrios que comía aún agonizantes. De forma que Manuela erraba sin norte —sola o con el hijo— por aquel paraje quizá menos insalubre, sin poder rehuir el agobiante reclamo retrospectivo de los vasos, sobre cuya procedencia jamás consiguió la más mínima aclaración por parte del normando, que la miraba con los ojos vacíos del orate cada vez que ella intentaba sonsacarle a su modo alguna indirecta pista.

V

Cuando Manuela despertó al fin y con definitiva usura a la evidencia de que la única variación que se había operado en su vida era la del espacio habitado, pensó en la venganza de la huida, llevándose con ella al hijo y abandonando sin mayores escrúpulos a quien tan alevosamente la había estado reduciendo a la atrofia. Un último eslabón de la piedad, empero, una innata propuesta de obediencia, la mantuvo aún junto a aquel hombre devorado por la insania y poseído del demonio, al que desconocía verdaderamente después de tantos caóticos años de convivencia, en espera de no sabía qué advenimiento de más favorables lances. Se notaba llena de un indomeñado brío, con todo su sucio y hermoso cuerpo y toda su mísera juventud dilapidada, si no estragada ya insensiblemente del todo, siendo eso tal vez lo único que, contra toda presunción, la mantenía en una esperanzadora pasividad, alimentada en el fondo por los recuerdos de sus andanzas portuarias y las infantiles inercias del hambre.

Pero a lo que Manuela no quiso renunciar en modo alguno fue a ir menudeando sus visitas a Malcorta, con el verídico pretexto de atender a las permutas de pieles y salazones por avíos para la casa, y con el adicional estímulo de sentir rebrotar sus vehemencias entre los comunitarios acicates del poblado. Siempre llevaba con ella al niño (que a la sazón debía rondar los cinco años) y, más de una vez, cuando inadvertida o deliberadamente se le echaba el tiempo encima, pernoctaba en algún cobijo del caserío, segura como estaba de que el normando no iba a contabilizar mayormente su falta, si es que aún podía él percatarse de que vivía con ella.

Una tarde de plácido bochorno, mientras el mimbreral de Malcorta bullía de taladores y por toda la redonda trasminaba el sudor de los machetes, sintió Manuela el brusco aguijón de la mirada de un bracero trepándole por el vientre arriba. No soslayó ella la correspondencia con aquel todavía distante asedio, sino que miró también al hombre con blanda zalamería. Y ya él siguió a pocos pasos el lánguido andar de Manuela, que llevaba a Perico Chico de una mano y un voluminoso lío de curtidos bajo el otro brazo, hasta que salieron a una hijuela orillada de nopales, ya a trasmano de las últimas casuchas.

El bracero se arrimó entonces y le dijo con una voz quebradiza que adónde iba y que si era suyo el niño, y ella no lo miró para contestarle con un pueril descaro que iba tomando el fresco y que el niño era suyo y del padre. Tardó él unos pasos en preguntar que si vivía allí, no recuerdo haberla visto, a lo que respondió Manuela que como si viviese y que qué era lo que andaba buscando con tanto mosconeo, a ver si yo me entero. El hombre no acertó a replicar sino que se emparejó con Perico Chico y le revolvía el pelo por hacer algo, buscándose luego en el bolsillo, ¿te gusta la arropía quieres?, y dándole al niño que asentía con la cabeza un resto de la golosina. Nada más hablaron, mientras iba yéndose la luz a medida que se entraban por una colina de pinos piñoneros. Manuela se detuvo en un claro y dejó al niño que aún chupaba la arropía junto al fardo de pieles, ahora vengo no te muevas de aquí, siguiendo con el bracero entre torpes indecisiones hacia la otra parte del talud, por donde asomaba una nauseabunda mancha de ojaranzos.

Se entretenía Perico Chico amontonando la arena junto a los cueros, que exhalaban un acre tufo a tanino, cuando saltó el viento ábrego y se hizo más audible como un subterráneo trasiego de humedad por el fondo de la pineda. Todo se quedó absorto y acolchado en un silencio tanto más envolvente cuanto más lo recorría el lascivo arrastre de la noche

la actividad de los órganos sexuales de las plantas la recóndita metamorfosis de las fases larvarias de los insectos el furor de la hembra que liba directamente de los espermatóforos el líquido seminal la afrodisíaca expansión del polen inoculado en la carne a través de las trompas de los tábanos

todo el clandestino ciclo de un amor elemental y caótico que el niño asimilaba ahora, sin sobresaltos ni extrañezas, en virtud de su nativa identificación con la hedionda matriz de la marisma.

Cuando Manuela volvió, venía sola y tanteando delincuentemente entre lo umbrío de la arboleda. Llamaba al hijo bajito y traía la azulenca maraña del pelo llena de agujas de pino y una costra de arena pegada al sudor del cuello. Se acercó despacio Perico Chico y, desde el fondo de algo que podía ser una instintiva memoria prenatal, reconoció en la anhelante boca de la madre y en las pupilas dilatadas de brillos estrábicos y en todo el caliente jadeo del cuerpo, el vaho glandular de su propia y menesterosa gestación.

A partir de entonces, acudió Manuela casi a diario a Malcorta y aun se alargó hasta Los Albarranes, no siendo ya únicamente el bracero de esa inicial emergencia erótica quien procedió a calmar su liberada lujuria, sino otros distintos oficiantes que ella elegía al azar y con una creciente y díscola delectación de esa misma tentadora posibilidad electiva. La nueva de su siempre generosa calentura corrió por el poblado juntamente como una inusual promesa y como una impía provocación, pero Manuela ni pareció darse por enterada ni denotó que le importase lo más mínimo lo que anduvieran pregonando. Y si al principio nada pidió ella a cambio de unas coyundas que ya nacieron gratuitas, no pasó mucho tiempo sin que se habituara a estipular algún tributo, cuya cuantía —ya fuese exigua— se le fue haciendo indispensable para saldar sus despertadas ambiciones.

No manifestó el normando, a todo esto, la menor preocupación por las escabrosas andanzas de Manuela y mucho menos por sus notorios cambios de aspecto y de carácter, dándose el caso además de que, indemnizada por otras palpables recompensas, ya había ella renunciado —transitoriamente al menos— a sus voraces indagaciones sobre el origen de los dos deslumbrantes vasos. Ni siquiera cuando Manuela no pudo ocultar por más tiempo sus cinco meses de preñada (haciendo bastantes más que el normando no yacía con mujer alguna), aparentó él la menor curiosidad o un más que presumible conato de alarma, si bien tampoco le colgó al cuello la piedra de lincurio ni le dio a beber ninguna poción de yerbas lubrificantes. El centro pendular y único de la vida del normando seguía tenebrosamente sumergido en la hondonada donde el tesoro (intacto desde el escamoteo de aquellas dos exclusivas piezas) no habría dejado de esparcir por los esteros alguna suerte de malignos emblemas de la profanación.

Cuando creyó llegada la hora del parto, que fue una madrugada de llovizna negra, se levantó Manuela con la congoja acelerando sus decisiones y, después de comprobar que Perico Chico dormía salió en un trote despavorecido para Malcorta. Los ajetreos de la caminata hicieron más inminente la necesidad de pujar y la fugitiva pensó que iba a parir allí mismo, en medio de la cerrazón de la paramera, con igual desamparo con que alumbrara al primogénito y aun atenazada por una más martirizante indefensión. Se tendió sobre la tierra empapada y cubierta de guano y contuvo el aliento imaginando que ni ella ni su hijo sobrevivirían a aquel infecto contagio de la salitrera.

No oyó el rebudio del jabalí ni el croar de los sapos ni el rebramo de la corza ni el lametón del verdín contra las paredes del caño crecido; no oía más que sus pulsos y como el hondo bullicio de una contracción orgánica que la hendía enteramente por dentro. Sintió una larga punzada en el bajo vientre, una oleada de pellizcos húmedos y sordos que le socavaban los repliegues del útero y luego un vértigo semejante al letargo. Se arrastró como pudo hasta los musgosos raigones de un cañaveral y notó las faldas mojadas no de lluvia ni de llanto ni de nada parecido, sino del líquido amniótico que le bajaba por las piernas, entre las que metió la mano para comprobar que aún no había salido el hijo, cosa que efectivamente era cierta, apretándose a empellones el sexo como para evitar que llegara a ocurrir.

Y fue entonces cuando vio a una nutria que se acercaba con un agazapado titubeo, enhiesto el morro peludo como si ventease el olor de la maternidad. Ya había escampado y Manuela permaneció inmóvil y más deforme, las manos hundidas en un cieno distinto a todos los cienos marismeños de que se había contaminado. Distinguía borrosamente, a través del escozor de los ojos, el desplazamiento de la nutria y no sabía concretar si recordaba esa escena cuando alguna vez logró sorprender la entrada del animal en el husmo del cebo, o la presenciaba realmente. Pero en el inesperado momento en que la nutria, aturdida quizá por algún extravío del olfato, le hociqueó los muslos, se levantó Manuela fortalecida por un miedo que el asco acrecentaba y corrió un buen trecho dando traspiés y sosteniéndose el vientre con los antebrazos cruzados. Creyó entrever de pronto que una luz sucia asomaba por detrás de los médanos y ese solo aviso de la proximidad del día la aproximó también asombrosamente a Malcorta.

Nunca recordó Manuela cómo llegó al caserío y acertó a llamar a la puerta de la partera Agripina con un último resuello, pero el caso fue que —sola o conducida— entró como una exhalación en aquella casa cuya dueña le brindara más de una vez el servicio de sus tercerías y acomodos. Se derrumbó sobre el zaguán empedrado y allí mismo aflojó la cincha que había estado reprimiéndola instintivamente y ya percibió con un gozo anonadante y universal que había parido. Mal que bien asistida en el final apaño de la expulsión, cayó Manuela en un desvanecimiento lívido y tembloroso del que no se recuperó más que un solo momento en todo aquel día, pidiéndole entonces a gritos a la partera que se alargara hasta el cabezo a todo correr, te lo pido por lo que más quieras, y se trajese con ella como fuese a Perico Chico. Y la partera así lo cumplió, bien que le pesara la diligencia, y ya de regreso a Malcorta, pudo ver a la madre en un duermevela apacible, con el niño arrebujado entre los pechos y el obtuso ademán de estar oliéndose la subida de su propia leche.

Varón como el primero y de incierto padre, Manuela cristianó de inmediato —acaso para compensarse ilusoriamente de tantas desazones— a su segundo y más bastardo hijo, a quien puso los nombres de Diego Manuel y el cual, a diferencia de su medio hermano, nunca sería inscrito en ningún registro y acabaría por no dejar más que algún episódico rastro de la supervivencia de los Cipriani por aquellos pagos fronterizos.

VI

Sentado sobre un tocón de alcornoque, los brazos colgantes entre las piernas y como atacado de una patológica rigidez, el normando parecía absorto en la vigilancia de un espacio vacío que, aun sin estarlo, en modo alguno hubiese podido vigilar. Criatura pétrea o excrecencia del mismo tronco en que se apoyaba, allí permanecía desde un tiempo tan dilatado en apariencia como su propia vida, tercamente guarecido en la sombra de unas izagas equidistantes del cabezo y la linde de soledad por donde apareció Manuela. El sol estaba alto y aspergaba sobre la marisma un polen de intermitentes destellos que aún hacía más indecisas las imágenes aplastadas bajo el recalmón. Manuela traía al recién nacido enfajado a la cadera y se volvía a mirar a Perico Chico, que se rezagaba hundiendo una vareta en el lodo de un canalillo.

Si el normando vio a Manuela, no dio (o no pudo dar) muestras de haberla reconocido desde aquel inhumano encierro en que parecía sustraerse de toda alusiva o imaginada realidad. Tres semanas, o poco menos, habían pasado desde el parto del segundogénito y Manuela volvía con un renuevo de lozanía en los ojos y una recién barnizada hermosura en las carnes de puérpera. Se detuvo un punto cuando descubrió al normando en el estático arrimo de las izagas y amagó un retroceso que cambió enseguida por un más decidido avance.

Ni un solo gesto alteró el rostro del inmóvil cuando Manuela, sin altanerías pero también sin flaquezas, se entró por el borde amarillo de la sombra mientras se secaba el sudor de la cara con el antebrazo. Empujó entonces a Perico Chico hacia el padre, tal vez pretendiendo amortiguar así la mordedura de unas palabras que en ningún caso iban a ser emitidas, pero el padre tampoco se inmutó ante aquella penosa proximidad del emisario de una reconciliación por nadie reclamada. Y ya se adelantaba Manuela hacia la casucha cuando vio que el normando la seguía a distancia de un salto de lince, los hombros encogidos y como recostruyendo sobre el menguado territorio de la obnubilación un camino que no conducía a parte alguna.

Llegado que hubo la malmaridada a la habitación, desató de los refajos a Diego Manuel y lo acostó en la cuna, arrullándolo innecesariamente al mismo compás que el balanceo del cuero. Y en eso se vació en el contraluz el bulto del normando, que se mantuvo un momento reclinado en la jamba y se dirigió luego con una lentitud que no era alarmante (pero que podía serlo) hacia la cuna. Manuela estuvo tentada de interponer la locuacidad de su cuerpo al mudo desplazamiento del que parecía ser un intruso, a quien notó más harapiento que nunca. Pero lo único que hizo fue quedarse quieta, entre temerosa y expectante, más mediatizada por la indecisión que por la vergüenza, sintiendo que transcurría un tiempo infinito sin que aquel hombre que no era el padre de su nuevo hijo dejara de mirarlo con una oscura inexpresividad. Cuando ya iba ella a interrumpir aquella insostenible contemplación, se apartó el normando con un pausado giro del cuerpo y a Manuela le costó trabajo aceptar que en el fondo de los ojos de él había despuntado algo similar a una aquiescencia, desprovista quizá de efusión pero de un manifiesto impulso comunicativo. Y entonces se sintió ella como si estuviera sucia de una suciedad de carne lamida y olió en su cuerpo un inconsolable olor arrendatario, sólo a medias diluido cuando el niño empezó a llorar y ya volvía a mecerlo con un tarareo espasmódico.

Salió el normando otra vez con el mismo reptante

sigilo con que entrara y, mientras se adormecía Diego Manuel y Perico Chico revolvía entre unos cordajes, se le estancó a Manuela en algún recodo de la memoria como un amasijo de fragmentos de realidad. Nunca hasta entonces había ella sometido sus últimos escarceos a ninguna suerte de recapitulación, intuyéndolos (aun sin acertar a razonarlo) como una vengativa forma de autodefensa contra tantas incurias vividas junto a quien jamás había dejado de ser un forastero y acabara por ignorar hasta que ella vivía, si es que alguna vez lo había sabido realmente. Pero aquel inaudito atisbo de aprobación en lo que debió ser una mirada enemiga, la amilanó en las vecindades de una penitencia púdica y sobrecargada de incertidumbres, como de culpable y víctima inocente a la vez. La carencia de vituperios o agresiones por parte de quien con mayor iracundia podía haberlos desencadenado, hurgaba en su conciencia no para instarla a un sosiego emanado del aparente de él, sino para activarle su propia perplejidad de hembra dada en alquiler a cambio de una degradación no siempre (o no siempre del todo) repudiable.

Nada cambió, sin embargo, en aquel ámbito doméstico que era a la vez cenobio y potencial almacén de contiendas. Contra todo propósito, y aun contra los pactos turbiamente sellados con la partera Agripina, no volvió Manuela a Malcorta en funciones de buscona hasta que se cumplieron poco menos de dos cuarentenas después del parto. Y aun así, su primera reaparición por el poblado se debió a las inaplazables necesidades de trueques de mercancías. El normando, por su parte, no modificó en todo ese tiempo un solo componente de sus ya crónicos letargos: ni hablaba ni miraba ni parecía darse cuenta de lo que acontecía a su alrededor ni dormía en otro sitio que no fuese a la puerta de la casucha y sobre un montón de cueros picados. Entre el alba y la anochecida continuaba de merodeo por no se sabía qué rumbo, observando el mismo incongruente programa de actividad y ocio al que se había uncido a poco de mudarse a la habitación del cabezo. La única muestra de las postrimerías de su lucidez se limitaba a las rutinarias aportaciones de piezas cobradas en el breñal o en incursiones de cazador orillero por los entrantes del coto del señorío. De manera que seguía arrastrando hasta el rellano de la casucha los varetones caídos en las venenosas trampas y las garcetas aún agonizantes atrapadas con orzuelos. Quizá fuese ese solo hábito el que lo aproximaba todavía con un frágil vínculo a Manuela, que también se afanaba a la sazón desollando reses y aderezando cueros con una pericia que tal vez proviniera de su abrupto noviciado en las almadrabas cuando asistía al maremagno del copo o ayudaba a ensartar con garfios las sangrantes espaldas de los atunes.

Al igual que entonces en Zapalejos, todo volvía a contagiarse por aquellos contornos de una deletérea emanación de vísceras calientes y líquidos excrementicios. Como en el cruento ritual ofrecido a alguna deidad marismeña, la victimaria, con los brazos chorreantes y el cuchillo fulgiendo de cuajarones, se instalaba en una especie de ara sexual del sacrificio, entre una morbosa saturación de hedores a entrañas y regustos de acoplamientos carnales. Y algo no muy distinto perturbaba a Manuela cuando tenía que ahogar a los ánsares y garcetas, metiéndolos en un tinajón de agua hirviente y, aún notándoles el espasmo de la asfixia por los entresijos del cuello, los desnudaba con presteza cuidando de no quebrar los tibios cañoncillos de las plumas, reunidas luego en haces de lujosa policromía.

Habituado ya a tales industrias, Perico Chico compartía por lo común los trajines de acarreo de despojos, adobo de pieles y selección de plumones según su apresto y tonalidad. La salvaje hedentina de los curtientes y sanguazas quedaría así incorporada para siempre a la memoria del primogénito, hasta tal punto que aquel todavía impreciso aprendizaje iría perseverando no como una vaga referencia emocional, sino como la remota prefiguración de su propia vida, alternativamente instalada con el paso de los años entre la despótica dominación y el extravío de los temores irrazonables.

VII

Antes de comprobarlo, supo Manuela que Perico Chico estaba en peligro. Tal vez oyera el feroz aleteo o entreviera la sombra descomunal abatiéndose por los aledaños de la casa, pero lo cierto fue que salió con un súbito ahogo y descubrió al águila en el declive lateral del cabezo, quieta y desafiante, las garras hundidas en un charco de mondongos. No miró Manuela más que un segundo la torva desmesura del ave: buscó sin moverse a Perico Chico y, no dando con él, se volvió un punto a cerrar la puerta y bordeó espantada el cabezo, hasta que lo vio hostigando a un camaleón bajo el sombrajo del talud. Corrió hacia él y lo arrastró hasta los traseros de la casucha, donde se parapetó antes de comprobar que el águila seguía en el mismo sitio en que la dejó, las negras remeras entoldando el depósito de desperdicios, beligerante el ojo de obsidiana. Pegada a la pared, amparando con su cuerpo el del hijo, logró conducirlo al interior de la habitación y cerró con el fúnebre golpe de quien escapa de su propia agonía. El águila dio un salto breve, apenas un brinco imperceptible. Manuela apartó al niño del ventanuco y se asomó con precavidos tientos, notando como si se le amotinara toda su indefensa soledad por los trayectos de la sangre.

Era la primera vez que veía Manuela un águila posada por aquellos parajes. Moradora de lo hondo de la algaida, con su área de dominio bien delimitada por infranqueables convenios de clan, nunca había irrumpido en las tierras calmas de la marisma, a no ser que la sobrevolase en alguna fugaz descubierta a instancias de la sequía. Y allí estaba ahora, acaso con sus rapaces ansias equivocadas por la sed, como petrificada sobre los despojos de unos gamos que desollara Manuela la víspera y que, por descuido o desgana, había dejado sin enterrar. El águila tenía el ademán tenso de saberse vigilada, enhiesto el perfil de heráldica impavidez. Mordió de pronto, a veloces sacudidas, entre la bazofia y le goteaba del pico de pedernal una hilacha amarillenta. A falta de sangre de víctima recién degollada, sorbía las tripas a punto de fermentar que habría visto brillando desde las lontananzas del hambre. Revoloteó luego, accionando las garras como para soltar las viscosas adherencias, y se posó un poco más largo, por un calvero de magnesia al pie del desnivel.

Manuela no perdía de vista los movimientos del pajarraco: un magnetismo de turbia raigambre biológica la mantenía paralizada, oyendo como a través de un tabique de guata la llantina de Diego Manuel y los enredos de Perico Chico, que manipulaba temerariamente en la puerta con intenciones de abrirla. Manuela reaccionó entonces, regresando de una amorfa lejanía de peligros que la zarandearon de nuevo y la hicieron abalanzarse resueltamente sobre su hijo. Aun sin llegar a golpearlo, lo empujó con repentina brutalidad sobre el aguamanil, volcando una palangana que rodó estrepitosamente por la solería. Cuando volvió a asomarse, el águila levantaba el vuelo rumbo a la breña. Esperó todavía a que traspusiese el campo visual del ventanuco y luego se aventuró unos pasos por el cabezo para comprobar que el ave no volvía, cosa que en ningún caso iba ya a hacer.

Una vez engullida la silueta del águila por la calina, se apresuró Manuela a abrir un hoyo lejos del resistero de la casucha y llevó hasta allí los desperdicios en urgentes paletadas, sepultándolos con ya inútil aplicación. Sólo después atendió a las escandalosas solicitudes de Diego Manuel, a quien tomó en brazos mientras Perico Chico permanecía hurañamente encogido a un lado del fogón. Manuela se acercó a él y le puso la perentoria mano del perdón en la mejilla antes de sentarse fatigosamente en una banqueta. Era como si regresara a un circuito de desamparos que ahora, al igual que en tantas otras aciagas revueltas de su vida, se enconaba con la gigantesca concentración de los riesgos insólitos. Se sacó luego el pletórico pecho con un ambiguo deleite y empezó a restregar el chorreante pezón por la boca del niño, que se agitaba anhelante hasta que acertó a succionar en los canales de la leche, y ya fue la calma.

Volvió el normando aquella tarde antes de lo usual y traía un brazo al parecer magullado y un más ostensible abatimiento en su, ya maltrecha catadura. Aún no había terminado de caer la noche y Manuela lo vio de repente estacionado en la penumbra, como pidiéndole a nadie un furtivo socorro (o una vaga insinuación de compañía) desde su cauteloso arrastre de animal herido. Y ella se acercó titubeando, acaso porque ya había olido de lejos la llaga o la había sentido palpitar, refiriéndola en un momentáneo destello a la pavorosa irrupción del águila sedienta. Encendió entonces el carburo, después de añadirle al depósito un chorro de agua, y lo arrimó al normando. La fetidez del acetileno se hizo una con la fetidez de algo que no procedía sólo del recién venido, sino que fluía por debajo de aquel silencio menesteroso a través del cual se aproximaban quienes nunca habían estado —ni estarían— verdaderamente juntos.

El brazo estaba cubierto por los endurecidos derrames de la sangre y Manuela se apresuró a lavar las costras en busca de la herida. No descubrió una abertura sino varias bocas de distinto calaje salpicadas a todo lo largo del antebrazo. Habría sido inútil preguntar por lo sucedido, ni tampoco lograba ella (fluctuante entre el sobresalto y la misericordia) adivinar la causa de tan violentos desgarrones. Más bien parecía que el brazo había sido hendido por un zarpazo de lince o aprisionado por algún derrumbe de la roqueda. En todo caso, Manuela terminó de limpiar las suciedades y preparó un ungüento con salmuera y limo de estero. Aplicó el emplasto sobre la carne magullada, extendiéndolo con meticulosa suavidad y cubriéndolo después con una tira de estameña. El normando se dejó curar sin quejas y sin gratitudes y salió pausadamente, como a remolque de su propio hermetismo, a la cárdena intemperie del cabezo.

Era la noche penúltima de las oriónidas y todo el cielo aparecía surcado de culebrinas, con una fulguración de lago visto desde dentro y a la vez desde una imperial altura de ave que navegara verticalmente. El normando se dejó caer con laboriosas genuflexiones sobre el terrizo mojado, la mirada vuelta hacia la casucha con una lastimosa fijeza, sin mendigar nada parecía, sólo apoyándose al otro extremo de la distancia que lo separaba de un sufrimiento y una curación no manifestados ni entendidos. Y así permaneció hasta que Manuela (que ya había dormido su primer contendiente sueño) apareció en el quicio frunciendo los amodorrados ojos. Sintió que la rodeaba la impregnación tenebrosa de la marisma, con sus miasmas inyectadas en la tupida urdimbre de la humedad, más densa a medida que la luna menguante iba esparciendo desde la algaida un fantasmagórico cerco de pavesas y fuegos fatuos. Y en eso notó sin saberlo que de allí brotaba como una vidriosa copia de la actividad nocturna de la fauna alojada en la breña

un bramido agónico de gamezno alucinado por el ojo homicida del gato cerval un grito de grulla que avisa del horrendo combate de la mangosta y el culebrón lagunero un graznar de ánsares sorprendidos en sus dormitorios por el husmo de la raposa un vacío rebosante de luchas y huidas y apareamientos y hambres y hartazgos y descomposiciones

y aunque Manuela no llegara a asimilar más que el cotidiano amasijo de toda aquella zoológica saturación, algo nuevo (que venía de esas cavernas a la vez pútridas y lozanas de la noche) la liberó en parte de su letargo y sintió más que nunca la ávida sanguijuela del relente chupándole las carnes y acobardándola en los repliegues de su indigencia. Buscó entonces el refugio filial del cuarto y, sin que mediara instancia alguna, el normando se levantó torpemente y entró detrás de ella en la casucha.

La llamita del carburo, apenas ya una luciérnaga, hacía balancear las masas de sombra en un tenue cabrilleo que parecía engranado a la isócrona respiración de los durmientes. Manuela arropó a Perico Chico, acostado ahora en la única cama —que era de hierro tomado ya de cardenillo— y, a poco de tenderse a su lado, la arredró la inusual cercanía del normando, que hedía a sangre sucia y a agua estancada y que se situó en la inmediata negrura igual que un cuero en el secadero. No quiso ella darse por enterada y se volvió de cara a la pared y así se estuvo un tiempo impreciso haciéndose la dormida y recelando que él seguía de pie junto a la cama, rigiéndose por algún nuevo y desconocido código de la sinrazón.

Un enredo de posibilidades se incorporó entonces atropelladamente en la conciencia de Manuela y la enfrentó con la incertidumbre de si debía o no debía responder de algún modo a la inquietante actitud del insomne. Oía como un jadeo acrecentado por la tiniebla de dentro de los párpados, una ronca bocanada de viento que venía ululando desde más allá de la noche sin encontrar la salida, una circunvalación de roces y zumbidos dentro de la más precaria hendedura del ahogo. Pensó en el brazo lacerado, en la fiebre de la sangre hedionda, en la otra hedionda sangre de ella, y pensó juntamente en el mudo y laberíntico itinerario de las venganzas recíprocas, en el cegado por el demonio y en la ceguera de la endemoniada. Se imaginó que algo la tocaba, no una mano ni ninguna otra parte de un invisible cuerpo, sino una especie de soplo que se hubiese solidificado en su espalda, un aliento de animal que la olfatease en lo oscuro, un hociqueo de comadreja o de rata. Entornó un ojo y comprobó que Perico Chico no se había movido, y entonces, quizá por primera vez, se le hospedó en cada poro de su carne un miedo ya irresistible hacia el normando.

Toda la ruindad en que había consistido su vida desde que saliera de Zapalejos (y desde antes de que saliera) se le venía ahora encima con el unánime veredicto del terror.

Ni siquiera se detuvo Manuela a pensar que el herido podía estar quejándose a su demencial modo: saltó de la cama como la despeñada en sueños, no sabía bien si para amparar a Diego Manuel, para defenderse ella misma o para prevenir con la evidencia la liberación del martirio. Entrevió en lo oscuro el bulto del normando arrebujado en el suelo, respirando con una dificultosa arritmia, el brazo herido y la cabeza reclinados a los pies del jergón. Manuela se acercó a la cuna donde dormía sosegadamente el hermanastro de Perico Chico, y luego se quedó como magnetizada mirando la última brizna luminosa del carburo. Fue a apagarlo del todo y creyó que caminaba dormida: se encontró en el medio de una tiniebla vacilante y agobiadora, de tan hondas amarras en la sima primigenia de la razón que no parecía posible que amaneciera más nunca ni que más nunca pudiera salir del atolladero de sus propias pesadillas. Reencontró a tientas la cabecera de la cama y se volvió a acostar despacito, apretándose al primogénito con un tósigo a la vez protector y entrecruzado de reflejos carnales, mientras iba sorteando a medias los boquetes del llanto y el miedo. Y aquella misma noche soñó Manuela por primera vez el horripilante sueño de la autofagia, ya recurrente desde entonces a través de una idéntica forma de alucinación: la de sentirse devorada por unos minúsculos engendros que eran ella misma desmenuzada en lo cóncavo de su carne.

VIII

Más de cinco semanas le anduvieron al otoño sin que sobreviniese ningún alivio a la estacionada pesadumbre de las calores. En el pozo del cabezo —alumbrado a poco de levantarse la casucha— sólo quedaba un somero residuo de agua, rezumada quizá de alguna vena de estero, según parecía delatarlo su más crudo regusto salobre. La presunta amenaza de la sed, acrecentada cuando Perico Chico extrajo con el pozal un cadáver de nutria, indujo a Manuela a alargarse hasta Malcorta en busca de soluciones, cosa que hizo una amanecida a lomos de la única acémila disponible, la misma que había logrado apartar de las querencias cimarronas. No era la primera vez que se ausentaba del cabezo (requerida por algún canje de provisiones) después de su vuelta con el nuevo hijo, y se acordaba con agobios de la caminata por los lamedales ardientes, rendida bajo el peso de los cueros y con la engorrosa alternativa de cargar también a Diego Manuel cuando ya no podía hacerlo buenamente Perico Chico. De forma que la mula no sólo le sirvió en aquella ocasión para transportar las cántaras sino para remediar los ya intolerables quebrantos andariegos.

Debido tal vez a ese nada usual desahogo, tuvo Manuela ánimo sobrado para reconsiderar, a medida que se alejaban del cabezo, lo que hasta entonces había ido aplazando en virtud de una impensable prudencia, paradójicamente sostenida por lo que más podía haberla impulsado al atrevimiento, que no dependía ya sino del temor que le inspiraba el normando. Y el caso fue que ese mismo acuciante temor vino a coexistir, casi sin que Manuela se diese cuenta, con las solicitudes que le exigía el brazo herido, del que cuidó lo mejor que supo hasta lograr detener la supuración con un bálsamo hecho de mastranzo y ceniza de líquen. Pero ahora, mientras se entraba por las vecindades de Malcorta, sabiéndose acaso más que nunca codiciable (y con mejores auspicios para sacar provecho de ello), fue replanteándose Manuela sus viejas decisiones de huir del normando, una vez cumplida la nunca manifiesta necesidad que el herido tenía de ella y que habría sido, en su caso, la única brida capaz de frenar su definitiva escapada.

Así que llegaron a Malcorta, se dirigió Manuela a casa de la partera Agripina y allí fueron las aduladoras reconvenciones por la larga ausencia y las alabanzas a la hermosura de la cachonda madre y los besuqueos babosos a los hijos. Se entraron todos al zaguán (que fuera desesperado lecho de parida) después de trabar la mula con una maniota embreada, y ya iba Manuela a notificarle a Agripina sus proyectos, cuando creyó vislumbrar entre lo que podían ser las grietas agusanadas de la marisma, una turba de roedores chapoteando en los postreros charcos del pozo. Y entonces, como para apoyar con una última justificación sus planes de abandono, convino antes que nada en apalabrar lo del acarreo del agua al cabezo para cuando ella faltase o, en todo caso, mientras la lluvia no volviera a activar los rezumaderos de la algaida. Y eso fue lo que medio le explicó a la partera, a cuya custodia quiso dejar a los dos niños sin conseguir que Perico Chico, engolosinado con la idea de cabalgar de nuevo por la paramera, aceptara en modo alguno quedarse. Conque una vez que llenaron las cántaras con el agua mate de un aljibe, emprendió Manuela la vuelta al cabezo, montando a mujeriegas en la grupa de la impaciente caballería y dejando al primogénito llevar el ronzal al cuello de la albarda. Gastaron otra vez a buen paso las dos horas largas que había hasta la casucha, sólo deteniéndose para que la mula paciera entre unos cardillos, mientras el bochorno del día se iba incrementando con la humedad que exudaban los vientos marítimos.

Después de descargar las cántaras y arrastrarlas hacia el interior de la habitación, desaparejó Manuela la acémila —que fue conducida por Perico Chico al sombrajo del talud— y se dispuso a recoger algunos pocos avíos de su pertenencia. Se sentó luego al resguardo de la pared de la casucha y allí se estuvo como reponiéndose de alguna quiebra del ánimo, acotando de pronto con un creciente desasosiego (que no había vuelto a experimentar desde bastante antes de nacer Diego Manuel) la parte de la vida del normando que seguía recluida en el mismo enigmático reducto de donde salieran los dos vasos de oro. Y en eso se pintó por unas mirandas del sureste, como surgiendo de la engañosa bruma del espejismo, un bulto aún difuso que fue poco a poco concretándose a medida que Manuela acomodaba los ojos a la opaca lejanía. No parecía avanzar, pero evidentemente se trasladaba hacia el cabezo o hacia la zona costera de la breña y, ya rebasado un teso de nopales, pudo descubrir Manuela que no era ningún aparecido lo que venía acercándose, sino un hombre tironeando del cabestro de un burro. No se movió ella de donde estaba, interrumpida en la avarienta evocación del tesoro por tan inusitada visita a aquellas intransitables trochas marismeñas.

El hombre traspuso las dunas fronterizas con despacio pero sin dubitaciones, y Manuela advirtió a un lado del serón una caja forrada de hule bermejo y engalanada con cadenetas y recortes coloreados. Cuando estuvo al pie del declive, el viajero dejó atrás al burro y subió hacia la casucha con andares negligentes. Se quitó luego un fez mugriento que llevaba ladeado en su hermosa cabeza y se adelantó a saludar con solemne inverencundia. Dijo llamarse Hermenegildo Pavón y Monteagudo, más conocido por el Emisario, para servirle, y ser descendiente de una familia de próceres asentada en la costa de los Moriscos desde tiempo inmemorial y diezmada durante la feroz invasión de los depredadores, ya usted me entiende. Manuela no supo responder más cosa que qué era lo que se le ofrecía, mientras se levantaba no sin manifiestos recelos. Y el Emisario, que no era ni joven ni viejo y del que trasminaba una sugestión entre enérgica y meliflua, la miró con descarada condescendencia y habló desde el podio de una autoridad más bien intempestiva, procurando —al parecer— disfrazar su natural acento con un deje foráneo. ¿Ha visto usted por un casual el coliseo de Roma los jardines de Semíramis los palacios de Alhama la torre de Babel quiere verlos como si de verdad los tuviese delante? Eso dijo el Emisario y ya se acercaba al burro para desatar la caja estibada en el serón, al tiempo que Manuela, perdida en las músicas de aquella incomprensible propuesta, buscaba con los ojos a Perico Chico; que subía entonces por la parte de atrás del cabezo.

El vagabundo afianzó el titirimundi sobre un inestable trípode, mientras seguía hablando sin que Manuela lograra desviarlo de su esotérico discurso ni aún repitiéndole por tercera vez que si quería algo. Al fin, después de haber colocado el cachivache, le dijo él que se acercara, venga aquí y prepárese para viajar a lo desconocido, y ella, resarcida ya en parte de la intranquilizadora presencia del extraño con la compañía del hijo, se adelantó en efecto a ver la caja, que tenía un tubo incrustado por el frente y una manivela lateral. Levantó el Emisario la tapa del titirimundi y anduvo hurgando dentro con misteriosa prolijidad, ocasión que aprovechó Manuela para ensayar una desenvoltura que la mostrase menos timorata. ¿Y usted de dónde sale?, preguntó con un quebradizo sonrojo, a lo que contestó el interrogado con capitular énfasis que no salía de ninguna cochina parte sino que entraba en todas aquellas donde suponía que iban a apreciar sus beneméritos servicios. Manuela se quedó como traspuesta y el Emisario, luego de orientar la máquina de forma que la luz le entrase por detrás, la instó a que mirara por el tubo. Vacilaba ella atrayendo por el hombro a

Perico Chico y dijo sin quitar la vista de la caja: ¿esto qué es oiga? El Emisario acompañó su fingida impaciencia con un enojoso movimiento de la mano para alisarse el pelo, no pareciendo oír a Manuela cuando ésta añadió que no es que quisiera molestarlo, pero que andaba con prisas, usted dispense, que tenía que llegar a Malcorta antes de que cayera la noche. La voz del Emisario se hizo más ronca y conminativa, ¿qué noche?, señalando después en dirección a Perico Chico y concluyendo sin rebozo que si ella prefería cambiar las más miríficas visiones del universo por una basura de poblacho, aún estaba a tiempo de impedir que su hermano allí presente cometiera semejante desatino. Es mi hijo, aclaró Manuela. El Emisario se quedó un momento callado antes de trasladar su oferta al niño, que no dudó más de lo que tardó en oírlo para acercarse a la caja, una mano tirando de la mano de la madre.

Aplicó Perico Chico su codicioso ojo al tubo mientras el enigmático operador daba vueltas a la manivela, y allí habría permanecido un tiempo similar al de su ignorancia de no haber sido rescatado por los apremiantes estirones de Manuela. Miró el niño atónita y alternativamente al fabricante-de-la-magia y a su madre y ya ésta se rendía al tentador llamamiento del titirimundi. Se le apareció primero un castillo entre evanescentes florestas y luego, como si se debiera a su propio parpadeo, la imagen tembló y quedó reemplazada de inmediato por una borrosa vastedad de torres y estanques sucesivamente encadenados a otras vagas y menos vagas representaciones de la maravilla. Sin creer en lo que estaba viendo, Manuela se dejó arrastrar por la ilusoria revelación de un mundo sin semejanza posible con ningún otro ingrediente conocido de la realidad, de cuyo embeleso no salió hasta que un táctil aviso la hiciera adivinar que el fascinante viaje había llegado a su fin.

Se quedaron la madre y el hijo en silencio y todavía absortos junto al titirimundi, en tanto que el Emisario solicitaba como de pasada alguna caritativa recompensa, no aplicable por supuesto a la exhibición del prodigio, que eso no había con qué pagarlo, sino al mantenimiento de la costosa y delicada máquina que lo producía. Se fue ella entonces para dentro de la casucha seguida del peticionario, el cual no pasó del umbral, una mano apoyada contra la jamba caliente, oteando con rápidas visuales los alrededores. ¿Vive aquí sola?, dijo, y Manuela se encogió de hombros mientras le acercaba a rastras un fardo de pieles. El Emisario no se movió y ella fue sintiendo un pusilánime espasmo por el vientre a la par que empujaba con el pie el fardo como proponiendo una voluntaria elección. Tampoco se movió entonces el Emisario y Manuela lo invitó sin levantar la vista a que escogiera un cuero, el que más le gustara, hágame el favor, que tenía que irse enseguida. A mí con permiso no me gustan los cueros que no sean de muchacha, dijo él ahuecando una voz que titubeaba no con agresividad sino incluso con cierta afable desfachatez. Manuela no pareció entenderlo porque se dispuso a salir sin que el vagabundo desviara el brazo del quicio. Disfrazó ella en parte las marcas del ya agudo pellizco de su inquietud y señaló con la cabeza para donde estaba Perico Chico, queriendo sin duda denotar con un pueril rodeo que ni la ocasión era propicia ni podía quedarse porque la estaban esperando afuera. Y dijo el fabricante-de-la-magia: ése ya tiene distracción para rato de ahí no hay quien lo mueva, cosa que efectivamente era verdad, pues el niño seguía pegado al cajón en el irreducible trance del hechizado.

Se volvió entonces el Emisario con una casi doméstica lentitud para cerrar el batiente, cuyas bisagras chillaron igual que la comadreja, y antes de que Manuela se determinara a impedírselo, ¿qué es lo que está haciendo qué quiere?, ya la tenía él aferrada en un inexpugnable abrazo, sujetándole las manos a la espalda con sus propias manos leñosas. Manuela no habló ni gritó, si bien empezó a emitir un obturado mugido al tiempo que se revolvía entre aquellas inusitadas tenazas que le impedían morder o arañar. Y a todo esto el Emisario no hacía otra cosa que inmovilizarla con impertérrito poderío, estáte quieta ¿qué te pasa?, esperando quizá el agotamiento de la presa para gozarla sin furores. Y como tal cosa no parecía llevar trazas de producirse, la abatió al fin sobre el montón de las pieles, quieta potrita, y allí prosiguió una gimiente y desigual pelea, negándose ella salvajemente a lo que muy bien podía haber otorgado incluso con cierta gustosa rutina.

Ya rebasado el límite de su resistencia (o de sus más consabidas prácticas amatorias), recuperó de pronto Manuela no el sustrato de las carnales usuras devengadas entre la gestación de sus hijos, sino el lastre de todos los atropellos que habían asediado su virginidad antes de entregarse de grado al normando. Se veía de nuevo forzada, zaherida, penetrada en las solitarias guaridas de la adolescencia, atrincherada en el instinto de una repulsión o un temor que ya habían perdido su primaria raigambre sexual pero que, de repente, afloraban en lo más oscuro de un atavismo donde el desvirgamiento equidistaba por igual de la tortura y la maldición. Y en el centro mismo de esa ambigua lucha de hembra violada y a la vez prostituida, reconoció Manuela los invasores avisos de un orgasmo indescriptible, como una turbia grieta de aberración, un sumidero de agigantado deseo que la fue poco a poco engolfando en la identificación de la violencia con el placer. Y así vino a consumarse aquella tortuosa ceremonia de castigos y deleites, que acabó dejando a los oficiantes extenuados sobre la mutua e inverosímil frontera del paroxismo.

Apenas escapados del cepo brutal de la cópula, se asomaron como a tientas a la última luz de la tarde. Y mientras él hacía recular al burro hasta el titirimundi (de cuya fascinación aún no se había desprendido Perico Chico), recorrió Manuela con atónitos ojos la redondez de los marjales desérticos, como si quisiera vincular de una forma ya concluyente la ausencia —o la fantasmagórica presencia— del normando a aquel erosionado mundo que tantas irrefrenables erosiones le había transmitido a ella también. Un febril amasijo de fatiga carnal y cenagosa opresión la hizo sentirse más que nunca contaminada, mancillada por el inmundo hervidero de evocaciones que se expandía entre los meandros del caño Cleofás y el tramo de breña ya succionado por los primeros borrones del crepúsculo.

Reaccionó Manuela un punto para reconocer al fabricante-de-la-magia, que afianzaba ahora la fastuosa caja en el serón. Y algo parecido a un vaho genital le avivó la certidumbre de que todo cuanto acababa de serle traspasado por el Emisario —desde la portentosa visión de lo desconocido al venenoso desenfreno de la lujuria— la impelían a una nueva y execrable confluencia de la realidad, cuyo acceso sólo podría ser ya modificado a través de sus más desesperadas tentativas de rescate. Recogió luego un hato que había dejado junto a la puerta, llamó a Perico Chico y emprendieron juntos, precedidos de la no convocada guía del Emisario, la ruta de los áridos desaguaderos que llevaban a Malcorta. Sólo entonces, antes de perder de vista las cumbreras de la casucha, ya por el cañaveral donde estuvo a punto de parir a Diego Manuel, asumió Manuela la subalterna convicción de que iba a volver allí de algún modo, no en absoluto a quedarse, sino a registrar con nuevas añagazas los secretos del imaginado tesoro y a apoyar también, con las esporádicas testificaciones de la supervivencia del normando, la ya irrevocable determinación de su fuga.

SEGUNDA PARTE

IX

El tránsito del tiempo, medido en aquellas ciénagas por migraciones de aves, bramas de rumiantes o ciclos de lluvias y sequías, se arremolinó en casa de la partera como el ventarrón en las dunas, alterando las señas de la rutina y destapando espinosas ocultaciones. El raudo eco de cuanto allí ocurría, con ser tan tapado, saltó pronto hacia la contraria parte de la costa y se propagó por tierras de pegujaleros y haciendas del señorío. Lo que empezó siendo un clandestino reclamo, mañosamente dispuesto para uso de opositores eventuales, acabó transferido a la comarcal fama de una mancebía de increíbles prestigios, ocupada por alguna de las pupilas que acudían a Malcorta con los braceros estacionales, pero especialmente animada por la perpetua regencia de una hembra de encandilada hermosura, huida al parecer de su hombre y capaz de los más compensadores encames. De modo que ni Manuela salía ya por el poblado en faenas de buscona ni la partera Agripina necesitaba andar en tercerías y furtivos callejeos, limitándose aquélla a recibir y ésta a hacer las veces de conspicua electora de visitas.

Mientras Diego Manuel crecía con un retraído natural, de espaldas a los públicos escarceos de la madre y bajo la privativa custodia de la partera, Perico Chico (convertido ya en un mozo prematuramente despierto) vivía desde hacía meses emancipado de Manuela, no ya en razón de su repudio por las escabrosas andanzas de ésta, sino por dejar bien establecido un tácito convenio de recíprocas libertades de acción. En todo caso, convino el primogénito que era preferible no permanecer incorporado por más tiempo a una promiscuidad que, si bien traducía la madre en disimulos nunca olvidados en su presencia, había acabado por producirle una ya intolerable mezcla de desazón y encono.

Así que después de una noche en que oyó sin querer la algazara de Manuela ocupada en sus comercios, decidió Perico Chico trasladarse como único huésped a una cumplida posada que sólo lo era para marchantes en épocas de la corta del mimbre. Antes que ningún aviso del decoro, lo que asaltó entonces a Perico Chico fue el recuerdo de la madre tumbada junto a él en la herrumbrosa cama de la casucha, temblando de algo que no era de frío, la ya lejana noche en que la herida del normando infestara a Manuela de un terror jamás superado, mientras él, el primogénito, volvía a sentir la trémula apretura del cuerpo de ella, no desnudo pero pareciéndolo de tan atosigante. Y fue esa turbia memoria quien le avivó también en lo más acolchado de su vida —y al cabo de los años— la aberración de un nexo umbilical con la ciénaga que sólo podía ser ya aminorado alejándose de su propia madre.

Manuela dejó irse al hijo sin intentar siquiera retenerlo con la evasiva de ninguna enmienda. Como si volviese a ensartar de súbito las cuentas de su desdicha, se sintió una vez más aturdida por el fulgor precioso de los vasos con que financiara el normando la construcción de la casucha. Sabía que aquella riqueza siempre escamoteada había auspiciado quizá, casi tanto como los vengativos tirones del sexo, la avarienta insidia con que podría liberarse al fin de todas sus carencias y desventuras.

Una vez instalado Perico Chico en su nuevo hospedaje, y para dejar zanjada cualquier enojosa dependencia familiar, se las apañó de manera que no precisara de otra ayuda que la de su propio y avispado ingenio. Y arbitró para ello, como primera medida, un incipiente reajuste de las hasta entonces mal aprovechadas industrias del curtido, sólo en parte mantenidas desde la fuga de Manuela a través de algunas periódicas excursiones al cabezo. Aunque al principio iba en compañía de la madre (siempre empeñada en comprobar que el normando proseguía consumiéndose normalmente), a la larga acabó yendo él solo a desollar los cérvidos que el nunca llamado padre continuaba arrastrando hasta el rellano de la ya devastada casucha.

Perico Chico empezó por transportar los cueros en muletos arrendados, adobándolos con más activos curtientes en un corral de Malcorta acondicionado como secadero. Quiso luego enterarse del itinerario que seguían las pieles otrora permutadas por Manuela, y supo de su arribo a tiendas de talabarteros de la Tabla del Condado y de Benalmijar y de su conversión en primores de adornos y jaeces. Pensó entonces sin mayor astucia que si llevaba él mismo la mercancía a los artesanos, ganaría lo que hasta entonces se había ido en mediaciones y engañifas. Y con esos estímulos, en los que apuntó a la vez cierta caritativa alianza con el inválido padre y un más apremiante empeño por hacerse valer ante la repudiada madre, consiguió Perico Chico ir sacando tajada de sus buenas disposiciones y sus muchos ajetreos.

Algo más de cuatro meses corrieron entre esas idas y venidas (que no sólo le avivaron al mozo sus mañas como curtidor sino otras más generales estrategias), cuando creyó Perico Chico llegado el momento de que le echasen una mano si no quería perder las suyas. Y apalabró con esos fines a dos muchachos marismeños que malvivían a partes iguales de la sal y el cisco, yéndose con ellos una mañana hasta las cercanías de la casucha para plantear mejor sobre el terreno la forma de ampliar el monto de las piezas cobradas. Hacía más de una semana que no aparecía Perico Chico por el cabezo, ocupado quizá en otras diligencias o eludiendo posiblemente la definitiva verificación de que no eran calumnias cuanto se decía del padre por Malcorta. Nadie dudaba ya, en efecto, que el hasta entonces tenido por cazador de alforja —y a quien empezaban a llamar el Hurón—, amén de seguir recluido en su selvática cautividad, debía haber pactado con el maligno o con algún alma en pena, a juzgar por las especies que corrían sobre presuntas y espectrales apariciones suyas en las lindes de las mimbreras, todo él recubierto de musgo y sin cabeza o bien bicéfalo y dejando transparentar la luna a través de un cuerpo emplumado.

El caso fue que Perico Chico y sus dos socios se fueron aquella mañana para el cabezo, y nunca lo hicieran. Lo primero que alertó a los caminantes fue la pestilencia que bajaba hasta el caño Cleofás, apenas avistadas las cumbreras de la casucha. Era un hedor afilado de putrefacción que arreciaba con las rachas del viento sureño y que incluso se sobreponía a la sulfídrica vaharada de los lucios. Perico Chico se temió lo peor y miró a los altos en busca de alguna tropa de carroñeras y, como no la había, aún se concretó más anómalamente el augurio de la defunción. Aligeraron el paso en dirección al cobertizo del talud y bordearon el declive hasta situarse a barlovento de la casucha, por donde se aliviaba la hedentina. Subió entonces Perico Chico y descubrió a dos gamos tendidos en la solanera, las cuernas medio enterradas y los hinchados vientres forzando los remos en una descoyuntada postura. Bastaba ver el unto de la pelambre y los ojos polvorientos de los bichos para advertir que debían llevar allí los mismos nueve días que había durado la ausencia de Perico Chico, el cual fue a asomarse al interior de la vivienda, cuya puerta no se había vuelto (ni nunca se volvería) a cerrar a partir de la escapada de Manuela. La habitación estaba igual que siempre, comida por el nitro y como deshabitada quizá desde la invasión de los depredadores que saquearan la heredad del Emisario, sosegándose Perico Chico al no encontrar la muerte vinculada —como en principio había creído— al padre. Después de buscar entre lo que no era más que un vertedero medio sepulto por la arena y los detritus, halló unas pleitas de esparto que fue anudando hasta formar un cabo de mediana longitud.

Salió otra vez Perico Chico al rellano y llamó a los dos socios, que permanecían en mitad de la ladera maliciándose el rebrote de alguna temible historia protagonizada por el Hurón. Pero se dispusieron a ayudar en el amarre de uno de los gamos, rodeándole los ijares con la soga y sintiendo que la fetidez se les metía por la boca como un vómito inverso. Jaló Perico Chico de la cuerda para probar la atadura y destapó el rebullir de la gusanera sobre la mancha dejada por el cuerpo en el terrizo.

Arrastraron el cadáver hasta el borde del teso, frenando el desmayo con los aguantes de la premura, y lo hicieron rodar por la pendiente hasta que se atascó en unos matorrales, tomando luego aliento antes de desatollar y volver a tirar del gamo, que iba soltando un cuajo de humores corruptos. Y así llegaron a una poza ya a trasmano de la casucha, sobre la que volcaron al bicho sin conseguir que se hundiera más que en parte bajo la espesura de la ova.

Oteaba Perico Chico los contornos en busca de indicios del padre, en tanto que volvían al cabezo y repetían la misma operación con el otro gamo. Hecho lo cual, convinieron los socios que debían largarse de allí lo antes posible si no querían exponerse al incurable salpicón de la pestilencia. Les pidió, no obstante, Perico Chico que aguardaran un poco, ahora nos vamos, que quería mirar si andaba por allí cerca el padre. Y ellos se empecinaron en fingir prisas y temer calenturas, a lo que respondió el hijo del Hurón llamándoles salineros cagones, ya me estáis sobrando en el negocio por ahí se va al carajo; yéndose él para los esteros que colindaban con la algaida y notando que los medrosos lo seguían al fin de mala gana, vigilantes y espantadizos, rezongando entre ellos, seguro que se nos va a echar encima la marimanta.

No tardó demasiado Perico Chico, haciendo uso de sus nativas prácticas marismeñas, en dar con la difícil pista del normando, a quien descubrió oculto tras una maraña del jaguarzal. Se acercó sin despacio y le vio el hirsuto talante de jíbaro, los harapos del color del limo, la carne tumefacta y como estercolada, el ojo pérfido y tesonero de quien persigue a sus perseguidores. El que no era su desconocido hijo (aunque bien podía serlo) le alzó desde lejos la mano del parabién y el que no parecía ser padre de nadie se agazapó entre las matas cuando advirtió que aquél se aproximaba al escondrijo. Los dos socios se habían quedado rezagados, trastabillando en una actitud parecida a la del cervato que ventea al lince. Perico Chico siguió avanzando y el padre retrocedió entonces, hurtándose con inusitados recelos a una presencia que en modo alguno había solicitado ni estaba dispuesto a aceptar, y corrió después igual que un jabalí hacia el tupido fondo de los jaguarzos. Nada dijo ni dio a entender el que huía ni nada habló ni hizo quien tan pacíficamente iba a su encuentro. Era como si el tiempo se hubiese extraviado por las rinconadas de la marisma sin conseguir llegar a aquel paraje más que en fragmentarios salpicones de irrealidad. Perico Chico se quedó quieto y avejentado, oyendo cada vez más lejos la fronda percutida por el fugitivo y pensando, cuando se restableció el orden de resonancias vegetales, que en absoluto podía ser hijo de aquella especie de alimaña, ya desprendida del más remoto indicio racional, que lo embargaba juntamente de lástima y repulsión. Se volvió otra vez hacia la parte de los vados del caño Cleofás y distinguió a los desertores, medio tragados por la calígine, enfilando los vientos de Malcorta.

No más llegar al poblado, y contra lo que se había propuesto, se fue Perico Chico a ver a la madre en demanda de luces o con la más vaga necesidad de acuerdos sobre la aparentemente postrera mudanza del padre en cimarrón. La encontró como solía: abanicándose en una mecedora de rejilla blanca y mirando a un recodo de la pared por el que debía estar descolgándose una embelesada inventiva de gozo y molicie. No se movió Manuela cuando sintió que alguien entraba, pero se levantó con manifiesta alegría al descubrir al primogénito, a quien tomó de una mano mientras se abrochaba con la otra el descote que descubría buena parte de su cobrizo pecho. Perico Chico no correspondió a los arrumacos de la madre ni quiso hablar de más cosa que de la atroz aventura vivida esa misma mañana en el breñal, sobre todo en lo que se refería a la espantada del llamado su padre, hay que hacer lo que sea enseguida ¿no se te cae la cara de vergüenza? Manuela se estuvo un momento ensimismada, no se me cae, y con los ojos encapotados de ascuas húmedas, se va a morir como un perro (oyéndolo) y tú vas a tener la culpa nadie más que tú (oyéndolo), y ella sin contestar nada pero encenagándose una vez más en la apetencia del oro de los vasos y en la despiadada convicción de que la muerte del normando mataría también la última esperanza de alcanzar aquel presumible e inexplicable usufructo.

No salió Manuela del atranco de su memoria hasta que sintió la alzada voz de Perico Chico azotándola, yo seré un hijo de puta pero a mi padre no lo voy a dejar tirado como a una basura eso ni que te lo pienses. El insulto le entró a la mentada puta por dentro de la boca y se le agarró a la garganta, no como un arañazo de la cólera sino como el aguijón de un recuerdo hecho con los añicos de su propio y tenebroso sinvivir. Se volvió de espaldas diciendo: lo único que me ha dado esa fiera óyeme bien ese hurón salido del infierno es miedo y piojos y maldiciones ¿tú qué sabes? desde que me llevó con él me dejó arrinconada en medio de la salvajina como un pellejo de culebra me habría podido morir sin que ni siquiera me mirara. Y al hijo se le fue derramando entonces la saña por una conmovida suerte de aprensión no muy distante de la piedad. Algo habrá que hacer compréndelo, dijo, y agregó la madre entre los pujos de un llanto que Perico Chico nunca le había conocido: yo lo cuidé le limpié la mierda me dejé media vida a la vera de un animal ¿tú qué sabes? Y él sí lo supo de pronto o volvió a saberlo otra vez con virulenta certidumbre, mientras se le venía encima el reflujo de su infancia y la acelerada tramitación de su adolescencia, comprendiendo quizá que se había hecho hombre (aun sin serlo más que a medias) en el mismo momento en que desistió de reconocer a su embrutecido padre y no pudo seguir acogiéndose a la vidriosa protección materna. Se acercó entonces a la gemebunda con todo el cargamento de aquellos años resueltos en una súbita sustitución de los infortunios de la madre por los de quien, siendo tal vez verdaderamente padre suyo, ni siquiera conseguía recordar como persona. Y del reconciliado abrazo surgió la seguridad mutua de que, por encima de cualesquiera malquerencias, algo había que hacer, y juntos, para no abandonar definitivamente al normando como carroña de buitres.

X

Salieron de mañana para los andurriales de la breña en disposición de buscarle algún desesperado remedio a lo que ya parecía irremediable. Hacían el camino a lomos de dos mulas de buena andadura desbravadas en el acarreo del mimbre, y Manuela, que no se había vuelto a asomar por el cabezo desde que el hijo abandonara la casa de la partera —y que sentía ahora el contento supletorio de su compañía—, quiso hacerlo partícipe del viejo secreto de los vasos, sabiendo quizá que se acercaban a las últimas probabilidades habidas y por haber para el rastreo de su origen. Y antes de vislumbrar el estrago de la casucha, por el dominio de nadie de los lucios a medio vaciar, dejó fluir Manuela su memoria y su corazón y le contó al hijo la entera y verdadera historia de aquella envenenada riqueza, remoto embrión al parecer de todos los desvaríos del extranjero que comprara un día a la morisca en las almadrabas a menos precio sin duda que el de una espuerta de atún. No le pareció creíble a Perico Chico toda aquella sarta de anomalías pero acabó aceptándolas cuando insistió ella, entre exasperada y rencorosa, en las suposiciones en torno al secreto y en la más que probable existencia de otros cacharros de oro. Rememoró él entonces inopinadamente la antigua calzada descubierta por el normando, adonde tantas veces lo llevó la madre y tantas otras recorrió después en inquietantes exploraciones. Y en eso traspusieron las dunas desde las que ya se avistaba el cabezo, arropado ahora en las gasas azulencas de la humedad y como sometido a la rasante succión del austro que soplaba desde la luna nueva.

Fue Manuela quien primero vio al normando. Pero no pudo asegurar que se tratara de él, porque lo que en realidad distinguió fue un bulto vagamente ovillado delante de la casucha, con más apariencia de escombro que de cristiano y, al igual que días antes Perico Chico, lo asoció sin excesivos sobresaltos a alguna fúnebre advertencia de los malos agüeros. El hijo le preguntó a la madre con los ojos mientras descabalgaban y trababan las mulas al pie del declive. Los dos sabían por algo más que por los síntomas que allí iban a encontrarse al normando, vivo o muerto, y subieron sin hablar y se acercaron al bulto como quien se acerca a un precipicio. El normando estaba en cuclillas, parecía un cebo informe abandonado en mitad del calvero, y ladeó imperceptiblemente la cabeza al oír o husmear que alguien se aproximaba. Eso fue todo lo que hizo, ni intentó escapar (como en principio supusieran sus buscadores) ni reaccionó de ninguna manera.

Unas nubes prietas y veloces que venían de la parte del mar, habían ido filtrando por la redonda una tonalidad mate que lo tiñó todo de un mismo fulgor violáceo. Tal vez por ello no apreció Manuela qué insospechada especie de máscara se había adherido a la ya decrépita máscara del normando pero, después de observarlo de cerca, se dio cuenta que algo aún más irregular que lo presumible había ocurrido. Aquel pingajo no estaba quieto desde luego, se agitaba en una tiritona más bien excesiva, como acompasada a un chirriar de osamenta. Perico Chico se agachó al lado de Manuela y notó un calor nauseabundo saliendo de la carne del normando, no procedente de ninguna basura corporal que hubiese fermentado —con la necrosis del tejido— bajo un sol tan antiguo y feroz como la marisma, sino exhalado de las úlceras, muchas y minúsculas, repartidas por todo el cuerpo de aquel hombre que parecía agonizar sin que, por espacio de tantos años, hubiese llegado a saber realmente que estaba vivo. Pero una vez superados los iniciales escrúpulos y vacilaciones, que tampoco duraron en demasía, se dispusieron Manuela y Perico Chico de consuno a transportar al normando, llevándoselo a rastras hasta el interior de la medio desmoronada casucha, donde consiguieron reunir lo poco que quedaba del jergón para acostar en blando al enfermo. Y el enfermo se dejó mudar y manipular sin dar muestras de enterarse de nada ni reconocer a nadie, siendo su pertinacia en mantener erguida la cabeza (reclinándola sólo cuando le colocaron debajo un lío de estopa) lo único que más o menos congruentemente pudo dar a entender. Hecho esto, pidió Manuela a su hijo que viera si había agua en las cántaras y, que si no, que la sacara del pozo. Y había un agua verde en una de las cántaras pero, como la fueran a calentar y no encontraran con qué, desnudaron a quien ya no parecía responder siquiera al nombre de Hurón y lo lavaron todo entero con aquel agua verde, dándole friegas hasta desmontar en parte la costra de mugre que cubría, como otro cuero, los infectados cueros del normando.

Una actividad compasiva y hecha de recursos menesterosos vino a suplir transitoriamente el desgaste de tantas anteriores repulsas, convocando de nuevo en un desconsolado ámbito familiar (con la sola y vitalicia exclusión de Diego Manuel) la interina dependencia de sus componentes. Y tan era así, que Manuela no hacía sino desvivirse por acertar con el remedio que más podía convenirle al ulceroso, sin pensar entonces en otra cosa que en socorrerlo. Avió un linimento con polvos y yerbas que halló a medio pudrir en un pomo y que aplicó, procurando acordarse de algún conjuro, a las partes llagadas. Pero, no logrando hacer fuego y no encontrando comida ni nada de que poderse valer para espantar los males, concibió lo inconcebible, que fue llevarse al normando a Malcorta, aquí no vamos a dejarlo como está se muere seguro. Y Perico Chico, bien que agradeciera a la madre aquella imprevista decisión, de acuerdo nos lo llevamos, sintió como una vergonzante sombra de malestar interceptando sus verídicas condolencias, lo cual no impidió que se ocupara diligentemente en los preparativos del traslado.

Costó Dios y ayuda volver a vestir al normando con lo menos andrajoso que pudieron hallar y conducirlo ladera abajo hasta donde ramoneaban las mulas en un espejismo de heno. Pero lo que estuvo a punto de hacerlos desistir de la caritativa —y ya en parte acobardada— empresa, fue la operación de encaramar al enfermo sobre la enjalma y de mantenerlo allí cuando ya estaba encaramado. Por dos veces se resbaló el que a ojos vista no estaba en condiciones de cabalgar ni de resistir ninguna clase de transporte, y por dos veces dio con su apestado cuerpo en tierra, quedándose encogido entre las quiebras de la arenisca sin dar señal alguna de padecimiento, dato aún más penoso por lo indebido. Propuso entonces Perico Chico montar él primero y sujetar después al padre sobre la mula para evitar más brutales caídas, con otra se queda en el sitio, cosa que hicieron a duras penas, empujando Manuela desde abajo y tirando el hijo desde arriba, hasta que al fin consiguieron estabilizar mal que bien la carga y emprendieron despacio y silenciosamente el camino de vuelta a Malcorta.

Aún quedaban más horas de luz de las que hacían falta para llegar al poblado, y Manuela prefirió que corrieran en paradas y desvíos, con ánimo de que la noche disimulase en parte la poco lucida arribada de la expedición. Vadearon el caño Cleofás por donde no era menester y se metieron a trasmano por un paraje de arenas gordas, tétricamente cubierto de petrificados raigones de caña, que llevaba a la contraria parte de Malcorta, ya al filo de las salinas lindantes con la algaida. Y en eso empezó a caer una lluvia pajiza y caliente

que levantó de lo hondo del tremedal como la respiración de un mundo subacuático despertado a través de aquella otra agua que corría en su busca por las grietas de la salitrera donde desovan el sapo y la salamandra y todo empezó a oler como sólo huele la marisma a un efluvio de ingredientes viscerales segregados quizá de la misma glándula que el sudor de las hidras esa viscosa destilación de ovario que penetra por dentro de lo macizo y se coagula alrededor de lo gaseoso

y se mojó Manuela de esa lluvia inclemente y de esa escalofriante fragancia a ozono, andando como ciega por un terraplén de cartílagos, ya a punto de caer en el venero de larvas del pantano (del que sólo se vuelve con las carnes resueltas en verdín y los ojos trasmudados en esponjas), hasta que logró sacar a la mula del atolladero y reencontrar el rumbo.

Temió entonces Manuela que Perico Chico también se hubiese podido resbalar hacia la estribación del peligro, y lo buscó por lo más opaco del nublo sin advertir que era él quien la buscaba y aparecía por su diestra, torpemente humillado sobre la montura, sosteniendo al padre por detrás en un agobiante abrazo con el que parecía haber aceptado ya la inoculación de las úlceras. Se apeó Manuela igual que una sonámbula y se dio cuenta que la lluvia invertía su trayectoria para encaramársele a chorros por las piernas, como si estuviese exprimiendo con ellas el cuerpo de un náufrago y el náufrago la lamiera a su vez con una lengua gelatinosa. Chapoteó entonces como pudo hasta donde estaba Perico Chico y le gritó con una voz en la que salpicaba el fango que se bajase de la mula, móntate en la mía corre, que iba a llevar ella al normando durante el buen trecho que aún los separaba de Malcorta, adonde llegaron con la noche.

XI

El ingreso del normando en el prostíbulo, no en calidad de ocupante pasajero sino como paciente estable, desencadenó sus consiguientes disturbios domésticos y hasta sus destempladas conmociones callejeras. La noticia de que el Hurón había sido sacado de las forestales covachas en que vivía y depositado con trazas de moribundo en la misma casa donde ejercía de puta la que fuera su concubina, traspasó las lindes de la tolerancia y sumó un más morboso ingrediente a la impudicia. Manuela tuvo que empezar por esgrimir amenazas de abandono del oficio —y, por ende, de descalabros en la economía de la partera Agripina— para que ésta aceptase dar posada a aquella bazofia de hombre, y más previendo con sólo echarle el ojo encima que se le iba a morir de inmediato dentro de la casa, dejándole además de propina un seguro reguero de contagios. Todo se arregló, finalmente, tras un previo ajuste en la compensación de los perjuicios, y el inmundo fue instalado en un cuchitril anexo al corral, donde ni mejoró ni empeoró a pesar de la maligna clase de fiebre pasada por agua que traía encima.

Salvo alguna fugaz y velada escaramuza, Manuela dio entonces por provisionalmente clausurado el burdel, tanto por la nueva convivencia con el primogénito (que volvió a establecerse al lado de la madre desde que lo hizo el padre) como por una subrepticia inclinación al recato que no lograba aislar de sus cotidianas maneras de aturdimiento. Pareja a su inquietud por el alarmante estado del enfermo era su creciente desgana ante la sola idea de cohabitar con nadie. Tal vez asumió entonces la única permeable conciencia que tuvo —y que probablemente tendría— de pertenecer a una tribu, no ya en cuanto a su condición de presunta hija de mora y calabrés y madre de dos vástagos de dudosa media sangre, sino en lo que se refería al hecho de sentirse reclamada por una consagración familiar que ni siquiera experimentó cuando el normando (en una de sus últimas señas racionales) la llevó a la recién construida habitación del cabezo. Y así olvidó Manuela por aquellos días todo lo que no fuese atender con curas inverosímiles al desahuciado y estar pendiente del melancólico Diego Manuel y preocuparse incluso de los quehaceres de Perico Chico cuando ya el laborioso tráfico de curtidos tendía a su natural liquidación.

La partera, que le había diagnosticado al normando unas calenturas eruptivas del mismo rango que la triquinosis del jabalí, terminó por afirmar que lo único que le pasaba a aquel hombre, aparte de su natural idiotismo, era que se estaba pudriendo, cosa que efectivamente parecía ser cierta. Al menos, el enfermo no había dejado un solo instante de supurar y temblar, como si la carne le abrasase y quisiera desprenderse de ella sacudiéndosela por las porciones ulceradas. Daba la impresión de haber perdido sus postreros recursos humanos, emitiendo de continuo un quejido ronco y sin posible localización, emanado más bien de las llagas y adensado, como el propio vaho de la peste, en las periferias de su cuerpo. Sólo tragaba algunos líquidos —infusiones, aguachirles, leches— por el expeditivo método de enchufarle directamente en la garganta el pitorro de una jeringa que solía usar la partera para todo lo contrario.

Al tercer incierto día de desvelos, entrevió Manuela el moho de la muerte saliendo del cuchitril con una horrible mansedumbre de lava y reptando entre las escorias esparcidas por el corral. Se acercó aterrada y fue sintiendo, cada vez más netamente, las heces descompuestas de ese moho que expelía el cuerpo del emponzoñado y que le bastó a ella para marcar el término de las conmiseraciones que tan cierta —aunque raudamente— había protagonizado. Se inmunizó Manuela en aquel mismo momento contra los gérmenes de la piedad y, la antes arrepentida, reincidió de pronto en sus humanas voracidades frente a los también voraces signos del acabamiento. Cuando comprendió que el normando se moría sin remisión posible y notó la agónica carne de él vibrando junto al pujante azogue de la suya, volvió a recobrar súbitamente sus viejas ansias por averiguar la procedencia de los vasos o el paradero de otros supuestos objetos preciosos. Corrió entonces sin más en busca de Perico Chico, que no estaba en la casa y al que encontró fisgoneando por las mimbreras, y le contó lo que ocurría y temía.

Como si ya lo hubiesen decidido todo anticipadamente, se dispusieron Manuela y su primogénito a hacer lo que iba a acabar con la vida de aquel enigmático fundador de la progenie marismeña de los Lambert y a inaugurar la dominación de su único y olvidado hijo en toda aquella divisoria del antiguo delta argonidense. Y así, mutuamente encelados y confabulados, sin dar cuenta a nadie de sus propósitos y aprovechando una salida de la partera, emprendieron en el sigilo de aquella misma madrugada el camino de vuelta al cabezo, cargando otra vez con el moribundo como si lo devolvieran en una fúnebre cabalgada (que no otra cosa fue lo que harían) al hediondo laberinto de los lucios que lo albergó —y devoró— durante tantos caóticos años.

Empezaba a clarear cuando ya oyeron los aleteos y arrastres que llegaban de la guarida que había sido vivienda, hacia la que se apresuraron sorteando unas dunas donde fingía el amanecer unas ramblas inexistentes. Se desviaron luego para el caído cobertizo del talud y, sin más dilaciones, descabalgaron al normando (o eso creyeron) y lo recostaron contra un viejo caballete usado en operaciones de desolladuras. Manuela extrajo entonces de un zurrón el florero esmaltado y de áureas cenefas que había traído consigo como presunto talismán para desatascar los infrahumanos memoriales del normando, y se lo puso delante de su cara de fósil sin obtener otra respuesta que la impasibilidad más empedernida, en tanto que ella se obstinaba con grotescos afanes por leer en unos ojos que ya parecían descolgarse hacia la otra parte del yermo. Y en ésas estaban, cuando ideó Perico Chico —que nada tenía que ver con el que llegara días atrás en comisión de socorrer al padre— el infame ardid de sacar a éste de su letargo haciéndole beber a la fuerza un vino de telarañas que encontró descompuesto en un búcaro. La víctima tragó y devolvió aquel brebaje entre convulsas arcadas, momento que aprovechó Manuela para volver a meterle el florero por los ojos y hablarle bajito con disfrazadas angustias, vas a decirme de dónde sacaste los vasos me lo vas a decir, levantándole la cabeza a quien ni la tenía en su sitio ni podía hacer otra cosa que irse consumiendo, no te morirás sin que me lo digas acuérdate. Y de improviso el normando pareció querer hablar o, cuando menos, algo borbotó de su boca que no era un estertor, al tiempo que se removían sus pupilas entre la reverberación de una lágrima intolerablemente purulenta.

Por más que lo intentaron, sin embargo, nada pudieron sacar en limpio de aquel simulacro de recuperación que llegó a ser aún más tenebroso que la insensibilidad. Propuso entonces Manuela poner en práctica el programa que ya había previsto antes de salir de Malcorta, consistente en llevar al normando hasta la hornachuela donde había vivido con anterioridad a que la escogiera por mujer (y donde debió iniciarse el oscuro proceso de su conversión en momia andariega), con el fin de probar si frente a aquellas inertes soledades retrospectivas se le movilizaba algún resorte de la lucidez preagónica. Y sin pensarlo dos veces, hay que llegar allí antes de que sea demasiado tarde, Manuela y su hijo volvieron a montar al normando en la acémila (atravesándolo esta vez en el serón como un petate) y se dirigieron por el sur de la marisma hasta dar como querían con la vieja calzada, sólo visible ahora a través de algunos imprecisos vaciaderos del arenal.

Orientándose por el vuelo matinal de los ánsares y los atavismos que regulan los itinerarios del desierto, arribaron a unas dunas recientes en las que se hundían las bestias hasta los corvejones y desde donde se barruntaba un montón de basuras que bien podían haber sido un chozo. Manuela no reconoció, sin forcejeos imaginativos, aquel lacerante mundo por el que arrastró su obsesa virginidad y su aturdimiento de preñada, y aquella esparcida escombrera donde purgó tantos y tan inmerecidos exilios. Algo había allí, cruento y acechante, que ululaba sin sonido ninguno por la desolación pantanosa, relampagueando como el fósforo de las lagunas y confundiendo una memoria que en ningún caso provenía del tiempo vivido, sino de alguna ignota estancia en los sumideros orgánicos de la marisma. Sintió Manuela entonces la ráfaga alucinante de las historias que aniquilan a quienes las provocan, como si cada una de sus experiencias hubiese conservado el sedimento de todas las fatalidades en que había consistido —y seguiría consistiendo— su biografía de morisca vendida como esclava y revendida como ramera. Fue identificando Perico Chico a su vez las cavilaciones de la madre, e intuyó que también participaba él de algún modo en esas confusas remembranzas, acaso a través de un acto regresivo que lo devolvía a la placenta en que se gestó su propia vida con la misma aberrante perturbación con que se uniera después a las entrañas de la ciénaga.

Acortaron de común acuerdo las riendas a las sudadas mulas y se internaron con el oscuro peso de las edades baldías y los sueños baldíos por el que ya era definitivo dominio de las furias. Y mientras Perico Chico continuaba sintiendo una especie de estirón filial de la sangre, se apretaba Manuela la garganta como si la piedra de lincurio (impuesta en ya lejanos días por un hombre aún cuerdo que quería protegerla del maligno) le desgarrara de pronto una piel que ya traía escoriada y mordida por desconocidos visitadores. Se detuvieron más largo, frente a algún vestigio medio sepulto del chamizo, y sin moverse estaban cuando un viento terral, llegado de las tórridas lejanías del levante, les picoteó los cuerpos y encalabrinó a las bestias con los mil pinchazos de una arena escupida desde treinta siglos atrás

un látigo restallando en la oquedad bruñida por la magnesia y la arcilla de launa un trueno remoto de flamencos sobrevolando el peligro un amasijo de feldespato y carbono que venía rodando desde la orilla del mar para demoler la madriguera donde no se había refugiado verdaderamente nadie aquella permanente embestida de la soledad royendo los intersticios de la razón como una quemadura

hasta que unas espasmódicas contorsiones del normando vinieron a espabilar a los absortos. Y ya descabalgaba Perico Chico al padre, cuyas venas parecían haberse vaciado enteramente en la cabeza y cuyas extremidades habían perdido ya por supuesto su calidad de semovientes. La cabalgada en la no del todo recomendable posición de una alforja, produjo no obstante en el moribundo (o produciría poco después) el efecto de un tónico inyectado directamente en las cavidades del cerebro, por las que tal vez no había vuelto a circular la sangre desde el mismo y aciago día del descubrimiento del tesoro. No cabía duda, al menos, que aun sin presentar ningún manifiesto síntoma de recuperación, el normando parecía dispuesto a consumir la poca vida que le quedaba en el reconocimiento de aquel planeta apagado, en cuyas márgenes también se apagaría su inexplicable existencia de peregrino que no aparentaba venir de ningún sitio ni querer ir a parte alguna.

Mientras Perico Chico, andando de espaldas y arrastrando al padre por debajo de los brazos, se dirigía hacia una mancha de acebuches, el hasta entonces objeto transportado tomó aspecto de persona que en ningún caso quería dejarse transportar, cosa que manifestó por medio de unos forcejeos que acabaron por soltarlo del abrazo del hijo, el cual optó por dejarlo hacer y buscar la mirada de Manuela en solicitud de determinaciones. Pero Manuela permanecía abismada en sus turbias pesquisas por los recuerdos hereditarios, aislada por completo de todas sus precedentes vinculaciones con aquellos tremedales y enfrascada en la evocación de una experiencia sin tiempo que hacía irreconocible lo inmediato. Sólo volvió a la realidad cuando advirtió que el normando galopaba más que corría hacia el fondo de los vientos del pantano (convertido definitivamente en sabandija o estimulado por una postrera vitalidad), como si quisiera reencontrarse de una vez para siempre con el propio embrión de su insania. Y entonces ella, la portadora-del-talismán, salió en persecución del fugitivo temiendo que éste fuera efectivamente succionado por las leprosas fauces de la marisma. Seguida de cerca por el hijo, no tardó en dar alcance a aquella criatura amorfa y comida de pústulas que corría a cuatro patas y que parecía huir de las últimas acechanzas de la vida.

El normando no hizo nada por intentar escapar de sus apresadores: permaneció genuflexo, con las piernas descoyuntadas, y abrió y cerró a minúsculos intervalos una boca que tenía ya algo de branquia y de la que salió un líquido peguntoso que pendía del labio con indicios de coagularse. Manuela dejó que el hijo sujetase al depositario de no sabía qué mudas confesiones y se imaginó de repente que todas aquellas operaciones y ansiedades eran mentira: mentira que el normando se muriera de una vez huyendo de su hijo y de la madre de su hijo; mentira que ella hubiese salido nunca de la nativa tribulación de Zapalejos; mentira que habitara algún día aquellos esteros imposibles de habitar; mentira que pariera dos veces y fornicara con un hombre distinto cada noche; mentira que Perico Chico la llamara entonces con gesticulantes apremios. Pero se acercó y pudo comprobar la mutación vertiginosa que acababa de operarse en el normando, cuyo cuerpo había crecido poblándose de estrías y burbujas hasta un palmo más de su anterior alzada, impelido tal vez por algún subterráneo efluvio de las yerbas salutíferas sembradas tanto tiempo atrás y olvidadas luego por el desenterrador del tesoro. Los muertos pegan un estirón no caben en la caja, dijo Perico Chico creciendo también sentenciosamente de otra manera. No está muerto ¿es que no lo ves?, respondió Manuela, y añadió enseguida como si una rabia adicional le avivase las aprensiones: límpiale esa baba quítasela de encima rápido no lo soporto más, dándose cuenta mientras lo decía que habían llegado a un presunto recodo de la calzada, o bien era ésta la que se había desplazado hasta ellos igual que se desplaza la cornisa de arena floja bajo el vendaval.

Despegó Perico Chico las mucosidades al padre con unas hilachas de pita, y fue entonces cuando sonó por los iguales confines del espacio como el retumbo gigantesco de una ola cuyo fragor, de existir, nunca habría podido llegar hasta aquellas latitudes de la marisma. El caño más próximo (de aguas sólo mediadas en los ciclos de las lluvias mayores) caía hacia poniente de donde estaban y únicamente se veía desde los tesos aledaños a la junquera. De modo que se fueron hasta allí y divisaron en la más brumosa lontananza un mar que venía rodando por la tierra con implacable equivocación, expandiendo a su paso una copia sobrenatural de ecos. La costa de Matafalúa quedaba por detrás de lo visible de aquel rumbo, pero en modo alguno podía distinguirse desde la junquera, a no ser que la junquera no estuviese ya donde solía. Manuela y su hijo se miraron perplejos y aniñados, y eso no puede ser verdad es un espejismo, dijo Perico Chico sabiendo que no lo era. Y ella bajó la voz para preguntarle que si no oía el estrépito, ¿cómo no va a ser verdad?, a lo que contestó el hijo que qué carajo podía ser entonces aquello, sin que la madre añadiera ya más palabras que las tácitamente incluidas en el acto de apretarse contra él en una simultánea petición y oferta de amparo, mientras el normando permanecía tendido un poco más atrás. Espejismo o no, aquella especie de atronadora quimera actuó sobre ellos de forma que convirtió en hipotéticas las más viables constataciones de la realidad, siendo así que con la misma evanescencia con que habían creído ver aquel mar inverosímil, presenciaron luego el apagamiento de un fenómeno que —según cómputos ulteriores— no era sino el maremoto acaecido dos días más tarde y anticipado entonces por una suerte de dislocada convergencia de refracciones y ondas sonoras.

En todo caso, aquellas premonitorias imágenes parecieron activar en el normando los finales péndulos de la voluntad, ya que tanto Manuela como Perico Chico medio creyeron advertir lo que bien podía ser una filtración de claridad en las entendederas del agonizante. Empezó éste a emitir sonidos de cierta articulada semejanza con palabras, aunque en vano intentaron entenderlas, no ya por lo poco audibles, sino porque estaban dichas en aquel lenguaje de Satanás usado por el normando en su pasajera fase de hablante. Pero ese solo síntoma, empero, animó a los deudos del moribundo a volver a cargar con él, acomodándolo sobre los antebrazos dispuestos en angarillas y recorriendo así un trayecto jalonado de ahogos e incongruencias, dejándose llevar por los estirones del conducido y atravesando unas fronteras que no se sabía adónde llevaban.

Avanzaron y retrocedieron, entre treguas y prisas, mojados de sudores propios y pringues ajenas, y de esa inicua forma se les fue el día en medio de una orfandad engrosada por los responsos de la breña. Bordearon la difusa orilla de la calzada (suponiendo que aquel zanjón medio taponado de arena lo fuese) y se internaron por parajes de alterada topografía, frecuentados otrora por alguien que no era todavía exactamente un irracional, a quien no cesó Manuela de reiterarle las mismas acuciantes fórmulas talismánicas y las mismas coléricas reclamaciones de pistas. Mas todo fue inútil: el normando seguía como queriendo insinuar algo por medio de mugidos y gesticulaciones, pero hasta esa más enojosa incoherencia remitió con la cerrazón de la noche y la emergente necesidad de acampar junto al precario abrigo de unas aneas.

Alucinados y extenuados, cayeron Manuela y Perico Chico en una pesadilla simétrica por la que transitaban linces asesinos con uñas de oro y flores mordidas por una gangrena esplendorosa y garzas de ojos de lapislázuli lamedoras de sexos humanos. Y cuando toda la fauna y la flora del prehistórico delta se amotinaba en un heterogéneo intercambio de funciones, azotó a los durmientes una aterida claridad que fue agudizándose hasta mostrarles la insólita desaparición del normando. Saltaron y otearon los alrededores en busca de rastros del nuevamente huido, y descubrieron al fin unas pisadas inciertas y la inconfundible marca del arrastre de un cuerpo. Corrieron tras ella y, a poco, entre unas dunas cercadas de agaves, avistaron al fugitivo tumbado en posición de decúbito prono sobre un rimero de guano, inmóvil y pretérito como otro rimero de guano, la cabeza medio enterrada en las heces de cien generaciones de aves y los brazos metidos en una cavidad de la salitrera. Manuela, habituada a la varia graduación de pestes del empozoñado, husmeó un irreconocible componente en la fetidez que llegaba hasta ella y que tal vez proviniese de algunas miasmas volátiles de olvidada elaboración marismeña. Pero no tuvo tiempo de comprobarlo, puesto que Perico Chico, que ya había subido hasta donde estaba el padre resuelto en podre, lo volteó y lo hizo rodar por el desnivel de las dunas. Parecía que llevaba muerto muchos días o quizá realmente muchos años, tal era su estado de ornamental descomposición y la protuberante materia, como de costra de alcornoque, que le servía de mortaja.

Manuela cayó de hinojos sin aproximarse al cadáver, apretándose las manos entre las rodillas y debatiéndose a la vez en una inane desesperanza y en crédulo sentimiento de liberación. Ni ella ni su hijo examinaron al normando ni acudieron a ratificar su ostensible y sin duda remota muerte. Allí estaba para siempre jamás, devorado por su propia conversión en larva o en orgánico ingrediente de la ciénaga, cumpliendo al fin el siniestro pacto sellado en el mismo instante en que puso al descubierto la primera laja de la calzada y aceptó sin ninguna clase de resistencia algún infernal veredicto. Excremento vermiforme incorporado al excrementicio almacén de la marisma, ya no había distinciones ni divergencias entre una y otra carroña, al menos para quien tampoco logró distinguirlas nunca, aunque sí para los buitres franciscanos que empezaban a sobrevolar las verticales del emplazamiento mortuorio. ¿Qué vamos a hacer ahora?, dijo Perico Chico desde una lívida inercia de estatua que anuló todos sus ánimos anteriores. Nada, susurró la madre sin quitar los ojos del suelo, a lo que replicó su hijo que tendrían que cargar con el cadáver por lo pronto, ¿qué es lo que andas tramando si se puede saber? Nada, repitió Manuela notando que algo la atraía sesgadamente hacia el montón de guano donde hallaron al difunto, y añadió con un lánguido deleite, como hablando por boca de una criatura embrujada que la hubiese suplantado: huelo a oro ha sido tu padre quien ha removido el olor antes de morirse sé que está por aquí abajo acércate ¿no sientes lo que yo es posible que no lo sientas?

Perico Chico se arrimó a la madre no a verificar la existencia de ninguna clase de efluvio o cosa similar, sino para ver de cerca a aquella mujer cuya perturbada excitación la hacía alejarse de su rango maternal y la dotaba de una especie de esotérica unción de ensalmadora. Pero Manuela se apartó de inmediato del hijo y se puso a andar a gatas, husmeando y palpando entre la arenisca con el olfato y el tacto de la zahorí y desplazándose según la dirección marcada por el ondulante dibujo del viento en las dunas. Desmenuzó y analizó las apiñaduras de detritus que encontró a su paso; pegó a trechos el oído a la tierra y la hurgó con una infalible varita de palmacristi, hasta que se situó en éxtasis sobre el mismo lugar y en la misma postura en que encontraron el cadáver. Y cuando metió al fin un brazo hasta donde pudo en una oquedad abierta entre dos pitas, lo hizo a sabiendas de que había tocado (o iba a tocar) la boca de donde saldría a chorros aquella riqueza presentida y obstinadamente oculta durante tantos infamantes años. Y eso fue lo que se anunció por medio de algunos portentosos avisos

un calambre súbito de trayectoria paralela a la circulación de la sangre una fulgencia emitida desde el cónclave molecular del sílice el bramido de una corza pariendo en las mismas camas montunas donde se consumara periódicamente el pecado de bestialidad un revoltijo de gemas y labras metálicas fundidas a la temperatura del cuerpo humano

gritándole entonces Manuela a su hijo que la ayudara a vaciar la arena de cuarzo que obstruía el boquete, cosa que efectuaron entre competencias de frenesí, sin que tardara en aparecer la primera deslumbrante confirmación del presagio: una copa de oro con incrustaciones de pedrería que, aun deslustrada por el verdín de sus últimas profanaciones, no pudo enmascarar un esplendor dignificado tal vez por el uso de dioses marismeños. Escupió Manuela sobre esa dignidad y restregó con la saya y rascó con las uñas las costras habidas en el secular encierro de la copa, mientras Perico Chico extraía de la abertura nuevos e insospechados objetos preciosos. Sólo interrumpió sus atónitos trasiegos cuando vio a la madre levantarse con la ferocidad de una gorgona, lentamente sucia y altanera, el largo pelo tapándole la cara a mechones grasientos y el vestido desgarrado por lo más bruno y comunitario de la carne. Iba descalza y como sometida a un difuso poder hipnótico, con todo el cuerpo contraído e irradiando una especie de furiosa hermosura de euménide, dispuesta sin duda a dar cumplimiento al siempre aplazado ritual de su venganza. Se detuvo a un paso de donde yacía el cadáver, sosteniendo la copa primero a la altura de sus rígidos pechos y subiéndola y bajándola después reverencialmente mientras profería, con la voz lijada por el encono, una abyecta oración de difuntos.

El grito cercano de un garzón aminoró la violencia imprecatoria de aquella mentida plañidera que, con la copa apretada contra el sexo (a falta de lacrimatorio contra el párpado), musitaba estas impías palabras: ¿para quién te escondías todo esto para quién te lo tenías guardado? maldita sea tu sangre asqueroso criadero de liendres ¿con qué me pagaste sino con un reguero de miserias? así te roan el alma las camuñas con que has pasado tu puerca vida te acabes de pudrir aquí mismo sin. Perico Chico no oyó del todo la obscena maldición de la madre o, si la oyó, no quiso más oírla porque lo que en realidad estaba escuchando era una voz ilusoria que se sobreponía a aquellas sacrílegas exequias, llegada a saber de qué desmantelados trechos de su infancia y referida a aquel hombre embrutecido que nunca le dio nombre ni trato de hijo y acabara renunciando a una riqueza que sólo a él le pertenecía o pudo pertenecerle. En lo más borroso de su razón, logró apreciar Perico Chico el extravío del padre no como un gratuito autoexterminio, sino como la obediencia a un oscuro decreto cuya suprema imposición había consistido en hacerlo reenterrar el tesoro y encomendarle su custodia durante toda la sordomuda existencia que le quedaba. Pero algo fue transgredido en aquel orden protervo: la metamorfosis de los metales preciosos (de las dos únicas piezas sustraídas al sortilegio) en mezquinos materiales de construcción, la lama y el musgo confabulándose en las noches de insondable bajamar, el castigo secreto de los arenales donde viniera a dirimirse para siempre el secreto castigo del normando. Perdido en otras —que no en esas— cavilaciones, ni pudo ni quiso Perico Chico incorporarse en modo alguno a la vileza funeral de la madre, pero reaccionó al verla ocupada, ya de espaldas al ultrajado cadáver, en enfebrecidos sondeos y extracciones. Se agachó entonces a su lado y columbró un fastuoso circuito de poderes rescatados por ellos de la final vigilancia del padre, socavando en ese sueño con ensangrentadas manos hasta comprobar que ya habían sacado del boquete todas las piezas allí escondidas, cuyo número —en utensilios, monedas y joyas— sobrepasaba las siete docenas.

Quedó Manuela de guardiana del botín —ya que no de veladora del difunto— y se volvió Perico Chico hacia donde dejaran trabadas a las mulas, sin encontrar más que a una echada sobre unos matojos de sapina. No se detuvo, sin embargo, en averiguar el paradero de la escapada, sino que desamarró a la otra y la montó como pudo sobre el serón mal encinchado, arreándola a todo andar en dirección al paraje donde la muerte del normando había dado origen a un todavía indescifrable caudal de vida. Manuela seguía como la dejó el hijo, recostada en el declive arenoso, con el tesoro amontonado entre las abiertas piernas, la mirada perdida por la bruma del páramo. Se levantó de un respingo cuando vio a Perico Chico —ya desmontado— a unos pasos de ella, anticipándose con sus decisiones a todas las posibles preguntas del hijo: volverían a enterrar buena parte de las piezas, llevándose sólo las que ya tenía elegidas, y arrojarían el cadáver a un lucio de por allí cerca, no vamos a presentarnos con él en Malcorta. Y hechas estas prevenciones, se dispusieron a cumplirlas punto por punto, sin que Perico Chico pensara siquiera en discutir ninguna de las medidas adoptadas por la madre. Después de reenterrar disimuladamente el sobrante del tesoro y de cargar al muerto sobre el serón, se pusieron en camino, ya con el primer suculento envoltorio de la fortuna colgando del brazo de Manuela. Un casco de luna amarilla salió entonces de entre el celaje de la humedad adelantando la llegada del crepúsculo.

La comitiva, que era a la vez entierro abominable y marcha triunfal, cubrió pronto su primer itinerario, ya que dieron antes de lo previsto con una charca sobrada de aguas, al menos para el uso a que la iban a destinar. Descargaron el cadáver, que se hinchaba por momentos y cuyo peso debía haber aumentado hasta doblar su anterior guarismo, y lo arrastraron de los pies hasta el borde del lucio. Manuela no pensó en aquel bárbaro trasunto de tragedia protagonizada por un cadáver al que negaban bálsamo y sepultura, ni Perico Chico recordó la idéntica maniobra del remolque e inmersión de los dos gamos que encontrara descomponiéndose en la solanera de la casucha. Los buitres habían crecido en número y descendido en altura, como si se aprestaran a disputarle la carroña a la propia tragadera de la marisma, mientras Manuela y su hijo, sin dubitaciones ni reparos (o quizá con ambos frenos consumidos en las exaltaciones de la codicia), empujaron el informe amasijo del muerto por el pretil de la charca. El cuerpo flotó un punto entre la viscosidad verdiamarilla de las ovas, pero se sumergió luego de costado y dejó en la superficie un cerco oblongo de aguas inmundas, enseguida succionadas hacia el mefítico lecho de fango en que se hundía el cadáver. Y así quedó el normando correlativamente integrado en el seno de la ciénaga, podre convexa incrustada en la podre cóncava, poco a poco digerida por el envolvente cuajo de la naturaleza y arrastrada por fin al último vertedero de las tumbas subacuáticas.

Y con aquel falaz sucedáneo de sepultura, le rebrotó a Manuela de pronto un trémulo conato de remordimiento, que transmitió al hijo con solo mirarlo y que los mantuvo a los dos recluidos en el único minuto de indulgencia culpable habido desde que sacaron al normando de la casa de la partera. Tal vez intuyeron entonces que la presunta y postrera lucidez del moribundo no había consistido en la obsesa salvaguardia final del tesoro, sino en la angustiosa señalización de su escondrijo, acaso con el definitivo —y no del todo incoherente— propósito de dejar como herederos universales de su propia enajenación a aquellos dos únicos y frenéticos allegados. Pero, una vez superadas esas conjeturas, volvieron con recobrados estímulos a tomar el camino empolvado de luna que llevaba a Malcorta. Un inusitado pájaro nocturno, de plumaje carmesí y remos pensiles como andrajos (no perteneciente a ninguna especie por ellos conocida, pero ya confundido desde entonces con la marimanta), les dio escolta a media altura hasta la todavía distante frontera del caserío.

XII

Ni en casa de la partera Agripina ni en el precario censo de corrales de Malcorta, causó mayores preocupaciones el infundio de que el normando había vuelto a las breñas por su propio pie y voluntad, con el presumible intento de ganar las últimas guardarrayas del coto del señorío y de reincorporarse, ya amainadas las fiebres, a sus espectrales oficios de hurón o a sus inhumanas prácticas cinegéticas. No duró empero el disimulo más de lo que tardaron Manuela y Perico Chico en airear de algún modo las señas de su repentino cambio de fortuna, por más que se afanase la hasta entonces única depositaria de las viejas alhajas y utensilios para que éstos fuesen circulando con un gradual y mesurado trasvase de ganancias. Pero los incentivos de la ostentación acabarían por desbancar una prudencia que ya había sido programada con una explicable dosis de interinidad.

El caso fue que, a poco de que Manuela y su primogénito regresaran al poblado con la memoria inmunizada contra toda contrición y la cumplida docena de piezas del tesoro bien atadas en una toquilla, cargó Perico Chico con aquella primera porción de la riqueza y salió una furtiva mañana de Malcorta con rumbo ignorado, caballero en la vara de un carricoche ruinoso pero de tiro alegre. Dieciséis días con sus noches tardó en volver (cuando ya Manuela se recelaba lo peor) y lo hizo en disposiciones de no recatar sus opulencias, ya que se presentó con un baúl mundo estibado entre los asientos laterales de la tartana y estrenando un traje de luciente paño carmelita.

Recibió la madre a Perico Chico con cierta distante zozobra y, después de asegurarse que ni inquilinos ni visitas turbarían el cónclave, se entró con el hijo a la alcoba que hacía las veces de intermitente cuarto de mancebía, y se dispuso a darse por enterada de las cuentas y diligencias habidas en el viaje. Y el hijo se las ajustó y enumeró a su modo, pareciéndole a ella de una agobiante demasía el monto de la transacción y de una suntuosidad nunca vista las prendas y aderezos contenidos en el cofre. No se detuvo Perico Chico en puntualizar las fullerías de la venta, pero sí recalcó que las joyas y vasos (con la sola excepción de un brazalete que había querido reservarse Manuela) habían sido llevados a una lejana y grande ciudad y que se guardó mucho de dar a nadie pista alguna sobre su procedencia. El precio había sido el justo, o eso creía, porque su astucia lo indujo a verificar un comedido tanteo previo con una de las alhajas, dándosela a olfatear a chalanes clandestinos y compreros de casas nobles, con lo que pudo ir sacando verdades de mentiras hasta averiguar que aquella sola fracción del tesoro valía ya una impensable fortuna. Y una vez que apaciguó a los embaucadores con la promesa de futuros y más valiosos ofrecimientos, vendió la totalidad de las piezas a un orífice que le pareció menos desaprensivo y se volvió el cabalístico mercader por donde había venido (que bien podía ser la ruta de la antigua Argónida), con la bolsa bien repleta y como anonadado por su propio júbilo.

Aun sin haber podido sopesar Manuela calmosamente el pronto y cabal empleo de los beneficios, hizo correr Perico Chico por Malcorta, con una ufanía encrespada por la soberbia, la inusitada voz de que su madre compraba cuanta mimbrera quisieran venderle, a razón del más alto índice cotizable alcanzado hasta entonces. Y allí fue el reguero de habladurías, suposiciones descabelladas y estupefacta envidia de los más, habida cuenta de que la propia partera, sintiéndose traicionada por no haber recibido información alguna sobre tan inexplicables caudales, se encargó de propiciar el deslenguamiento con impúdicas confidencias sobre abusos de hospedaje y otras mancillas peores. A tanto llegaron los desaires y ofensas, que Manuela decidió como primera medida liquidar del todo el ya esporádico burdel, mientras Perico Chico, por su desenfadada parte, activó la negociación y pagó al contado una buena porción de propiedad malcortana de mimbrales. Todo lo cual vino a coincidir con la mudanza al albergue en que viviera el primogénito durante su pasajera etapa de emancipado y que acabaría convirtiéndose en la inicial posesión urbana de Manuela.

Así las cosas, y al tiempo que Perico Chico empezaba a ser tratado como quien ya era y Diego Manuel seguía escondiéndose por sus anodinos rincones de malmirado, ingresó Manuela en un mundo desconcertante y de muy someras ligaduras con lo que ella entendía por suministro de datos de la realidad. Erigida de pronto en apátrida que hereda un reino y en dueña inepta de lo que fue solar de servidumbres, se sintió a la vez maniatada y liberada en una órbita de experiencias que no sabía si seguir repudiando o desear con nuevas avideces. En todo caso, y a raíz de aquellos primeros acopios de la fortuna, no dejó Manuela de advertir que entre ella y Perico Chico se intercalaba como un rudimento de disgregación, un atisbo de extrañeza potenciado por todo lo sórdido y fantasmal de sus anteriores andanzas. Aunque por razones bien distintas a las que la alejaban de Diego Manuel, también veía ahora desligarse al primogénito de un vínculo que ella no había sabido nunca —ni tampoco había podido— mantener indemne o más o menos asegurado con los soportes de la sensatez.

Y ocurrió que tales desuniones vinieron a agudizarse hasta lo inverosímil a partir del impudendo día en que Perico Chico, de vuelta de una de sus escapadas a Zapalejos, se trajo con él (como hiciera el padre, si bien con más atolondrada precocidad) a una moza de buena planta y no tan buena índole, que dijo llamarse

Ambrosina la Verde y ser dulcera de oficio. La moza, que desde luego no era más que buscona por cuenta propia, había sido fervientemente retirada del trajín por Perico Chico, tal vez en reconocimiento a sus particulares artes amatorias y con la promesa de una vida más regalada, objetivo éste que el aprendiz de robador pretendió cumplir en la propia casa materna, en espera —dijo— de poder trasladar a la inquilina a algún habitáculo más en consonancia con su función. La tal Ambrosina era joven aún y experta en las tácticas defensivas contra almadraberos y demás gentes encabritadas de la mar, y aceptó lo que Manuela no le ofreció de grado pero tampoco impidió desde un consentimiento mudo y una ingrata confrontación con su propia conducta. Tal vez pensó —sin motivos— que una negativa suya hubiera supuesto la renuncia por parte del hijo a seguir regentando el incipiente patrimonio familiar. De modo que allí se instaló con carácter indefinido la advenediza, dándose además el caso de que Manuela, cuyos hábitos de hembra alternativamente amodorrada o verrionda no variaron con la mudanza de fortuna, también había dado albergue por aquel entonces en la que ya era casa propia (no tanto por aligerarse de faenas cuanto por ambiguas suplencias sentimentales) a una fugitiva de las tierras del corcho, de nombre Alejandra y de edad púbera, que anduvo zascandileando por el poblado antes de ser avistada y apalabrada por quien ya iba a ser su definitiva dueña y señora.

No pasó mucho tiempo sin que las dos pupilas acabaran uniéndose en unas más que encendidas alianzas, hasta el punto que Perico Chico (cuya lúbrica atracción por la primera había empezado a ceder ante el más vedado incentivo de la segunda) entrevió en aquellas relaciones una turbia propuesta de liviandad. Y arbitró lo no verosímil dadas sus rudimentarias usanzas eróticas, a saber: fomentar unas coyundas inconfesables entre las dos huéspedas para su solo y exclusivo solaz. Sin embargo, y a pesar de todos los cálculos propicios, el proyecto soliviantó hasta el mediano escándalo a la ninfa demisionaria de Zapalejos, que llegó a amenazar a su hombre con el inmediato abandono si volvía a proponerle semejantes desvergüenzas, bien que la insinuación activara en ella un larvado remanente de sexualidad, puesto tal vez en evidencia durante algún apaño lésbico inherente a las exigencias de la profesión. Y lo que no obtuvo por más que lo intentara Perico Chico, vino a producirse a sus espaldas con tan indiscretos barruntos, que hasta Manuela se malició lo que ocurría y pudo —sin proponérselo— sorprender a las dos amigas en situación de amarteladas, cosa que aconteció un atardecer incoloro y bajo la parra virgen que techaba a medias la corraliza. Salió Manuela a recoger unas ropas ya oreadas y allí descubrió a las huéspedas guarecidas bajo la sombra prematura, los desnudos pechos de Alejandra apresados entre las manos ansiosas de Ambrosina, mientras ésta lamía la entreabierta boca de aquélla. Debido quizá a lo avanzado de sus manipulaciones amorosas, ninguna de las dos debía estar en condiciones de advertir la presencia de nadie, pues hasta que Manuela no se situó ostensiblemente junto a ellas no procedieron a soltarse con una penosa brusquedad. Ninguna dijo esta boca es mía, las tórtolas porque nada tenían que explicar que ya no estuviese suficientemente explicado y Manuela porque una excitación vergonzante, de equívoca estabilidad entre la lascivia y la cólera, parecía impedirle una mínima lucidez. Y mientras la ya recuperada Ambrosina permanecía en una insolente actitud de espera, un hombro apoyado contra la pared, corrió Alejandra abrochándose y con la cabeza bajeando hacia la puerta, por donde también salió Manuela sin mirar a nadie y sin haber podido aún sustituir la desazón por el desprecio.

Una vez testificada con tan fidedignas pruebas la culpabilidad de las sospechosas, decidió Manuela —no sin impensables pudores— imponerle a su hijo la expulsión de Ambrosina la Verde, a quien consideraba única y viciosa causante de las perversiones habidas bajo su techo. Nada ni nadie se opuso a aquella irrevocable disposición y, contra todos los pronósticos y sin más dilaciones, la corruptora salió de la casa con el mismo acomodaticio descaro con que entró. Y al tiempo que Perico Chico fingía una prudencial diligencia fuera del poblado, la púbera Alejandra, sólo una vez llamada mala pécora asquerosa, resolvía su dolor de corazón en unas mansas y diferidas lágrimas, de intensa tonalidad amarilla, que dejaron en la mano de la perdonadora un rastro difícil de borrar.

Las relaciones entre Manuela y su primogénito se emboscaron a partir de entonces en una nueva encrucijada de reservas mentales desde la que empezaron a verse mutuamente borrosos, como si una mampara de esmeril se hubiese interpuesto entre el buen uso de la prosperidad y la acongojante rememoración de cuantas complicidades habían vivido juntos. De modo que ella comprendió enseguida, antes de que nadie lo manifestara, que no tardaría el hijo en plantearle una emancipación cuyas causas nada tenían que ver con aquella otra inicial ruptura del joven curtidor que, en un inseguro repente, dejó la casa de la partera con el doble ánimo de establecerse por libre y dar libertad a las carnales trapisondas de la madre. Y así sucedió, en efecto, ya que Perico Chico le anunció bien pronto a Manuela que pensaba cambiar de aires por conveniencias del medro comercial, que si se hacía cargo, habiendo decidido trasladarse lo antes posible a Zapalejos donde, si ella no mandaba lo contrario (que no lo mandaba), tenía previsto sacar tajada del siempre ventajoso tráfico del atún. Una oportunidad tanto más recomendable —precisó— si se consideraba que no iban a arrendar aquel año la corta del mimbre, sino a efectuarla por cuenta propia, almacenando luego la mercancía con miras a subir los precios de origen.

No habló para nada Perico Chico de que la madre fuese a acompañarlo o de que la llevaría con él cuando así lo permitieran las nuevas empresas familiares. Pero lo que sí aclaró fue que al día siguiente se iban a ir juntos a la Tabla del Condado para poner en regla la situación civil (o desarreglar su bastardía), operación ya convenida de antemano y adaptada a los puntos por él propuestos. Manuela miraba a su hijo, entre tantas opacas señas de la verdad, como a través de una lluvia de hacía mucho tiempo que volvía a caer sin ruido y lo inundaba todo de unas remotas charcas de tedio, y contestó que sí con la cabeza, sin alcanzar ni el sentido ni las utilidades de aquellas formalizaciones y papeleos. Y en ese mismo instante corroboró que algo se estaba desarticulando para siempre en las obtusas nociones de su convivencia con el hijo, ya previamente deteriorada por una carcoma oriunda de la marisma y cuya misma equidistancia entre la mancebía y el hogar incluiría, como un lastre perpetuo, la horrenda profanación del cadáver del normando.

Muy de mañana partieron la madre y el hijo, en un calesín estrenado, camino de la cabeza del partido, dejando al segundogénito con la púbera Alejandra. Atravesaron dehesas y campos de labor y cortijos almenados (por donde nunca trasminara la enferma emanación de la ciénaga) y, no más arribar a su destino, cumplimentaron y amañaron papeles y dieron sus recompensas al escribano. Y de allí salió Perico Chico convertido en Pedro Lambert Cipriani, descendiente legítimo de inmigrantes normando-calabreses (toda vez que no se juzgó recomendable hablar de moriscos) y aventajado opositor a prócer. Nada comprendió ni intentó comprender Manuela, que se dejó guiar por su hijo y optó por asentir a cuanto le dijeron que asintiera, como si ella misma hubiese llegado a convencerse que todo aquello suponía realmente un preciado y bien ganado beneficio. Anduvieron el resto del día remirando entre calles empedradas y casas opulentas y, luego de almorzar en mesa de mantel y hacerse con algunos enseres y atavíos, se volvieron para Malcorta con una cuña de silencio metida entre las tablas del calesín.

Ya de camino, mientras una niebla cárdena les salía al encuentro en sentido contrario al que llevaban, empezó a notarse Manuela repentinamente sola y empobrecida. Recordaba algo, no sabía bien qué, pero en todo caso algo descompuesto y tomado de líquenes, como un barrizal vaciado dentro de la memoria junto con los residuos de todas sus supuestas culpabilidades, resumidas ahora en un amor entregado a quien no conocía y a quien, por ende, no había podido premeditadamente estafar

y allí estaba aquella boca repugnante mordiéndole los senos entre un éxtasis no siempre fingido y aquella nutria chupando sus muslos de parturienta tumbada en la desolación apestosa de la noche y aquel águila sedienta de sangre y aquel fardo de pieles mojado con los derrames de la ferocidad y aquella trémula mano de alarife recorriendo su cuerpo en lo oscuro y allí estaba también en otro recodo del espejismo general del tiempo un cobijo de arena zarandeado por el ábrego y el llanto de un niño confundido con el rebudio del jabalí y el hedor de un hombre idiotizado tendido a los pies de su cama inoculándole el virus del terror

pero finalmente ya llegaba a Malcorta, entre una adormilada cadencia de cascos y crujidos. Y fue entonces cuando vieron al fondo de la hijuela, entre los nopales enhebrados por la tarántula, levantar el vuelo a un pájaro rojizo y deforme, de alas andrajosas, que no era sino el que los había seguido la noche en que regresaron a casa de la partera después de haber desenterrado el tesoro y dado vil sepultura al normando. Pero esta vez aquella tétrica visión con apariencia de ave de otro mundo no los acompañó hasta la raya del caserío.

XIII

Aunque tardara más de lo previsto, Perico Chico —llamado ya por derecho Pedro— arregló sus asuntos y distribuyó encargos y se dispuso a mudarse a Zapalejos, no sin antes haber solicitado y obtenido de la madre la licencia (que en todo caso se habría tomado sin consultas) para disponer en beneficio común del resto de la riqueza todavía escondida, cuyo volumen seguía constituyendo una buena porción del tesoro. Manuela oyó de su hijo razones y planes que ni quiso ni estaba en disposiciones de debatir, y dio por bueno todo cuanto decidió quien se había instituido unilateralmente en depositario y gestor de los bienes familiares. Y de esta manera se ausentó un día Perico Chico de Malcorta, tras una despedida que pudo tener de todo menos de ribetes emotivos, para abrir casa en la que sería la primera y ya ascendente escala de sus dominaciones marismeñas. Habiendo dejado resueltos los gastos de manutención y holgados caprichos de la madre, no volvería ya al poblado sino en rápidas visitas de negocios o en comisiones de control igualmente fugaces.

Con la ausencia del primogénito, sintió crecer la madre su no del todo franco desvío hacia Diego Manuel, por más que procurara reducirlo a cuenta de un esforzado acopio de ternuras residuales. No veía realmente (aunque también lo viera) a su segundo y huraño hijo como una ingrata consecuencia de la profusa oferta de su deseo, sino como un gravamen postizo en la tácita interdependencia urdida entre ella y Perico

Chico por la misma cíclica ordenación de la adversidad. Y cuando esa adversidad parecía diluirse en unos niveles de holgura que casi lindaban con el derroche, entendió Manuela que era precisamente entonces cuando la compañía del primogénito le resultaba más supletoria, acaso porque la hacía trasponer un tiempo repulsivo y unos actos aborrecibles de cuyos escombros tenían que irse valiendo juntos —no por separado— para exorcizar lo vivido y cimentar con nuevos materiales lo por vivir. Pero todas aquellas pretensiones quedaron anuladas con la partida de Perico Chico, confundiéndose dentro de otros tormentosos recuerdos no referidos ya a ninguna clase de maquinación contra el abandono, sino acumulados en una zona de la conciencia que iba desde la entrega de Manuela a un bracero anónimo hasta la cama de prostíbulo donde revendiera una y otra vez su vengativo cuerpo y concibiera a un hijo de padre desconocido. Agobiada por tantas contiendas imaginativas, no supo Manuela recurrir a otra forma de autodefensa que a la de sus viejas disposiciones para el letargo, método que llevó a la práctica desde el punto y hora en que acabó convenciéndose —sin prueba alguna y también sin asomos de codicia— que Perico Chico no volvería a convivir con ella más nunca en aquella casa.

Todo parecía ir reajustándose a una indolente continuidad de normas y ocupaciones domésticas, apenas interrumpidas por alguna ocasional tentación de desorden, cuando vino a llamar una tarde a la puerta de Manuela quien ella menos podía imaginarse o, de cualquier modo, alguien al que no había vuelto a recordar más que a retazos desde que se instalara en casa de la partera. Salió a abrir la púbera Alejandra y se encontró a un hombre de arrogante madurez, discretamente apoyado en la jamba, con un desaliño no exento de pulcritud, que permaneció un punto indeciso antes de preguntar urbanamente si vivía allí, como le habían informado, una antigua moradora de las inmediaciones del caño Cleofás que traficaba, o había traficado, en pieles y ya en mimbres. La púbera Alejandra tardó en responder lo que el hombre en cambiar de postura y dijo que quien vivía allí no era otra que Manuela Cipriani, que lo habían orientado mal, lo siento.

Enterada de que habían llamado, acudió Manuela al zaguán y quiso saber antes de acercarse del todo que quién era, y el visitante, con la voz baritonal del que siempre instruye, dijo ser Hermenegildo Pavón y Monteagudo, ¿no me recuerda? Manuela dio un precavido paso al frente y le contestó que perdonase pero que debía de haberse confundido, que ella ni lo recordaba ni creía conocerlo, mientras por algún desconfiado ramal de la sangre iba acoplando las facciones de aquel hombre, o el bosquejo de su voz y su persona, a otras señas equivalentes que le llegaban de una sucia y dudosa lejanía. Soy el Emisario, ¿no se acuerda de mí, insistió el Emisario y, en oyéndolo, atisbó ella por detrás de la fonética de ese solo nombre una superposición de imágenes no discernibles pero empezando a estarlo en alguna recóndita sima del recuerdo. ¿Cómo dice?, inquirió Manuela dándole un soñoliento plazo a su turbación. El Emisario habló entonces de sus ya prescritas agencias como fabricante-de-la-magia y de su remoto arribo a los esteros donde ella y su hijo tuvieran ocasión de presenciar el luminoso desfile de las maravillas por él movilizadas. No recuperó Manuela de improviso la vecindad de esas maravillas —ni el volcánico ayuntamiento que siguió a tales ceremonias—, pero tampoco pudo evitar la inquietante sospecha de que todos aquellos indicios iban a ir reavivando algo que había permanecido en estado latente desde hacía mucho tiempo. Y no acertando a decir otra cosa, dijo: pase no se quede ahí, y el Emisario, no querría molestar todo menos eso con permiso. Pase, repitió Manuela mirando más bien a la púbera Alejandra que asistía sin pestañear a aquel para ella incomprensible reencuentro. Pero ya se entraban todos al recibidor cuando asomó Diego Manuel su arisco ceño por el postigo del corral, y ¿es suyo?, preguntó el Emisario señalando con oficiosa deferencia al espía. Sí el segundo, contestó Manuela, el otro anda por ahí, y añadió enseguida como si efectuara un inventario de sus pertenencias: y ésta es Alejandra que está viviendo conmigo. El Emisario inclinó la cabeza o la ladeó melancólicamente, tanto gusto, y Alejandra se sonrió igual que si se estuviese despidiendo de alguien que no estaba allí y a quien tuviera que ir a buscar a la corraliza, para donde salió detrás de Diego Manuel.

Una vez a solas, y al cabo de un silencio recorrido por el aleteo de una mariposa nocturna, explicó el Emisario con solemnidad demasiada que había estado dos veces en Malcorta, por mor de unas mediaciones en los trapicheos del mimbre y que, recordándola esas dos veces y atando cabos sueltos, había llegado a deducir que la dueña de los mimbrales y su fiel testaferro no eran otros que los curtidores, madre e hijo, a quienes halló tiempo atrás en la marisma y a quienes inició en las amenas artes del titirimundi. Manuela callaba rehaciendo ya del todo los fragmentarios datos de aquel lance y procurando disimular su desconcierto con un fingido interés por las peripecias del Emisario en aquellos andurriales. Así que dichas evocaciones se prolongaron —sin que Manuela se diera verdaderamente por enterada— hasta que el narrador manifestó su alarma por la pronta caída de la noche y convino en retirarse haciendo uso de las mismas reverenciosas maneras con que se había presentado. Lo acompañó otra vez Manuela hasta la puerta y expresó que se alegraba mucho de haberlo visto, usted lo pase bien, al tiempo que el Emisario ensayaba un nostálgico ademán de proscrito. Y después de pedir consentimientos para una próxima visita y retener sin demasía la caliente mano de ella, se metió por las sombras de una cerca de escaramujos. Manuela lo miró alejarse sin pensar en nada, sólo oyendo —o creyendo oír— los últimos encontronazos de la mariposa nocturna contra un cristal embadurnado de esperma que se interponía entre ella y la otra orilla del caño Cleofás.

Algo, sin embargo, que bien podía ser una relajación de la continencia, se aposentó en la modorra de Manuela a renglón seguido de la fugaz aparición del

Emisario, actuando sobre su innata conducta de indefensa como el incendio que ataja la huida de la corza perseguida por el lince. Ganada otra vez por unos bulliciosos sobrantes de vitalidad que no podía transferir a Diego Manuel (ni tampoco, aunque por otros motivos, a la púbera Alejandra), fijó Manuela la ya improrrogable liberación de sus querencias para el mismo día en que regresara el Emisario. Pero tal plazo nunca llegó a cumplirse —al menos en los términos que ella tenía previstos— porque el visitante tardó en volver bastante más de lo que parecía haber insinuado. Y cuando lo hizo, fue con la prosopopéyica misión de presentarle a la señora, con su venia, a un doncel de nombre Clemente que resultó ser hijo unigénito suyo, habido en su legítimo matrimonio con una pegujalera de Los Albarranes muerta de resultas de haber ingerido cuervo en mal estado. O sea, que aquel en quien Manuela había puesto —espontánea o gratuitamente— sus miras para concertar algún arrimo tardío (aunque no por ello menos prometedor de harturas estables), vino a obrar a la larga como un deudo muchos años ausente que sólo aspiraba a recomponer unos marchitos —y en este caso infundados— vínculos de consanguinidad. Ni Manuela lo oyó nunca aludir en absoluto al salvaje apareamiento consumado en la casucha marismeña, ni tampoco reconoció en las actuaciones de aquel visitador de nada la más mínima maniobra conducente a beneficiarse en el negocio del mimbre por medio del trato con su propietaria, y no precisamente por saber que ella había preferido ignorar de hecho todo lo concerniente a una hacienda de la que cada vez se sentía menos partícipe. Lo único que el Emisario le insinuó un día a Manuela fue su vieja pretensión de que el doncel Clemente pasara a ocuparse, para provecho de todos me permito sugerirlo, en algún tajo de las mimbreras, cosa que satisfaría plenamente sus anhelos por ver colocado al hijo, con licencia de la señora, en una empresa cuyas garantías de futuro no eran puestas por nadie en tela de juicio. Y Manuela hizo cuanto pudo por complacer a aquel atrabiliario solicitante, que impetraba con tan enfática oratoria tan menguados servicios. Parlamentó de inmediato con un capataz nombrado por Perico Chico encomendero del negocio en Malcorta, y logró, aunque sólo fuese a título provisional, que el doncel Clemente quedara ajustado como celador de uno de los almacenes.

Una vez conseguida la colocación, aprovechó el Emisario las intimidaciones de una noche de clamorosa borrasca para hacer público, desde el ventisquero del zaguán de Manuela habilitado como arengatorio, que una vez solventadas con éxito suficiente sus incumbencias de padre, era llegada la hora en que debía regresar de juro, mal que me pese, a la orilla de babor del río Salgadera, donde tenía juntada gente mercenaria para proceder a la busca y captura de los depredadores, miserable canalla con perdón, que saquearan antaño el solar ilustre de los Pavones. Eso dijo el Emisario, mientras Manuela iba recordando puntualmente la llegada del fabricante-de-la-magia al cabezo y las altisonantes pláticas que precedieron a las visiones y lujurias. Pero ninguno de los reunidos (que eran todos los desarrimados) entendió ni oyó más palabras ni tuvo nunca ninguna otra noticia de los hechos y bizarrías de Hermenegildo Pavón y Monteagudo, a quien tampoco vio nadie salir del poblado, desierto a aquellas deshoras y como agazapado bajo las negras acometidas de la tempestad.

No se pasó mucho tiempo sin que el doncel Clemente, que ya había dado abundantes pruebas de sus muchos aplomos y pocas afinidades con el padre, requiriera de amores a la púbera Alejandra y aceptara ésta sin dilación las solicitudes de aquél. El apaño fue acogido por Manuela con una improvisada suerte de recelo y favorecido después con un más improvisado beneplácito. Siendo como eran de edad aún temprana —si bien no exactamente pudibundos— y encontrándose ambos en una semejante dejación familiar, quiso Manuela erigirse en sustituta de parientes olvidados o presuntos, desaparecidos o por desaparecer, ejerciendo a partir de entonces una almibarada tutoría sobre la pareja. Todo empezó con el prohijamiento de la prófuga del corcho y tuvo como final resultante (más por obediencias que por prisas de los protegidos) la de acelerar unas bodas con visos de clandestinas pero de católicos fueros, celebradas en un convento de oblatas próximo a la Tabla del Condado, cuya capellanía regentaba un clérigo de alforja que solía asomar por allí en apostólicas batidas y con quien había tramitado Manuela las emergencias del caso. Santificado que fue el casorio, al que siguió un ágape en venta de yegüeros, pernoctaron los cónyuges aquella noche en un tálamo que no fue ni de yerbas o areniscas ni de sombras de vallados, sino de sábanas almidonadas y mullidos almadraques. Y ya estaban al día siguiente de vuelta en Malcorta para instalarse en casa de Manuela, con quien vivirían desde aquella hora y cuyo hogar sería también el de su corta y fidelísima descendencia.

XIV

Procedente al parecer del Moro, apareció un día por el poblado una polícroma banda de peregrinos de raza no aria, mandada por dos prebostes que se hacían llamar condes de la Pequeña Babilonia, de nombres Jeremías y Nepomuceno, a los que acompañaban en número de medio centenar —con muy diversa copia de pertrechos— sus naturales y vasallos. Sentaron sus reales en las inmediaciones de Malcorta, por detrás de las gándaras de los mimbrales, y por allí se estuvo merodeando Diego Manuel no más conoció la nueva, con incansables estirones del asombro y un sobrecargado cupo de sugestiones. Acechaba los ocios y actividades de los nómadas y algo similar a un reconocimiento presanguíneo, de subterránea transmisión sensorial, inducía al espectador a penetrar lo más posible en las trastiendas de aquella tribu, surgida tal vez de un laberinto de espejos que no reproducían más que imágenes dislocadas y de increíble suntuosidad.

Eran a la sazón las mareas últimas que precedían a los heraldos sulfídricos del otoño, y las hijuelas de los caños venían crecidas y emporcadas a su paso por los albañales. De manera que las huestes de los dos condes de la Pequeña Babilonia decidieron, a poco de levantar sus tiendas, volverlas a recoger y rumbear en busca de más saludables latitudes, dado que la fetidez a cieno —o más directamente a jamerdal— no favorecía en modo alguno sus prácticas cosmogónicas, habiendo llegado a corromperse la ceniza de huevo mezclada con olíbano en la que se reencarnaba cada luna el Gran Demiurgo. No obstante, y antes de proseguir la ignorada ruta del éxodo, quisieron ofrecer a sus ocasionales convecinos de Malcorta una especie de fiesta vinculada al rito comunal del sol nocturno, consistente en un heterogéneo programa donde tenían cabida habilidades de volatineros, danzas de hembras de exótica destemplanza, predicciones del porvenir y alardes de monos obedientes al zurriago de un jayán de satinada cabellera.

Concertado que fue el festejo y elegida para la representación la explanada de terrizo en que solían secarse las varetas de mimbre, allí acudió el censo íntegro del poblado y marjales aledaños, portando banquetas y sillas y disponiéndose a presenciar, con el ánimo en suspenso y el exclusivo compromiso de alguna voluntaria retribución en metálico, las nunca vistas maestrías de los nómadas. Sin que los atabales hubiesen convocado aún al vecindario, ya estaban en el calvero escogiendo sitio preferente Manuela y su hosco segundogénito y Clemente Pavón y su esposa muy amada, los cuales asistieron sin pestañear y entre recíprocos tientos de alabanzas al deslumbrante desarrollo del espectáculo.

Ya con la noche bien caída y empezando a dispersarse la rumorosa concurrencia, vino Manuela a descubrir a su hijo tras una empalizada de cañas en compañía de uno de los acróbatas de la tribu. No percibió ningún síntoma preocupante en ese encuentro posiblemente fortuito, pero tampoco pudo evitar (tan familiarizada como estaba con las incursiones de lo extraordinario) la presunción de que algo no admisible estaban tramando aquellos dos desparejos interlocutores. Continuó empero hasta su puerta y la empujó imaginándose que una mano de quiromántica alucinación se aplastaba contra su vientre y una boca acaso preferida entre todas le abría la suya con sofocante ansiedad. Y la ya arrepentida de sus propios arrepentimientos, empezó a notar realmente como la subida de una leche que no era de madre y manaba a ardientes chorros de sus pezones, derramándose por una desnudez ofrecida en indistintos arriendos a quien llegaba a solicitarla. Cerró entonces los ojos para no ver más que una encrucijada de cuerpos despreciables

igualados por la rotación de unas incógnitas amatorias que sólo alguna vez pudieron resolverse en algo distinto a la ruindad mientras ella permanecía tumbada a lo ancho de la cama pringosa los ojos fijos en una interminable techumbre de falos apagados untados de saliva de alimaña pendientes de un hueco sin fondo por donde la portadora-del-talismán tanteaba a ciegas en busca de un placer indiferenciado cuya posible consecución antecedía sin remedio al turno del hastío y a la pavorosa impasibilidad con que aguardaba la aparición del espectro del normando

de suerte que casi no logró distinguir, entre un abigarrado cerco de sombras, a la púbera Alejandra y a su esposo amantísimo, los cuales se despedían y retiraban ya al crujiente lecho tendido bajo vigas insectívoras y escoltado de piadosos abalorios. Nada les dijo Manuela a aquellos dos encelados beneficiarios de su protección, sino que se reclinó en una hamaca y fue sintiendo el vergonzante roce carnal que emana de la ajena lascivia, hasta que el transcurso de la madrugada borró la vecindad de los hechos y sorprendió a la madre en la nunca habida situación de esperar desazonadamente al segundogénito. Pero no alertó a los ya apaciguados amantes: se deslizó por el zaguán con pie quedo, entrándose en la noche como en un amenazador aposento de azabache, y no sabiendo adónde dirigirse, lo hizo a casa de la partera Agripina, con quien no había vuelto a tener relación desde que cambiara de domicilio y comercio.

Llamó Manuela con los mansos avisos de la pródiga y poco tardó en acudir la tan versada en partos y tercerías. Se oyó primero como un bullicio de forraje o de virutas pisadas y luego asomó la partera sus profesionales alarmas por un ventanuco, ¿quién es, qué pasa?, a la vez que musitaba Manuela: soy yo Manuela ¿está ahí mi hijo, lo has visto? Antes de responder, hizo la partera ademán de escupir encima de su agrio recuerdo de postergada, y la madre volvió a preguntarle por dos veces que si estaba allí su hijo, que no sabía nada de él, contéstame, ¿está?, como si le fuera en esa comprobación la garantía de seguir viviendo. ¿Quién?, rezongó Agripina sabiendo de sobra que se trataba de Diego Manuel. Diego Manuel, dijo Manuela, y la partera: ¿a qué vienes aquí a estas horas mala puta buscando a quien nunca has querido ni ver? La madre se arrimó más al ventanuco para dar alguna precaria asistencia a un desvelo que en absoluto podría ser referido por nadie a su arrinconado hijo, y se ha ido no sé dónde está, balbució con una voz mojada por un llanto que parecía haber tenido dispuesto desde su propia y mendicante niñez. La partera guardó un silencio apremiado de desconfianzas y ensució lo limpio de aquel reencuentro con la letanía de la vengadora: ¿y a mí qué me cuentas, qué tengo yo que ver contigo y con toda tu maldita ralea? si ya se te ha largado tu otro hijo ha hecho lo mejor que podía hacer entérate. A lo que contestó Manuela, macerando su cólera en una aguaza de contriciones, que se callara por favor, que había pensado que muy bien podía estar allí, como te tiene tanto apego ya tú sabes es que no ha vuelto a casa en toda la noche Agripina es que. En toda la noche, repitió Agripina, y era como si estuviese acotando las márgenes del tiempo, porque empezó a clarear por un fondo siluetado de nopales y sintió Manuela que aquellos apuntes del día la arrastraban para siempre lejos del desaparecido. Y le habló entonces la partera diciéndole: no está aquí, anda ahora te abro, aclaración y propuesta que sustrajeron a la madre de la distancia que la separaba del hijo y parecieron estimularle una súbita lucidez. Se apartó bruscamente del ventanuco, no para acudir a la ya franqueada puerta sino para correr en dirección a las gándaras de los mimbrales, desoyendo los vociferantes reclamos de la partera, ven acá ¿adónde vas ahora mala cabeza infeliz?, y abriéndose paso por un dédalo de incertidumbres cuya intensidad jamás hubiese sospechado que iba a depender de ninguna cuestión suscitada por el segundogénito.

En llegando al paraje donde se aposentara la tropa de los erráticos condes Jeremías y Nepomuceno, no vio Manuela otra cosa que el redondo y translúcido fanal del páramo, asediado por las polvorientas candelas del levante y como sumido en lo más tenso de esa resistencia a la soledad que persiste en los lugares repentinamente deshabitados. Vació Manuela el azogue de su mirada de ágata por aquella estéril representación de todo lo maltrecho y frustrado que almacenaba su memoria, y fue inspeccionando sin saber para qué las señas de los nómadas, los restos de un enigma llegado de la otra parte del mundo y comidos ahora por perros fantasmales y pájaros levantados antes que la luz a instancias del tufo que expandían las basuras.

Anduvo Manuela un indeciso trecho del arenal con una refractaria lentitud y se quedó luego en el pretil de un lucio rebosante, mirando hacia la somera reverberación de la marisma —arropada aún en las telarañas del amanecer— como si volviese de un trance por el que habían circulado adivinadores y danzarinas y hombres de manos como raíces y pechos empapados de un fatídico sudor de cuchillos. Sintió el verdinegro calambre de la intemperie a la par que gruñía la raposa de vuelta a la moheda y chillaba la avutarda por la otra orilla del caño, y era otra vez un día amorfo reptando por aquel mundo sin distancias ni contrastes ni puntos de referencia. Aún atravesó la que nada iba a encontrar un angosto pasadizo de duermevelas y contradicciones, sin poder actuar siquiera como testigo en el avance caliginoso de la mañana, hasta que en alguna parte amagó la ráfaga aliviadora de una pleamar que lavó un momento la suciedad de la bruma. Sólo entonces pudo escapar Manuela de los nudos de su propia orfandad y reemprendió un camino que conducía sin posible elección al último tramo de su historia de extraviada.

TERCERA PARTE

XV

Con pórfido de las estribaciones de Alcaduz, ladrillo de las fuentes del Salgadera y granito de Benalmijar, comenzó la larga y extenuante construcción del casal de Pedro Lambert, cuyas obras duraron los mismos veintidós meses que había tardado el susodicho en volver a Malcorta al frente de un séquito de asalariados y trujamanes. Como si restituyese una deuda acumulada durante aquellos recalcitrantes desarraigos de su primogenitura, comunicó entonces Pedro Lambert a su madre que había decidido levantar la más esplendorosa mansión que se viera nunca por todas aquellas latitudes, justo a medio camino —o a la misma distancia— del poblado y del paraje donde albergaran sus primeras adversidades marismeñas.

Maestros de obras venidos de la Tabla del Condado, y de más distantes geografías, procedieron al descomunal trazado de un edificio que más parecía concebido para albergar comandos reales que para ser habitación de una menguada familia salida de las más miserables parcelas del tremedal. Como hiciera en aciagos días el normando —aunque con una incalculable multiplicación de posibles—, su ansioso y por otros motivos lunático hijo mandó comprar a tanto la unidad una cuadrilla de canteros, portaventaneros y albañiles eventuales, reclutados a espaldas de la patronal por los caseríos de Alcaduz y la costa baja de los Moriscos. Y donde no hubo más que arenales yermos y ciénagas nauseabundas, empezó a pulular una insólita asamblea enfrascada en los cien cometidos de aquella edificación delirante, copia aumentada de un modelo pseudomudéjar aún más pomposo y disparatado con añadidos de muy varia pastelería colonial.

El ya nunca mentado Perico Chico —cuyas conquistas en la pesca y la agricultura comarcanas le valieron el respetuoso trato de Lambert a secas o don Pedro Lambert por junto—, dirigió personalmente y con insaciable contumancia los trabajos todos y enormes de la planificación y levantamiento de la casona. Alojados en barracones de tabla que fueron tenidos como provisionales y acabaron resistiendo, ya desguazados por el nitro y la humedad, el mismo tiempo que duró la construcción, aquella partida de obreros en números de cuatro docenas traspasó a la calma del páramo una densa algarabía que, aparte de atraer a buhoneros y proveedores, animó a las rameras llegadas periódicamente a Malcorta con el peonaje del mimbre, a constituirse en huéspedas indefinidas del poblado. Y allí sentó plaza —durante la veintena de lunas que se fueron en la obra— un vario mujerío escapado de chozos de colonos y pescadores de bajura, propagando sus tráficos y contagios por los que ya eran márgenes sin tasa de la jurisdicción de Pedro Lambert.

Poco antes de cubrir aguas y mucho antes de que las escombreras y apilamientos de materiales dejaran francas las cercanías del edificio, dispuso el amo la urgente creación de un parque que debería circunvalar la casa y hacer las veces de reto de lozanías frente a las erosiones externas del pantano. La empresa, que no parecía realizable de ninguna de las maneras, igualó si no rebasó en pecunios, fiebres y sudores los que se llevó por delante el alzamiento de la mansión. Y fue el propio Pedro Lambert, hostigado acaso por la gratuita presunción de que no iba a ver finalizados sus increíbles planes, quien mensuró y trazó sobre el terreno la trayectoria del pétreo muro de contención —y de soberanía— que vendría a cercar los jardines, los cuales abarcaban un cuadrilátero cuyos más próximos vértices no distaban entre sí menos de mil varas. Lo primero que hubo que hacer a tales fines fue desmontar y roturar a brazo la marisma, abriendo las costras del salitre y la magnesia, desecando la apestosa red de los esteros y cegando las filtraciones que rezumaban por dentro de las quiebras. Al cabo de esa inhumana tarea (para la que fue preciso alistar una nueva tanda de braceros estacionales), se inició algo muy parecido al traslado de una montaña hasta aquella ya alterada geología, procediéndose finalmente a que las sucesivas coberturas de tierras no áridas del todo y las cuantiosas capas de humus, permitieran la aceptación por parte del subsuelo de los primeros plantones traídos en almácigas portátiles desde un vivero de más allá de Benalmijar. Por aquel entonces, mientras iba operándose la nunca presumible transformación del erial en vergel, ordenó el desaforado patrón que desenterrasen las losas de la vieja calzada (tal vez como inconsciente tributo al legendario instaurador de la riqueza) para solar con ellas el trecho final del parterre que conducía a la casona, operación que vino a coincidir con el enlucido de los paramentos y la elección de enseres y moblajes.

El menosprecio, cuando no la aversión, de Pedro Lambert ante la nutrida nómina de sus operarios menores, nunca llegó sin embargo al extremo de no buscar alguna vez la proximidad con la chusma, antes por ojeos eróticos o por amainar descontentos que por natural condescendencia. Y fue durante una de aquellas taimadas incursiones, en el preciso momento en que daba por concluidas sus diplomacias y se disponía a hacer uso de sus privilegios fornicarios, cuando experimentó el primogénito de Manuela —por primera vez desde hacía muchos años— el sensitivo llamamiento de su innato engranaje con la marisma. Un llamamiento no provocado por ningún hecho fehaciente o alguna expresa correlación con datos o figuras reales, sino intuido a través de una especie de estirón retrospectivo —o de fallo de la voluntad— que lo emplazó oníricamente ante un cúmulo de convocatorias olvidadas o nunca tenidas en cuenta

unos dientes de jabalí mordiendo en las porqueras del breñal el ombligo de sus crías la hermosa sinuosa imperativa presencia de Manuela oscilando encima de un cuerpo invadido de criptógamas otro cuerpo de gamo o de hombre deshaciéndose bajo la supuración que invadía el corral de la partera mientras un pájaro lucífugo de remos como muñones espiaba tras unos jarales con la horrenda mirada del necrófago

y en medio de esa amalgama de evocaciones, surgía el junto y sepulcral arbitraje de un parricidio no perpetrado verdaderamente más que por la propia abdicación humana de la víctima. Pero ya se dirigía Pedro Lambert hacia la algazara de un cobertizo —escapado aparentemente del sortilegio—, cuando se columbró a todo lo ancho de la noche el espejismo imposible de la noche, las imágenes reemplazadas a intervalos regulares por otras imágenes cuyo despliegue únicamente se correspondía con una expiatoria asociación de ideas

la masa fluctuante del lodo penetrando por el tubo del titirimundi hasta cubrir enteramente aquella carne bruñida chorreando no de agua de lluvia ni de agua de estero sino del jugo de los espantos y de las yacijas arrendadas y los partos desvalidos al tiempo que una voz ininteligible clamaba desde algún abismo protomarismeño ¿has visto el bullir de las niguas por dentro de la piel ulcerada la erección del noctámbulo a quien culpan de las violaciones inocentes has visto el lento desplazamiento de los infusorios en el caldo linfático que tragan los sedientos el roce de las pestañas vibrátiles de los protozoos amando a sus hermanos gemelos en la basura inmemorial de los pantanos? siendo entonces Manuela quien miraba incestuosamente a su hijo desde el más larvado alarido de la biología debatiéndose entre insufribles concúbitos exilios maldiciones bacterias de hambre metales en descomposición reyertas sevicias venenos consumidos a solas carnes laceradas migraciones de víboras emblemas de un mundo funeral y martirizante actuando como el vértigo que derrumba al ave de altanería ya con las garras sobre su presa mientras allí mismo seguía gimiendo la madre vilipendiada y subde-

seada la portadora-del-talismán la zahorí que alumbrara un tesoro rastreado durante tantos demoledores años para no importarle luego si su primogénito lo acrecentaba o dilapidaba

y cuando logró al fin Pedro Lambert desligarse de los extravíos del sonámbulo —aunque no de su maléfica perplejidad— corrió lo más pronto que pudo a Malcorta en busca de su madre. Como supuso, la halló en la plácida compañía de sus leales Alejandra y Clemente, que seguían acogidos a la protección de Manuela (por más que ya pudiesen holgadamente dejar de estarlo) en virtud de una voluntaria retribución a cuanto les había sido concedido por añadidura en aquel asilo familiar. Y el hijo liberado de nudos domésticos anunció sin más preámbulos lo que nadie había previsto, siendo ello el traslado inminente de Manuela a la morada ya a punto de recibirla con el debido fausto. La noticia sobresaltó a los bien avenidos Alejandra y Clemente y apenas afectó a la enemistada con ella misma. En todo caso, y sin que mediaran ni plácemes ni repulsas, aceptó Manuela la mudanza con el único inquebrantable requisito de hacerse acompañar —previa garantía de una ocupación vitalicia— por aquellos dos perseverantes sustitutos de los hijos ausentes, condición ésta que fue aprobada en sus precisos términos y ratificada después con el nombramiento de Clemente como regidor de los servicios todos adscritos al gobierno del casal. Y ya ninguno dijo nada, sino que se reclinaron sobre un silencio con trazas de apócrifo, como vertido por una clepsidra donde ya hubiese terminado de caer un tiempo que se habían equivocadamente asignado.

Y una tarde de fogatas azules se fue Manuela de inspecciones a la casona en un faetón conducido por ella misma, con Alejandra a su lado y Clemente de palafrenero, acercándose a las guardarrayas del parque igual que se acerca el náufrago a la desconocida escollera. No más vadearon el caño Cleofás, le llegó a Manuela la racha de los nuevos olores y sabores incorporados a la marisma, ya del todo desusados cuando metió a la jaca dentro del jardín y se quedó mirando como fraudulenta dueña lo que otras veces había contemplado como espectadora atónita. Subió luego las escalinatas y penetró en el vestíbulo sin sentir más que una incómoda destemplanza, el prematuro aviso de una carne que se hubiese repentinamente ajado entre aquel inhóspito esplendor, tal vez acordándose del ominoso día en que la llevara el normando a la casucha del cabezo y entrara ella en posesión de lo que no podía ser sino un más holgado reducto de la adversidad. Pero se volvió hacia Alejandra y Clemente y atravesó con ellos salas y alcobas, porches y corredores de extenuante amplitud, acotados ya desde entonces por quien no iba a ocupar más que uno solo de aquellos muchos y gélidos aposentos. Tan hecha como estaba a las conductas provisionales y a los edictos transitorios, supo Manuela de repente que la exorbitante área de la casona (concebida quizá por su hijo en los delirios de un sueño heredado con las piezas del tesoro) tenía algo de residencia perpetua o de inmenso espacio cerrado del que nunca podría ya escapar, pero que, sin embargo, tampoco evitaría su siempre intuido retorno a la intemperie por donde se arrastró en Zapalejos antes que el normando la eligiera como mujer. Y esa sola presunción, retenida acaso en lo más vengativo de su memoria, la liberó paradójicamente de resquemores y se dispuso a dar por favorables las siempre dudosas ofertas del primogénito.

De modo que siendo los días mediados de una primavera lluviosa (cuando ya habían anidado en la algaida las aves de paso y se apareaban los cérvidos), cerró Manuela con melancólica mano la casa de Malcorta donde se había cumplido, si no una moratoria para sus débitos maternales, sí al menos el hasta entonces único plazo de su vida acompañado de periódicas bonanzas. Asistieron Alejandra y Clemente como testigos mudos de la clausura y ayudaron con solícita inhibición a las diligencias últimas del traslado, el cual vino a efectuarse aprovechando una escampada recorrida de vientos amarillos, con la espontánea guía (como otrora hiciera el Emisario) de Pedro Lambert, que no llevaba a ninguna acémila del ronzal sino que montaba una yegua cuatralba con silla vaquera de vellocino.

En llegando al acceso porticado de la casona —después de pasar del quemado azufre de los esteros al verde neófito del parque— hizo el primogénito impensada y solemne entrega a la madre de aquella desmedida posesión, ofreciéndosela con una meliflua jactancia rayana en la falsía. Era como si pretendiera con ello dejar zanjada de antemano cualquier demanda de beneficios, cosa que en ningún caso iba nadie a solicitar ni mucho menos a exigir. Venteó Manuela entonces la proximidad del lince, la simétrica insidia del cazador nocturno que ataca sin hambre, y sostuvo con el jaspeado cristal de su mirada aquella otra mirada que no era la de su hijo, sino la de un extranjero llegado de no sabía dónde para compartir con ella una crueldad tal vez involuntaria. Pero no pasó de ahí aquel momentáneo lance, porque así como entraron en la mansión ya lista para ser habitada —sólo a falta de acondicionar unas dependencias auxiliares—, asignó Manuela a los bien avenidos Alejandra y Clemente un aposento separado por una corta galería del que ella se reservó, a saber para qué aislamientos de la realidad o qué incongruente reclusión de los sueños en que ella misma se devoraba su propia carne. Y de este contradictorio modo empezó a fraguarse el cimiento definitivo de una nueva configuración histórica y geográfica de la marisma argonidense.

XVI

Los nunca sosegados escarceos de Pedro Lambert por aquellos —y otros inciertos— andurriales, fueron acrecentando con veloz codicia el volumen de sus finanzas y el archivo de sus vanaglorias, a la vez que lo hacían ingresar poco a poco en una especie de incontrolada apetencia de ilustración. Aquellas primeras cartillas malamente tramitadas por la partera con dobleces de acercamiento a la madre, terminaron por aflorar entonces como una rudimentaria fórmula de penetración en el arcano de libros de historias espurias y artes inconexas. En principio, y para fomentar tales enseñanzas, se puso Pedro Lambert en las sospechosas manos de un presunto ex mampostero de diezmos del señorío, versado en letras y números de muy varia naturaleza y que, al parecer, acababa de cumplir condena en un penal portuario, no sabiéndose con seguridad si por cohecho o por estupro.

El tal ex mampostero —que se jactaba de descender de almohades—, de nombre don Juan Crisóstomo Centurión y de mal nombre Ojodejibia, solía malvivir por tierras diversas en funciones de apañador de apaños difíciles y comisionista de nada, si bien las malquerencias lo habían ido arrinconando en una penuria no muy alejada de la mendicidad. Bruno y carniseco, ni viejo ni joven, con una cara portentosamente similar a la del molusco de su apodo, ostentaba también en una oreja el atávico bulto que reproduce el del simio y tenía una boca como desangrada y de dientes imprevisiblemente parejos y níveos. Rehuido en público y buscado a escondidas por el movedizo padrón comarcano, don Juan Crisóstomo gozaba fama de vidente y curandero. Al margen de sus locuacidades de rufián, padecía de saberes extraños e inaccesibles para la entera población de la marisma y zonas periféricas, siendo especialmente ducho en nigromancias y horóscopos, antídotos y conjuros, alumbramientos de aguas y composturas de virgos rotos, amén de poseer la poco frecuente facultad de escuchar los ruidos antes de que se produjeran. De ahí que cuando llegó a oídos de Pedro Lambert que tan prolijo repertorio de ciencias concurrían en una sola persona, le mandara aviso a don Juan Crisóstomo para que se presentase en el casal, con el fin de ponerlo al corriente de sus todavía inciertas pretensiones y de ajustar sus servicios a ser posible. Y así se cerró sobre la marcha y sin mayores cortapisas un trato que convertía a Ojodejibia en dómine exclusivo del joven monopolizador de fortunas por nadie explicadas.

A poco de iniciarse semejante aprendizaje, y advirtiendo Pedro Lambert que las sabidurías de don Juan Crisóstomo eran aún más vastas de lo que presumía, instó a éste a que se quedara a vivir en la casona, no sólo pensando en un más intensivo aprovechamiento de las enseñanzas sino con el ambiguo propósito de elevar a su instructor, como realmente hizo, al singular puesto de interpósita persona para cuantos litigios, especulaciones y ministerios fuera menester. Don Juan Crisóstomo, sin creer del todo en lo que oía, aceptó con idéntico júbilo la hospitalidad y el cargo, y Pedro Lambert depositó a partir de entonces su siempre exigua confianza en aquel equívoco personaje que iba a cambiar todas las indigencias pasadas por un porvenir de más que inesperados dividendos. Aun contando con sus nada recomendables antecedentes, y a cambio de lo que Pedro Lambert le había ofrecido con tan temeraria generosidad, Ojodejibia pagó a su patrono con moneda verdadera —salvo trampas de menor cuantía—, suponiendo sin duda que esa fidelidad, aunque no fuese ni por asomo inquebrantable, redundaría a la postre en su propio beneficio. Y eso fue lo que ocurrió, efectivamente, demostrando bien pronto el ex mampostero sus draconianas astucias para canalizar las más productivas estratagemas y contabilidades.

No por ocuparse don Juan Crisóstomo en tales providencias, desatendió un solo día la ocasión de ir traspasando a Pedro Lambert el catálogo de sus muchas asignaturas. El discípulo resultó a todas luces de lo más aventajado y poco tardó en estar en disposiciones de leer libros salidos de un cajón con pinta de ataúd que se había llevado el dómine a la casona como único equipaje. Y así comenzó a introducirse Pedro Lambert por los tortuosos vericuetos de una veintena de estragados volúmenes, entre los que eligió primeramente los más provistos de estampas —y menos dañados por algún remoto expurgo de fuego—, que no eran sino el *Compendio de demonología* de Sebastián de Hinojosa, el *Segundo grimorio* del frater perdurado Alastair Balthuriam, las *Casas siderales* o *Reglas de astrología judiciaria* de Aben al-Ramadi y el *Bestiario espiritual* del apóstata Guillaume d'Auberge.

Sin llegar a digerir más que en muy escasas proporciones lo que tan zafia y ávidamente aprendía, fue familiarizándose Pedro Lambert con una especie de percepción de un mundo de términos invertidos, por donde se aventuró para no salir más que con un caótico bagaje de panaceas oscuramente localizadas entre la magia, la teosofía y la alquimia. Cuando esos rudimentos fueron enriquecidos gracias al particular magisterio de don Juan Crisóstomo, y supo el iniciado —entre otras erudiciones— que el lince concebía por la boca y veía a través de las paredes, que los minerales reproducían las formas adoptadas por el espíritu al abandonar el cuerpo, o que existían medios prácticos para rendir voluntades y conducir sierpes a distancia, creyó haber adquirido el grande y turbulento dominio de lo invisible, toda vez que la adquisición de lo visible no parecía ocasionarle mayores esfuerzos.

Y entre tanto, Manuela, que había rehusado desde

un principio aceptar a Ojodejibia como contertulio —y mucho menos como huésped—, intensificó su natural rechazo al comprobar la malévola acción que estaba ejerciendo sobre el ya voltario carácter del hijo aquel grosero ayudante y sus nada claras disciplinas. En todo caso, las repulsas vinieron a colmarse una noche de trémula vigilia en que descubrió Manuela dos ordeñaderos bajo su cama, conteniendo no leche de vaca o de puérpera sino un líquido de manifiesta asquerosidad, donde flotaban coágulos blancos e insectos negros, a más de otras indefinibles porquerías. No durmió Manuela ni allí ni en ningún otro sitio aquella noche, y esperó en la galería a que entrara la mañana para preguntarle al hijo —maliciándose que era él quien únicamente lo sabía— que qué significaban y contenían aquellos recipientes. Y el hijo le aclaró con una meticulosa cautela que no se trataba sino de agua de lluvia mezclada con polvos de licopodio, sangre de menstruo de doncella y cabezas de tábano, y que se guardara mucho de quitarlos de donde estaban, mejor será que no lo olvides, ya que de esa decisión podría derivarse, o se derivaría fatalmente, el advenimiento de un mal que estaba rondándola y que aquel mejunje se encargaría de ahuyentar. Escuchó Manuela la explicación de su hijo entre aturdida y desmejorada y, después de no vomitar, encontró una entereza que no era suya para decir que ya estaba bien con un curandero en la casa, déjate de laberintos hazme ese favor, que ella lo que menos necesitaba eran esas medicinas del demonio, acuérdate de tu padre que no se habrá arreglado ni muerto. La interrumpió entonces el hijo con no usada gravedad, ni te atrevas a repetirlo ¿me oyes?, agregando que muy otra habría sido la vida y calamitosa agonía del padre de habérsele tratado no con inútiles ungüentos y cataplasmas, sino con la infalible ayuda de unas artes de universal predicamento, de modo que ya te estás callando. Y Manuela, en lugar de soliviantarse o de responder con un silencio desabrido, dijo que sí, que de acuerdo, que ella no tenía las luces de él, tú sabrás lo que te traes entre manos, situándose a continuación entre una paladina obediencia y las medrosas recomendaciones de su ignorancia.

Cuando los profusos —y en apariencia fértiles— oficios de don Juan Crisóstomo terminaron de cimentar su privanza, confesó un día el dómine a Pedro Lambert, ya usted me entiende, que era casado con una noble dama de Benalmijar venida a menos, con quien no vivía desde hacía meses en razón de sus azarosos desplazamientos y la cual acababa de hacerle llegar la buena nueva de que esperaba un hijo, a no dudarlo suyo. Hizo una pausa, como aguardando la enhorabuena de Pedro Lambert y, como ésta se limitase a un gruñido, prosiguió sin más su perorata Ojodejibia. Dijo que había creído plausible proponer a su benefactor, dadas las circunstancias y aun sabiendo que se excedía en la cuota de los favores, traerse a la esposa ya parida con él, no naturalmente a título gracioso sino para ocuparla en algún quehacer doméstico, ¿me comprende lo que le digo?, cosa que desde luego era fácil de comprender, y más teniendo en cuenta las dimensiones en que incurría el casal y el parco número de sus cuidadores. ¿Y qué va a hacer con la criatura?, preguntó de entrada y como desperezándose el benefactor. A eso iba, contestó don Juan Crisóstomo dejando sin precisar adónde quería ir exactamente, incertidumbre que resolvió enseguida Pedro Lambert al añadir que si de lo que se trataba era de situar también al futuro hijo en la casona, por él estaba hecho, como si quiere arramblar una temporadita con toda su parentela. Muchas gracias ya me cuidaré de untar al niño con óleo de buitre antes de traerlo descuide, advirtió Ojodejibia después de agradecer con afectadas alabanzas la decisión del patrono, cuya magnanimidad corría pareja con su alcurnia, y de ensartar repetidas veces los dedos en un sucio fetiche de mandrágora. De manera que todo quedó pendiente y en regla para que se trasladaran en su día a la mansión de los Lambert la ignorada esposa de don Juan Crisóstomo y su recién nacido vástago.

XVII

Se levantó poco después de la hora del alba, y aún no era el alba. Una oscuridad ondisonante, hecha de filamentos movedizos y culebrinas incoloras, se interponía como una masa impenetrable entre la habitación y el resto del mundo. Abrió Clemente la ventana con atónitas precauciones y tuvo el frío sobresalto de lo que, siendo evidente, repugna a la evidencia. Aquel opaco amasijo que obstruía el amanecer lo asaltaba a minúsculos envites, mientras inundaba la habitación un todavía absurdo remolino de fragmentos de sombra. Pensó Clemente en huir de no sabía qué encantamientos, pero se volvió a tientas hasta conseguir cerrar los batientes, aplastando en un alocado esfuerzo aquella espesura y dándose al fin cuenta de lo que tan inexplicablemente estaba ocurriendo: una infinita copia de insectos, en pavorosas oleadas y en densidad parecida a la trama de una arpillera, ocupaba y nublaba el entero campo visual.

No como el toldo tendido por alguna muchedumbre de aves (llegadas a invernar en las lagunas de la breña o desalojadas por los aires malignos del adviento), sino como una inmensa cortina de tierra negra, se había abatido sobre la marisma aquella inaudita plaga de ortópteros, nacidos y agolpados tal vez en repentinas generaciones itinerantes. Asoció Clemente los insectos estrujados a una más alarmante provisión de su perplejidad, pues aun contando con sus largas especialidades de hortelano y pastor por campiñas vecinas, nunca había sabido de aquella variedad de bicho que era a la vez saltarén y curiana, hormiga león y libélula, moteado de puntos rojizos sobre los deformes élitros, con retorcidas patas de charol y cabeza toda atravesada de boca. Atrapó a uno de los híbridos insectos ya inmovilizados, y contemplando estaba aquella turbia prueba de una metamorfosis interrumpida en algún ciclo de su desarrollo, cuando apareció Alejandra en disposiciones de histeria, la calamidad más grande que he visto en mi vida, para comunicarle que el amo lo estaba llamando, que fuera a todo correr, santo cristo de la columna. Clemente la miró sin palabras y vio en ella como el calco lastimoso de un castigo que había llegado equivocadamente desde algún rincón del pasado para que alguien purgara un delito que no había cometido. Y ella, la que siendo púbera conoció a mujer antes que a hombre, retrocedía ya de espaldas a la puerta, como tratando de no mancharse con aquella otra impura atrocidad esparcida por el suelo y oyendo —igual que una rea el injusto veredicto— las acometidas de la horda volante contra las cristaleras.

Corrió Clemente en busca del amo y lo encontró a medio vestir en el recibidor, el pánico asomándole por una demacrada rigidez y escrutando por los ventanales la ululante sombra matutina. Que echen en los macizos y por las cercas toda la sal fumante que haya que enciendan fogatas con carburo y pelo de zorro, dijo sin volverse y signándose el pecho con un amuleto de cuerna. No respondió siquiera Clemente que tal cosa era imposible, de tanto como lo era, puesto que nadie se iba a querer aventurar fuera de la casa, abriéndose camino por las tupidas emboscadas del aire, detrás de las cuales no quedaría más que un depósito de desconocidas miasmas, una indefinible extensión de basuras, o tal vez la prefiguración de una ruina que ya fermentaba vorazmente en la conciencia de los que nada tenían que perder. Y entonces preguntó el amo que dónde estaba don Juan Crisóstomo, ¿por qué no ha venido ya qué es lo que anda haciendo?, que fuera a avisarlo enseguida.

Salió Clemente del vestíbulo sin poder dar otra muestra de entendimiento que la de asentir con la cabeza, y atravesó una galería por donde merodeaban dos yegüeros sin poder encontrarle razones a un alba que no acababa de romper. Y en eso llegó de las habitaciones altas un alarido y, a continuación, apareció Manuela corriendo desmañadamente, socorro, el pelo revuelto sobre la cara y la camisa de dormir abierta por los muslos, en demanda de ayuda contra un enjambre de libélulas o de lo que fuese que se había metido por el tragaluz entornado y estaba arracimándose por toda la techumbre. Iba Clemente a subir al cuarto invadido, cuando oyó la conminatoria llamada del amo y cambió de dirección con idéntica prisa, advirtiendo de pasada al yegüero Medinilla que se fuese a toda mecha a cerrar la claraboya. No le preguntó Pedro Lambert a Clemente si había avisado a don Juan Crisóstomo y transmitido su mandato de fuegos y rociadas, sino que le señaló con el dedo más allá de los cristales, hacia donde la densa masa central del nublo parecía haber quedado absorbida por un vórtice posterior. Allí se advertía, en efecto, un cambio de tonalidad dentro de lo apelmazado del aire, como un desorden en la penumbra del túnel por el que se veía surgir cada vez con mayor nitidez el bulto de un encapuchado. Clemente tardó en notar el filo de lo inverosímil paralizándolo, pero no acertó a decir nada (ni tampoco hubiese tenido nada que decir antes de convencerse de que estaba despierto) porque el encapuchado ya había salido del más apretado cerco de la plaga y corría hacia la parte lateral de la casona, o eso pretendía hacer, emitiendo unos mugidos atorados y manoteando bajo las telas como la marimanta en tiempos expiatorios.

Pedro Lambert se dirigió con nada preconizable lentitud para la puerta que parecía ser la meta del bulto. Antes de que éste llegase a golpear en los claveteados cuarterones, entornó una hoja justo para que pasara el cuerpo o el espectro, el cual así lo hizo no sin arrastrar tras él, adherida a la túnica o sudario que lo envolvía, una abundante tropa de insectos. El encapuchado se derrumbó sobre los mármoles de rosadas aguas y más parecía sayón de infame hermandad que cómplice de la horda o indeseable alma en pena. Se le acercó Pedro Lambert y, después de rezar el conjuro del Sello Hermenéutico —ánima sola que en el campo habitas nadie te necesita como yo vela encendida en el averno primo—, lo volteó con el pie como a un jabalí a quien se supone muerto. Sólo entonces reaccionó el tapado y se desembarazó de la zamarra —ya que no del capuz— que lo había defendido del espantoso asedio, comprobándose que no se trataba de ningún aparecido sino de don Juan Crisóstomo entero y verdadero, aunque no del todo reconocible a través de una extremada lividez y unos ojos más de jibia que de ordinario. Todo abotagado de miedos y ahogos, ni siquiera pudo aclarar entonces que la irrupción de la horda lo había cogido en situación de saliente de cama ajena, no más vadear el caño Cleofás viniendo de Malcorta, pese a haber escuchado un creciente estruendo de élitros antes de que hubiese podido llegar a oídos de nadie en el poblado.

De modo que una vez desenmascarada la en un principio aterradora identidad del bulto, se volvió Pedro Lambert sin hacer comentario alguno para los ventanales. No bien hubo reacomodado la vista a la espesura, advirtió que una especie de tardío amanecer (surgido a las dos horas largas de su normal advenimiento) empezaba a filtrarse por algunas rendijas abiertas en la cerrazón de la sombra. Y como se escucharan entonces gritos y carreras por el fondo de la casa, mandó decir Pedro Lambert a quienquiera que fuese su causante que de ninguna manera quería algarabías ni desbarajustes, se me van a callar la boca todos ahora mismito si siguen con la escandalera este azote va a durar siete días (cálculo muy difícil de verificar incluso para un adepto de Nostradamus). Pidió después café con aguardiente y un pebetero para quemar alumbre y corazón de ánade, solicitudes ambas que fueron fervorosamente compartidas por el ya a medias recuperado don Juan Crisóstomo, quien incluso se permitió recomendar que añadieran azúcar de Saturno al sahumerio. Cuando la tufarada trascendió a los altos de la casona —donde las órdenes de inmovilidad dadas por Pedro Lambert no habían impedido una gran mortandad de insectos—, reapareció Manuela con el ademán de la escapada de un cataclismo, los ojos rodeados de unos surcos fangosos que aún resaltaban más bajo el fulgor de las lámparas mañaneras. Se dio cuenta entonces que ya no eran menester esas lámparas, no porque quisiese disimular sus estragos faciales, sino porque la turbiedad de la plaga remitía de algún ostensible modo y se desplazaba hacia la parte de atrás del jardín, fuera ya del alcance de las deletéreas emanaciones activadas por Pedro Lambert o por el propio Azrael Satanachia.

Dos largos días tardó, sin embargo, en dispersarse netamente hacia el supuesto rumbo de la algaida aquella descomunal caterva de insectos, y seis más duraron las más inmediatas faenas de limpiezas, fumigaciones, exorcismos y aproximados cómputos del desastre. Si en la casona sólo hubo que barrer, como primera medida, los cadáveres acumulados y soportar la aceda impregnación de los humeríos, en el parque no fue habida cosa alguna sin la mácula devoradora de la plaga. Junto al osario de arbustos y pérgolas, todo el floreciente entorno de la quinta —a diario salvado del zarpazo de la salitrera y la lengua infecta del pantano— yacía confundido en un vertedero de heces con aspecto de murcielaguina, por donde alentaba aún el revoloteo de algún insecto moribundo o el arrastre de las larvas y crisálidas surgidas durante la apocalíptica invasión.

Verificó Pedro Lambert sobre el terreno, no como víctima sino como adversario, la redonda magnitud arrasada, y lo primero que se le ocurrió hacer fue algo aparentemente irreflexivo pero que supondría a la larga la más duradera y nutricia defensa del jardín: dar orden de que incendiaran con petróleo lo que en ningún caso eran rastrojos enfermos sino apiñaduras de podres y gusanos, creando así una especie de cimentación orgánica que impediría durante años las tercas corrupciones emanadas de la ciénaga. Hecho esto, y después de platicar en privado con don Juan Crisóstomo, convino Pedro Lambert en que era llegada la hora (según los avisos astrales que coincidieron con el vuelo exterminador) de contraer nupcias con la mujer a quien ya había elegido y dado formal palabra de matrimonio. La electa no era otra que Araceli Responsorio, hija tercera de los muy afamados don Rogelio Responsorio y doña Matilde Responsorio, pertenecientes entrambos primos carnales al clan de más opulenta genealogía radicado desde muy antiguo en toda aquella comarca. De forma que eso fue lo que decidió Pedro Lambert y aplaudió con falsas euforias Ojodejibia, aunque no lo hicieran público todavía, imaginando quizá que la trascendencia de la determinación y las poco favorables circunstancias que la habían sugerido, exigían una prudente tregua de invocaciones ocultas y ratificación de pronósticos.

XVIII

Como quien espera una visita que ni se ha anunciado ni podría acudir jamás a un sitio cuya existencia ignora, así pasó Manuela —junto a otros eventuales percances— el primer ciclo de su estadía en el casal, recorriendo habitaciones vacías en busca de una encubierta respiración o un rastro acusatorio, vigilando sin tino entre los parterres que habían logrado revivir tras el azote de las plagas aéreas y las pudriciones subterráneas, viendo lo invisible en los postreros retoques decorativos o el final trazado de las almenaras. Hasta que comprendió —provisionalmente sin duda— que no llegaría nunca la visita ni nunca tampoco podría salir ella a su encuentro. A veces, en las noches de orgías imaginarias, se quedaba oyendo hasta que le dolían las sienes el fragor de las aguas recónditas y las hojas fustigadas por el viento, intentando descubrir la seña, la llamada, el derrumbe del extraviado en el cenagal merced a algún filtro manipulado por su hijo o su compinche. Empezó a sufrir de un insomnio anhelante, atravesado de ilusorias situaciones en que ella misma era la extraviada por unas grutas submarinas donde unos hombres monstruosos se disputaban a muerte un tesoro maldito. Y fue entonces cuando se inició Manuela en el recurso de unos narcóticos que no eran los de su natural abulia, sino que habían sido recetados y amorosamente preparados por Alejandra, a partir de unas infusiones de beleño con orujo que acabarían habituando a la consumidora a los más activos remedios del láudano.

Durante una de aquellas noches de enrarecida quietud que siguieron al paso de la horda, cuando ya comenzaba Manuela a dormir en un angustioso íncubo (que nunca llegó a reemplazar del todo a la pesadilla de la autofagia), oyó dentro del sueño como un trasiego de telas hendidas, una estridencia de uñas enganchadas en algo que podía ser una madeja. Se levantó de un salto, hostigada por la imantación de una fiebre animal y desasiéndose de la horrible presencia que la penetraba, y lo primero que vio fue su más preciado vestido de otomán desgajado a tiras sobre las baldosas. Sólo acertó a ordenar su rabia al oír un sordo maúllo, el furtivo roce de una pelambre electrizada contra el zócalo. Se volvió hacia el ropero entornado y ya escapaba fuera de la alcoba el cachorro de lince que había encontrado Clemente días atrás perdido por los arenales. Iba a salir tras él, pero antes se acercó a comprobar la cuantía del destrozo. De todo el vestuario que Manuela había ido reuniendo con morbosa jactancia —aunque ya apenas usase— desde que empezó a cobrar sus primeras rentas prostibularias, sólo quedaba una hilera de trapos pendientes de las perchas como jirones inservibles de un cuero de res. Sintió Manuela chorrear entre aquella general inminencia de harapo la sangre de las garcetas desplumadas, el unto abrasivo de los curtientes, la aguaza que empapaba hasta la ignominia sus cautividades marismeñas. Todo lo cual, unido a los precedentes castigos que fustigaran a la casona, vino a confirmarle que algo aún más desolador estaba a punto de deteriorarse también y para siempre en los centros de su propia vida. Se desembarazó entonces como pudo de toda aquella mugre retrospectiva que la cegaba y salió en persecución del cachorro con una iracundia que tropezó violentamente con su misma y descontrolada turbación.

Anduvo de un lado a otro de la casa como si le hubiese sobrevenido de pronto la ocasión de saciar no sabía qué otras venganzas ya prescritas. Olió al fin la orina del gato cerval, la impura sustancia generadora de la piedra de lincurio (tan asociada a su piel de primípara), flotando por los aires diagonales que salían de la buharda, hacia donde se deslizó con la defensiva virulencia de quien se asusta de su propia temeridad. Descolgó de pasada un rebenque embreado y se quedó acechando en medio de una penumbra aún no empolvada por el desuso, oyendo crujir el maderamen al mismo ritmo que su respiración, hasta que vio brillar el jaspeado fogonazo de la bella mirada del cachorro junto a una pila de cajas. Lo llamó entonces agachándose con una blanda alevosía, ven aquí bonito toma, y lo fue acorralando hacia un cuarto trastero, por el que ya apuntaba el alba a través de una lucerna de esmeril. El cuarto estaba vacío y allí se metió el lince no sin titubeos, entrando detrás Manuela y cerrando la puerta con esa vandálica urgencia por maltratar que obnubila repentinamente a los maltratados. Jadeaba cuando levantó el rebenque y lo abatió con todas sus fuerzas sobre el sigiloso lomo del lince. La ferocidad de la mujer se incrustó por reflexión inhumana en la ferocidad del animal y un desesperante bufido situó al cachorro en la congénita frontera de los pavores selváticos. Agazapado en un rincón del angosto recinto, las zarpas desenguantadas y enhiestos los pinceles de sus orejas, se retorció un punto para lamerse el flanco azotado sin dejar de espiar con las candelas de sus ojos los movimientos de Manuela, la cual se inclinó atolondradamente antes de descargar un nuevo zurriagazo. El lince esquivó el golpe y pretendió trepar por lo que no era ningún árbol en un enloquecido esfuerzo para huir de un peligro nunca recelado en su corta vida doméstica. Manuela casi sintió en su misma boca el aliento fétido del animal, que resoplaba con sofocantes calambres, a la vez que veía el ígneo trazo de una uña recorriendo la vecindad de su cara. Cuando volvió a pasar por delante, o entrevió Manuela la cabeza del cachorro, descargó el castigo desde un poderío alimentado no sólo de su venganza sino del más tortuoso almacén de su fracaso. El extremo del rebenque cayó como un garrote sobre el espinazo del animal y algo crujió allí con la tirantez de una rama tronchada. El lince dio un brinco y luego se hizo un ovillo y bufó acumulando dentro de la tortura todas sus especies de ancestros, como si aquellas postrimerías del furor incluyesen también la derrota totémica de cuantos legendarios vigías de la Libia llevaran su nombre. Corrió arrastrando las patas traseras, mayando angustiosamente y revolviéndose contra los inexpugnables muros de su cautiverio. Manuela pudo ya seguir (o perder del todo) aquella ciega trayectoria y fue redoblando los golpes sobre el cada vez más inválido, exangüe, deforme cuerpo del animal.

Una calentura entre deleitosa y repulsiva le fue subiendo a Manuela desde el vientre a la boca, y no supo si era el desahogo o la asfixia quien seguía movilizando una barbarie ya inútil y atrancada en todas las desmesuras. Cuando se dio cuenta de que el lince permanecía inmóvil, si bien respiraba aún con un apagado estertor, fue sintiendo Manuela una fatiga abrumadora. Era como si hubiese regresado de su propia y no voluntariamente perpetrada brutalidad, aun presumiendo que en el fondo de toda aquella momentánea locura había actuado el resorte genital de un ya lejano placer enardecido en la violencia. Volteó al lince, que había vomitado y parecía tener la última cápsula de la sangre reventada por dentro y, sin atreverse ya a rematarlo, apenas conteniéndose de vomitar ella también, miró su propio miedo reflejado en los ojos de ágata —tan iguales a los suyos— del gato, y se puso entonces a gemir con unas lágrimas acongojantes que no recordaba haber derramado de ese modo en toda su vida. Y así siguió llorando mientras arrastraba al cachorro de una pata y abría el ventanuco de la buharda para arrojarlo desde allí al traspatio. Y así seguiría llorando durante todo aquel día y dos días más con sus noches, purgando su maligna tribulación con reiteradas dosis de belladona, sin salir para nada de su cuarto ni responder a quienes inquirieron por lo sucedido, alarmados a la vez por la estática pesadumbre de la victimaria y la atroz ejecución de la víctima.

Después de que amainara el llanto de Manuela y

pudiese ésta conciliar algún sueño volandero, fue su hijo a buscarla en son de parlamentario, no para notificarle que la muerte del lince podía acarrear los más nocivos aojamientos, sino para darle cuenta de la formalización y pronta celebración de su enlace matrimonial. Nada sabía la madre —ni aun sabiéndolo se habría preocupado— de aquellos silenciados amores de su primogénito con la encopetada coheredera de los Responsorio. Y a éstos tampoco los llegó a conocer hasta que fueran a la casona ya en vísperas del casamiento, no tanto por cumplir los debidos trámites familiares (aunque también para eso) cuanto por calibrar in situ los méritos y condiciones de aquella afamada casaquinta a punto de pasar ganancialmente a manos de la hija tercera. Así que una vez enterada Manuela de tan imprevistas novedades, pareció renunciar a su sopor o a su norma de mutismo, ya que transmitió al novio unos enfáticos parabienes doblados quizá de hipocresía, créeme que me alegro tal como te lo digo me alegro una barbaridad, interesándose con repentina mudanza de carácter por las fechas del casorio y las protocolarias exigencias de la ceremonia, yo de eso no estoy muy enterada ya tú sabes. Y tal vez porque aquella afectada congratulación (en la que únicamente faltaron las bendiciones) cogió desprevenido a Pedro Lambert, se apresuró éste a especificar de buena gana sus breves pero provechosas relaciones con los Responsorio y las conveniencias de una boda concertada con la hija aunque no todavía, todo se andará, con sus esclarecidos progenitores.

La tal Araceli, avistada y contabilizada por Pedro Lambert con ocasión de unas transacciones de viñedos en las que intervino el padre, era doncella inocua y remisa, de medianos encantos y superiores honestidades, con la almibarada hostilidad de la siempre servida y la dulzona miopía de la ojizarca. Había sido esmeradamente instruida en la pudibundez y el bordado, las lecturas hagiográficas y la higiene de alma y cuerpo, virtudes todas ellas que no parecían guardar una excesiva concordancia con los hábitos y urbanidades del prometido, pero que, a fin de cuentas, acabarían encontrando su natural compensación en otras más lucrativas prendas personales. Cuando llegó a oídos de los Responsorio lo que se tramaban el advenedizo Pedro Lambert y la embelesada Araceli, promovieron unas discretas indagaciones, si no de limpieza de sangre al menos del grado de desinfección de los apellidos y caudales del pretendiente. Lograron así averiguar algo que ya en parte sabían, es decir, que el susodicho Lambert coleccionaba inexplicables dineros como otros reúnen chatarras inexplicables, pero descubriendo a renglón seguido que el galán descendía, por línea paterna, de una especie de asno cimarrón —amén de extranjero— que había recalado un día por la marisma con igual extravagancia con que se esfumó, y que, por parte de madre, era lo más parecido que había a un hijo de puta. La bien documentada información produjo de inmediato crisis de ahogos, triduos a los Tres Arcángeles y sarpullidos de muy varia localización cutánea en los dignos componentes de aquel hogar comunicado por pasadizos nada secretos con las clerecías de la comarca. Todo lo cual coincidió también con el hecho de que a la madre de la novia se la retirase la menstruación inopinadamente, fenómeno que fue atribuido a la consternación mayúscula de la noticia y que acabó por no ser más que el aviso fisiológico del quinto —y por otras razones último— embarazo de doña Matilde. Sea como fuese, y después de metódicos conciliábulos e infructuosos asedios a la voluntad de la hija, determinaron los Responsorio hacer cabal balance de los pros y los contras inherentes al matrimonio. Se obtuvo así una mayoría —no abrumadora— de votos favorables a la unión de aquellas dos familias cuyas propiedades, salvadas las nebulosas diferencias de origen, comprendían, por separado, los máximos índices catastrales de la región y aun los alcanzaban por junto más allá de las divisorias del señorío.

Convenidos los términos y ultimados los requisitos todos de las bodas, se celebraron éstas con solemnidad suma en un eventual oratorio del casal (ya comúnmente conocido como Huerto del Hurón), participando la treintena de invitados en un extremoso despliegue de pompas litúrgicas, opíparas comidas y obras de caridad en especies y en metálico, meticulosamente planeado todo ello por la desposada con la aprobación de sus deudos y la ayuda de servidumbres propias y ajenas. Hasta don Juan Crisóstomo quiso colaborar también por su cuenta —y así lo hizo— al mayor realce de la ceremonia, disponiendo lo necesario para dar cumplimiento a un ritual postcatólico que, a pesar de su relación con ciertas prácticas sincréticas, no mereció ninguna satisfactoria acogida. Sobre todo por parte de quienes alcanzaron a oler —e incluso a gustar inadvertidamente— la sangre de las alondras degolladas sobre las tinajas del vino. Pero, al margen de esa única y no programada incidencia, todo transcurrió con el orden deseado y con un derroche de ostentaciones que —por primera vez desde la fundación de la casona— parecían encajar de lo más bien en un escenario de tan pretenciosos ornamentos. Y ya cuando la medianoche era por filo y se dieron por finalizados los festejos religiosos y demás expansiones profanas, se encontró Manuela como salida de una convalecencia mortificante en la que hubiese ido envejeciendo solapadamente y de la que sólo podría escapar aceptando de grado, por encima de todas aquellas humillantes vanaglorias familiares, la gustosa recaída en todos sus ya incurables desbancamientos humanos.

Cumpliéndose estaba por rumbo desconocido el viaje de Araceli y Pedro Lambert —que duró prudencialmente lo que tardó en cambiar la luna—, cuando se ausentó una mañana del casal don Juan Crisóstomo para volver al día siguiente en compañía de su esposa y su recién nacido hijo (ya cristianado con el mismo elocuente nombre del padre), cuya llantina de mamón hizo las veces de heraldo de la comitiva antes de que asomara ésta por entre los cuarteles del jardín. Acudieron al porche Manuela y Alejandra, incitadas antes por la curiosidad que por la cortesía, y ya se apeaba del carricoche y venía hacia ellas una dama de abundantes carnes y pocas decisiones, que procuraba hurtar al hijo de un resol con el que también quería disimular ella su propia incertidumbre. Se emparejó luego apresuradamente a la marcha del marido, el cual se adelantó a su vez hasta donde estaba el ama para hacer las debidas presentaciones, Rosalía mi señora aquí doña Manuela y su ahijada Alejandra.

Una vez que las tres mujeres formularon los gustos que tenían en conocerse, percibió Manuela algo parecido a una humilde súplica de alianza en aquella muchacha oronda y cohibida, como no acariciada nunca y con visos de llevar puesto obligatoriamente un disfraz de pedigüeña, que se quedó junto al quicio en una abochornada pasividad de súbdita y que no parecía en absoluto culpable del manifiesto desequilibrio que se advertía a simple vista en su régimen conyugal. Sólo cuando Alejandra se aproximó a ver al niño, procedió la esposa de don Juan Crisóstomo a cambiar de postura y a abrir una rendija del pañolón para que también pudiese admirar Manuela al temprano fruto de su vientre, cuya tez tiraba a violácea y cuya cabeza presentaba una calvicie excesiva incluso para un hijo de Ojodejibia. Y mientras se iba éste hacia una puerta lateral con incoherentes prisas, ahí las dejo voy a ver cómo andan las cosas, se entraron las tres mujeres a la casona y subieron con apocada lentitud a la primorosa alcoba que iba a ocupar Rosalía con su esposo y su hijo. Y que seguiría ocupando, ya sola, hasta el día en que llegara desde los extrarradios de la historia la definitiva instauración del desastre.

XIX

Todo sonaba dentro de la casa como si fuese a llover de un momento a otro. Era como una prefloración de la humedad que absorbiera los ruidos hacia una cámara de resonancias distintas a las habituales. Pedro Lambert oyó los pasos cada vez más cerca, el monocorde rozamiento del esparto contra el mármol, el crujido de algún jabalcón de la techumbre donde anidaba la totovía, y supo que iba a llover aquella misma tarde. Pero Clemente no fue a buscarlo para confirmarle tan palmaria suposición, sino para decirle que había venido preguntando por él y solicitaba audiencia un caballero llamado Cayetano, no sé qué, que hablaba con un deje nasal y forastero y que había pedido disculpas por presentarse a la poco propicia hora de la siesta. Aunque con la voz todavía agarrotada por la modorra, contestó Pedro Lambert antes de lo previsto que hiciera pasar al recibidor a quienquiera que fuese, que ya se vestía, operación que efectuó con una inusual ligereza y como si lo apremiase una repentina inquietud. Tardó, pues, menos de la cuenta en acudir a la habitación donde lo esperaba —en actitud de observar de cerca el zócalo como si se tratase de una pintura— el que, además de nombrarse Cayetano, se apellidaba Taronjí, y se hacía acompañar de su pelirroja y esmirriada sobrina Esclaramunda.

No supo ocultar Pedro Lambert un sobresalto que ya debió sentir al prever la identidad de aquellos inusitados visitantes, pero medio se repuso para darles su más ficticia bienvenida, qué agradable sorpresa ni imaginarme que era usted después de tanto tiempo, apoyando en unas gesticulantes salutaciones lo que en ningún caso era verdad, ¿y qué le trae de bueno por estos pagos? Vamos de camino aquí mi sobrina y yo un viaje de negocios o digamos que de tanteo, aclaró Cayetano Taronjí, el caso es que no nos pareció ni medio bien pasar de largo sin saludarle, a lo que añadió la sobrina que qué menos y que había que ver lo regiamente instalado que estaba. Pedro Lambert se encogió de hombros y ya iba a preguntar, por decir algo, que cómo habían dado con su paradero, cuando el visitante pronunció estas sibilinas palabras mientras paseaba la vista por el recibidor: se conoce que la bisutería ha dado para mucho. ¿Perdón?, dijo el supuesto beneficiario de la bisutería. No nada que donde hay de oro de oro hay, sentenció Cayetano Taronjí riéndose grotescamente de lo que creyó una ocurrencia afortunada.

Hubo un silencio del que parecían chorrear goterones de fango, y ¿quieren tomar algo se les apetece un refresco?, propuso Pedro Lambert cambiando con escasa habilidad de tema. Gracias ya hemos venido refrescados y con la que nos va a caer luego encima, respondió con un bufón de rebrote de la risa el visitante, pero lo que sí nos gustaría vea es recordar viejos tiempos usted ya sabe por dónde voy. Tiempos de oscuridad en que la ceniza era cama y alimento, recitó confusa y hebraicamente la sobrina. Dígame, dijo Pedro Lambert adivinando de qué tiempos se trataba, no se me ocurre en qué puedo servirle. Cayetano Taronjí se apretó los lagrimales entre el pulgar y el índice antes de explicar que lo que pretendía, vayamos al grano, era llegar a un acuerdo o cosa parecida, no es que venga en son de discordias eso que quede claro, ya que habida cuenta de los inapreciables servicios que le prestara en su día al señor, seguro que lo recuerda muy bien, y pudiendo corroborar sobre el terreno (dejó vagar otra vez los avarientos ojillos por la habitación) las muy visibles prosperidades alcanzadas, había creído justo solicitar alguna adicional forma de gratitud, ¿me explico? Eso dijo con gangosa morosidad el visitante, y se explica estupendamente pero ¿qué pasaría si yo lo mando mudarse de negociado ahora mismo?, replicó Pedro Lambert juntando las manos en un ademán rogatorio de lo más improcedente. Pero Cayetano Taronjí no se dio por ofendido y manifestó, con una placidez no menos impropia, que al señor no le convenía para nada sacar las cosas de quicio, ¿a qué conduce discutir vamos a ver si ni siquiera hemos hablado de condiciones? Ya, se limitó a decir Pedro Lambert, y prosiguió el otro mientras se enjugaba con un pañuelo descomunal el sudor de la frente: usted sabe de sobra que la operación de las alhajas no estaba dentro de la ley o sea que era lo que se dice ilegal y que yo por supuesto me arriesgué tanto o más que el señor ¿me sigue? Pedro Lambert, que seguía efectivamente el discurso incluso con más luces de las precisas, espantó una moscarda antes de reiterarle a su interlocutor que qué quería, que lo soltase sin más circunloquios. ¿Me permite aceptarle ahora el refresco?, solicitó Cayetano Taronjí y ratificó la sobrina con la cabeza, si bien el anfitrión no dio muestras de haber oído, o prefirió no darlas, porque volvió a reiterar con un más subido tono de voz que tenía muchas cosas que hacer, que le explicara de una vez por todas el motivo o los regateos de aquella visita. Vayamos por partes, dijo el terco emplazado, lo único que intento hacerle saber es que no le interesa ni poco ni mucho que se aireen ciertas cosas y empiecen a averiguar de dónde sacó todas aquellas piezas de museo además que a alguna ya le andan siguiendo la pista usted me entiende y con su posición. Escúcheme un momento pare el carro, cortó Pedro Lambert ocultando tras la espalda unas manos que no empuñaban ningún arma homicida, a mí me importa una soberana mierda que se pregone lo que sea ni me entero conque ahí tienen la puerta me hacen el favor. Cálmese creo que no me ha interpretado bien, alegó aún el visitante con invariable flema, yo no vengo a exigirle nada ni a intentar en absoluto ninguna clase de chantaje no me conoce es que ni ocurrírseme. Eso, confirmó la sobrina, ensayando una expresión de sed que alteró la disposición de sus pecas y añadiendo enseguida que si era verdad lo del refresco. Pero su tío, después de mirarla indulgentemente, continuó puntualizando que sólo se había atrevido a concertar aquella entrevista porque necesitaba juntar algún dinero, un caso de fuerza mayor, no pretendiendo otra ayuda en ese sentido que la de la respetuosa solicitud de una pista. ¿Una pista?, inquirió Pedro Lambert sustituyendo la cólera por la expectación, no lo entiendo a ver si me lo cuenta. Déjeme que le diga, acabó de plantear Cayetano Taronjí, yo me voy a callar como un muerto o sea que una tumba propiamente dicha a cambio de que usted me indique el sitio donde encontró las joyas hasta ahí llego. Se quedó un momento pensativo Pedro Lambert y declaró al fin, no sin titubeos, que veía difícil satisfacer al peticionario en ese punto, de veras que lo siento, ya que las piezas en cuestión no habían salido sino del patrimonio de su difunto padre, que en gloria esté, mostrándose luego como muy ufano de la brillante verosimilitud de su evasiva. Eso no es cierto usted lo sabe pero creo que ya no tenemos más que hablar, decidió Cayetano Taronjí, una lástima que no nos hayamos entendido. Y se levantó de la poltrona en que había permanecido correlativamente apoltronado, decisión que fue secundada por la pelirroja Esclaramunda, la cual ostentó una sonrisa de pez fuera del agua para despedirse. Hemos tenido mucho gusto, convinieron a dúo los visitantes, y ya se adelantaban hacia el vestíbulo cuando reaccionó Pedro Lambert, ¿por qué no se quedan aquí esta noche y consideramos con más calma todo este asunto?, imaginándose de repente que el hecho de romper así aquellas vagas negociaciones llevaría consigo la persistencia de alguna sorda amenaza. Muy amable de su parte, se apresuró a decir la pelirroja, y era como si se hubiese dirigido a Araceli, que cruzaba entonces por la puerta del recibidor y que acudió, a instancias de su esposo, a saludar a quienes honraban la casa aceptando ser sus huéspedes, aunque sólo fuera por una noche.

No quiso comentar Pedro Lambert ni con su madre ni con don Juan Crisóstomo —y mucho menos con su esposa— las razones que movieran a aquellos dos taimados personajes a arribar tan intempestivamente a la casona. Sólo insinuó que se trataba de un consignatario que había trabajado a sus órdenes en Zapalejos y al que debía toda clase de correspondencias por sus señalados servicios, incluso aunque viajara con sobrina. De modo que una vez que se retiraron los huéspedes a recuperar fuerzas, se encerró Pedro Lambert en el cubículo de sus privadas maquinaciones para consultar, si no al oráculo, sí a los libros e instrumentos que tenía a su alcance. La gestión, de todas formas, tampoco debía ofrecer mayores complicaciones, ya que el interesado recordaba con todo lujo de detalles sus trapicheos con Cayetano Taronjí, al que siempre supuso vigilándolo de cerca o intentando hacerlo, pero a quien nunca creyó capaz de presentarse en su propia casa con no sabía entonces qué ambiguos propósitos.

Descendiente de judíos relapsos y afamado orífice, Cayetano Taronjí se había afincado más allá de los montes de Alcaduz y traficaba habilidosamente en almonedas y compraventas, antiguallas e imitaciones. Siendo él quien había despachado y pagado sin graves engaños y a cuenta de terceros la primera tajada del tesoro —y aún otra más cuantiosa remesa posterior—, dedujo Pedro Lambert que no debía rehusar la nada abusiva petición del orífice, antes por aliviarse de inquietudes que por temor a que se derivara algún indirecto perjuicio de su negativa. En todo caso, y para no obrar sin la debida ponderación, compuso figuras con clavos sobre un pergamino de res sacrificada en cuarto menguante, observó a medias entre las nubes con el astrolabio y preparó una poción con diversas sustancias inmundas que situó a nueve pasos de la ventana de los huéspedes. Después de todo ello, llegó a la conclusión de que no había argumento alguno que se opusiera a revelar al orífice Taronjí el sitio, ya fuese aproximado, donde había encontrado Manuela el portentoso joyero argonidense. Concurría además en esa determinación la atenuante de una total carencia de riesgos propios y ajenos aprovechamientos, pues ni era viable que hallaran más objetos de valor ni iba a ser aquél el verdadero lugar (cosa que incluso ignoraban los dos únicos testigos supervivientes) donde descubriera el normando primitivamente el tesoro.

Tranquilizado con estos manejos y meditaciones, pasó Pedro Lambert a entrevistarse con el orífice y su inseparable sobrina, haciéndoles saber que a la mañana siguiente, y mejor sin ser notados, saldrían para las bajuras de la marisma, en cuyo seno —de no haberse producido alguna nefasta maniobra por parte de los endriagos ribereños— aún seguirían fulgurando las auras primordiales del oro. Oyeron los huéspedes con especial beneplácito aquellas sabias palabras y se deshicieron en elogios sobre la equidad y prodigalidad del anfitrión. Puntualizó entonces el orífice, a guisa tal vez de intercambio de confidencias, que no ambicionaba vanos peculios o bambollas terrenales, vea que ya se lo insinué, sino dos metas en cierto modo coincidentes pero de distinto incentivo, a saber: el alumbramiento de las maravillas ocultas por designio de Jehová, para disfrute de justos y escarmiento de gentiles, en el miserable fondo de los tiempos, y seguidamente —o primeramente— la obtención de los medios necesarios para curar a su sobrina allí presente de un mal en apariencia inocuo, aunque de veras aterrador, que estaba empezando a minar su organismo.

No más olisqueó Pedro Lambert lo cabalístico de la cuestión, quiso enterarse enseguida de los síntomas de aquella dolencia. Y tras un obstinado forcejeo con la indecisión del orífice, o pensando quizá éste que su resistencia podía ser tomada como ingratitud, acabó confesando que Esclaramunda, la preferida-de-su-corazón, padecía una enfermedad innombrable y de no descartada filiación con la segunda plaga bíblica, consistente (por muy espantoso que pudiera parecer) en que la naturaleza de la sobrina estaba adecuándose con vertiginosa aceleración a la del anfibio. No pudo reprimir Pedro Lambert la acometida del pasmo y se puso a observar con manifiesta desconsideración y desde un físico asombro a la pelirroja, a quien le notó entonces como un pálpito branquial entre los cartílagos del cuello y un cierto tornasol de escama superpuesto a la constelación de las pecas.

Sin acertar a proponer otra cosa que sus fervorosos deseos de pronta curación, se excusó Pedro Lambert lo mejor que pudo y corrió a dar cuenta a don Juan Crisóstomo de la tremebunda confesión del falso consignatario. Chorreaban a la sazón por los cristales los primeros salivazos de una lluvia barrosa y Ojodejibia se acercó a la ventana en actitud de gran apatía, no a comprobar el grado de fangosidad de la lluvia, sino evitando al parecer una respuesta en la que podía deslizarse —si es que ya no había ocurrido previamente— alguna lamentable comparación entre la metamorfosis que sufría aquella mujer y su propia semejanza facial con los cefalópodos. Pero Pedro Lambert interpretó ese retraimiento como un signo de consternación y volvió a requerir al dómine para que se sirviera aconsejarlo sobre la táctica a seguir ante tamaña incidencia. Se volvió entonces don Juan Crisóstomo, aunque sin rebasar la posición de perfil, y le habló al amo diciéndole: ¿recuerda usted por un casual la epidemia de posesas que asoló la campiña de la Tabla va ya para seis años? Pues no ni idea, respondió Pedro Lambert después de una innecesaria pausa, la verdad es que no me acuerdo ¿por qué me lo pregunta? Da lo mismo, prosiguió don Juan Crisóstomo, lo cierto es que a las que lograron sobrevivir a aquel azote les quedó como una regresión o algo así al mundo de las criaturas acuáticas conozco bastantes casos eso es todo. Ahora caigo, convino Pedro Lambert sin caer desde luego en ninguna cuenta, y ya se volvía del todo el dómine para comentar que la noche se había metido en agua. Centelleaba en lo oscuro la llovizna como las chispas de un pabilo y, luego de mirar distraídamente hacia fuera, aseveró Pedro Lambert que, en efecto y según lo previsto, se había metido en agua la noche, deseándoselas buenas a don Juan Crisóstomo y yéndose a paso lento para su cuarto, mientras le crecía el malestar por el poco crédito que le merecía aquella difusa lección de su mentor.

Conforme a lo hablado y prometido, salió de mañana Pedro Lambert con el orífice y su sobrina para el paraje marismeño donde enterrara el normando y desenterrara Manuela el tesoro. Ya había escampado y se reactivaba por el aire caliente la fetidez a lejía de los esteros, incubándose a la vez un más húmedo bochorno que ejercía sobre Cayetano Taronjí una creciente astenía, pero que no parecía afectar en absoluto a Esclaramunda. Por lo menos, ésta iba como en estado cataléptico sobre el balanceante asiento del tílburi, embutida entre los dos hombres y con los ojos ansiosamente fijos en un redondel de bruma, confiando quizá en ver de un momento a otro la delicuescente silueta de una ciudad sumergida. Pedro Lambert, que no había vuelto por aquellos rumbos desde los días primeros de la riqueza y últimos de la invertebrada vida del padre, se orientaba con una poca usual inseguridad, tanto más notoria cuanto más se perfilaba la evocación de sus sórdidas correrías por aquellos cenagales. Pero vencieron los espoliques de su instinto y creyó arribar, ya con el sol luciendo a intermitencias rojizas sobre los charcos, a un cerco de dunas que lo sugestionaba especialmente, aun sin poder discernir si se debía a la irradiación del osario paterno o a las filtraciones del oro conservadas dentro del sílice. Analizó los trazos de la arena y los componentes del viento y, después de asegurarse que no había por allí lucio alguno ni hondonada que hubiera podido serlo, asoció los avisos sensoriales a la localización del sitio buscado. Comprendía, no obstante, que difícilmente acertaría a fijar sin errores la exacta oquedad que sirviera de subterráneo cofre del tesoro, puesto que habían sido los propios accidentes naturales los encargados de solapar las referencias y modificar incluso la topografía de aquellos médanos.

A pesar de ir abstraído en tales divagaciones, no dejó de advertir Pedro Lambert un brusco titubeo de la jaca, que babeaba por el freno y empezaba a retraer los brazos como atemorizada por algún presentimiento. Así que decidió acortar las riendas y apearse del carruaje, invitando a los otros dos viajeros a que también lo hicieran. Palmeó Pedro Lambert la caña de la caballería y le rascó el testuz y dijo sin mirar a nadie que ya habían llegado, seguro, manifestando entonces el orífice que experimentaba la doble satisfacción de asistir al cumplimiento de la palabra empeñada por un auténtico prócer y a la apertura de los sagrados quehaceres que tantas recompensas morales y materiales podían depararle. Cierto, murmuró Pedro Lambert desde una fosca distancia y sin apenas oír a Cayetano Taronjí, el cual continuó diciendo en un tono más confidencial: vaya por delante que cualquier éxito que obtenga en la empresa le será comunicado de inmediato al señor y compartido según su mejor criterio eso que quede claro amor con amor se paga. Pedro Lambert movió la cabeza entre cansado y apiadado, y repuso que si aparecía por allí algún indicio del agujero, que lo dudo, a lo mejor hasta podían encontrar dentro un collar de buitre.

El orífice permaneció un instante meditabundo, sin haber logrado o querido entender lo que se le insinuaba, y ¿estas tierras son suyas?, inquirió a la vez que echaba una visual por los alrededores. Pedro Lambert escupió a sotavento y dijo que como si lo fueran, me supongo, sintiendo de alguna oblicua forma que también le pertenecían proindivisamente la fosa salobre y el purulento sudario del padre aplastado bajo su propio ataúd de lodo. Tanto mejor, dedujo con blasfematoria inadvertencia Cayetano Taronjí, juicio que fue acompañado de una acción más bien extravagante por parte de la sobrina. Se sentó ésta a la usanza mora sobre el mojado légamo y empezó a escarbar (como en otro tiempo y en parecido sitio hiciera Manuela) entre unas pellas de guano, no posiblemente con pretensiones de geomántica sino como si quisiera verificar los porcentajes acuosos del terreno. El orífice, mientras tanto, atendía con aguzada curiosidad a las puntualizaciones que iba proporcionándole Pedro Lambert sobre el incierto boquete de la salitrera donde apareció el tesoro o, cuando menos, sobre la segura zona del hallazgo. No necesito más muchísimas gracias ya le expliqué que me conformaba con una pista, reafirmó Cayetano Taronjí, agregando a renglón seguido que se disponía a comenzar los sondeos sin la menor pérdida de tiempo, para lo cual le rogaba al señor, como última y abusiva merced, el despacho de alguna credencial que les permitiera a él y a la preferida-de-su-corazón poder hospedarse en Malcorta mientras duraran las dichas excavaciones.

Y fue entonces cuando asomó la tortuga por detrás de un altillo salpicado de juncos. Se arrastraba y se detenía a trechos, las incóngruas y estériles paletas de sus extremidades patinando por el declive de arena floja, con la cabeza descoyuntada y escudriñando los confines de aquel territorio que no se correspondía exactamente con su naturaleza. Reptil marino, ¿buscaba acaso al reptil terrestre, al no tan primario quelonio que prescindiera de las membranas interdigitales para habitar en la marisma? Con su largo medio metro de envergadura, parecía un traslaticio madero de naufragio, un bloque de jaspe arrancado del antiguo delta por algún recóndito cataclismo. Esclaramunda, que había sido la primera en descubrir la aparición de la tortuga, miró fugazmente a su impasible tío y abandonó la tarea de desmenuzamiento del guano para adoptar una postura de mística humillación, quedándose como más famélica y pecosa a medida que se metía las manos enlazadas por la entrepierna. Es curioso, comentó Pedro Lambert, nunca había visto por aquí un bicharraco de esa clase qué raro. Y ya se acercaba el orífice al quelonio para examinar no se sabía qué rastros del extravío en el caparazón, sobre el que pasó un dedo, se lo olisqueó repetidamente y, después de dárselo a chupar a la sobrina, afirmó mirándola con especial fijeza que aquella especie de fósil no venía desde luego de donde debiera, o sea, del mar, a lo mejor es que. Pues si no viene del mar, cortó Esclaramunda, vendrá de los pozos seguro que todo esto está lleno de pozos tapados por el fango ¿usted qué dice? La pregunta iba dirigida a Pedro Lambert, que se limitó a encogerse desganadamente de hombros, mientras Cayetano Taronjí terminaba su interrumpida frase diciendo que a lo mejor la causa de aquel despiste era la humedad, es que aquí no se respira más que agua y sucia ¿te sientes bien reina? Tengo que irme, decidió sin ningún miramiento Pedro Lambert, si quieren los acerco a Malcorta, propuesta que no fue atendida hasta que la tortuga se situó laboriosamente a un paso de donde estaba Esclaramunda. El colmo de la amabilidad, susurró ésta entonces como ida y sin apenas moverse, pero me va a permitir que me quede un rato, y ya la está oyendo, añadió Cayetano Taronjí, excuse así aprovecho para señalizar el sitio y prever las medidas oportunas. Miró Pedro Lambert para el fondo del cielo, como adivinando algún mal vaticinio en la pinta de los últimos nubarrones cárdenos, y se fue para el tílburi conforme deseaba suerte a los crédulos buscadores de nada, ya nos veremos, y les hacía saber dónde podían dirigirse de su parte en Malcorta. Arreó luego al inquieto caballo y se alejó de allí lo más rápidamente que pudo, sin acertar siquiera a discurrir si todo aquello era una coartada del infierno o una insensatez de carácter privado.

XX

Desde el punto y hora en que Araceli Responsorio ocupó la casona en calidad de dueña consorte, procedió a darlo a entender por medio de una severa adaptación de los desarreglos domésticos a sus personales pulcritudes educativas, empezando por promulgar un rígido edicto con las nuevas ordenanzas y mandando llamar a dos de sus más amaestrados sirvientes para que hicieran de inspiradores de buenos modales. Comoquiera que Araceli había aportado al matrimonio, con independencia de la dote, muy considerables bienes parafernales procedentes de mejorías, se concedió automáticamente los derechos precisos para administrar y someter a su directa disciplina todos los desbarajustes con que se topara al instalarse en la nueva posesión. Y así vino a emplear en tales menesteres su tiempo entero y su entera energía, sólo aplazados por las exigencias de las caridades fuera de la casa y por un único viaje a Alcaduz con ocasión del crítico estado de su ética madre, la cual se iba ya para el otro mundo cuando logró traer a éste a su quinto hijo, que fue hembra y se llamó —y se seguiría llamando empecinadamente— Blanquita.

Ni buenas ni malas eran por entonces las relaciones entre Araceli y Manuela, ya que si ésta rehuía las intimidades y rosarios en familia, aquélla ignoraba con una sucinta preterición a la suegra, cuya irregular conducta y carencia de principios la deprimían casi tanto como la abochornaban. Sentimiento éste que vino a agudizarse (tal vez porque el recato gusta filialmente del duelo) cuando ingresó Araceli en la inflexible clausura del luto riguroso y aun durante su largo alivio. En realidad, y a pesar de los paños calientes de Pedro Lambert, nunca pudo aceptar su púdica cónyuge aquella babilonia casera principalmente abastecida de una anómala y condenable profusión de parejas —Clemente y Alejandra, don Juan Crisóstomo y Rosalía y hasta Cayetano Taronjí y Esclaramunda, que no tardaron en menudear sus visitas—, auténtica hez de parásitos y herejes cuya erradicación se había propuesto emprender el ama desde el primer día, aunque sin conseguirlo por más que se ayudara de pertinaces súplicas a las santas de mayor rango.

Así andaban las cosas, cuando vino a enturbiarse definitivamente la ya más que enturbiada convivencia de Araceli con quienes no eran ni deudos ni criados ni huéspedes, sino mantenidos a título de nulidad genérica por un esposo que procedía con tanta más decepcionante zafiedad cuanto más se distanciaban de la tornaboda. Y el caso fue que una tímida alusión de Rosalía la nunca-agraviada propició el descubrimiento de los escandalosos amores de don Juan Crisóstomo Centurión con la pelirroja Esclaramunda, unidos quizá fatalmente en la esfera de las afinidades morfológicas. Por más que tratara Araceli de separarlos con tridentinos ímpetus, no consintieron ellos en renunciar de ninguna de las maneras a aquella irreductible pasión, acaso consumada impía y demencialmente en las torrenciales noches del lamedal, dentro de las guaridas de los batracios o sobre un lecho chorreante del jugo cáustico de los hidróxidos. Parecía en verdad que ambos amantes hubiesen vendido su alma a cambio de esa decisiva demostración de la verdad que se corresponde con lo indemostrable.

A tal extremo llegaron las plegarias, lavatorios y compunciones de Araceli ante la insufrible pasividad del marido, hazlo por mí no quieras condenarte tú también, que éste tuvo que arbitrar, dominando su malevolencia —o sus contemporáneos deseos de condenarse—, un arreglo con don Juan Crisóstomo. Así que, como primera medida, el culpable se instalaría en Malcorta, si ese era también su mejor parecer, en evitación de mayores males y sin que ello supusiera más que una solución interina para tenerlo a mano mientras Araceli abominara de su presencia. Aceptó sin rechistar Ojodejibia aquella nueva especie de sinecura, que no restringía para nada sus fuentes de ingreso y que incluso incrementaba sus independencias. Ni siquiera tuvo ocasión de sugerirle a Rosalía (cosa que tampoco habría llegado a hacer en el mejor de los casos) que lo acompañara al exilio, porque ya ella se había anticipado a esa remota posibilidad con un desusado coraje, negándose a salir con el adúltero de la casa para ir a parte alguna, antes me echo a la vida vete enterando, actitud que terminó de decidir —a instancias de Manuela— que Rosalía se quedara allí con su hijo puesto que allí era donde quería quedarse, sanseacabó.

Ya sosegados los ánimos y más o menos lavadas las manchas de la relajación, imperó en la casona una de esas cíclicas fases de bonanza que —según las más fidedignas constataciones— llevaban cada vez más implícito el embrión del disturbio. Araceli volvió a ocuparse normalmente —o desaforadamente— de sus prácticas piadosas y ejercicios domésticos, a pesar de que todavía siguieran hostigándola algunos recalcitrantes coletazos de la pasada indecencia. Tan así era que solía escapar del sueño como del martirio, respetada evidentemente por los leones pero no eximida de una sensación de mordiscos y acosos atribuibles sin duda a las insidias del maligno para tentarla. Y aquella carne neutra de anafrodita, sólo patente en calidad de enemiga del alma y nunca como vehículo de aproximación erótica, empezó a hacerse vulnerable a los señuelos de una sexualidad vagamente despierta y no siempre domeñada con sinapismos y disciplinas. Araceli tuvo entonces la abrumadora convicción del peligro inminente agazapado en su propio cuerpo, a cuya desnudez jamás había accedido en ningún momento o circunstancia de su virtuosa vida, ni siquiera cuando le eran solicitados en lo oscuro de la alcoba sus débitos conyugales y ella los cancelaba desarropándose lo justo para permitir algunos fugaces acoplamientos. A la vista de semejantes trastornos y de la imposibilidad de neutralizarlos por vía devota, se prescribió Araceli sin más consultas el drástico remedio de la abstinencia, que se prolongó exactamente el tiempo que el marido creyó oportuno. Entre otras razones porque éste —más que hastiado de los dengues y tapujos de su consorte— o no se enteró de la medicación o no quiso enterarse, pues ya se había agenciado por libre otras satisfactorias compensaciones, bien que fuese a costa de emplear sus buenos privilegios y dineros en suministros previamente concertados por localidades vecinas.

Muy distintas seguían siendo por entonces las alianzas de Alejandra y Clemente, reactivadas incluso con las carantoñas propias del caso desde que la presencia del hijo de Rosalía —ya llamado Juansegundo para diferenciarlo sañudamente del depuesto padre— fomentó una más intensa apetencia de maternidad en la prohijada de Manuela, anhelo que fue férvidamente compartido por la tutora y el esposo. Pero en vano redoblaron los celos y frecuencias amatorias, porque no hubo más fruto que el de la mutua delectación, ora porque Alejandra fuera impermeable de matriz, ora porque Clemente no tuviera aptitudes para la generación. Hasta tal extremo llegaron a estar convencidos de sus comunes —o privadas— esterilidades, que fueron trasladando el ansia por lo que carecían a aquello que más cerca estaba de resarcirlos, como era el hijo de Rosalía la nunca-agraviada. En todo caso, también en eso obedecían a Manuela, cuya ya escasa capacidad receptiva frente a lo que seguía considerando una latente diáspora familiar, encontraba su único reconfortante asidero en la crianza de Juansegundo, que crecía así bajo el cuádruple amparo de quienes constituían de hecho la sola y estable asamblea de bien avenidos reunida hasta entonces en el Huerto del Hurón.

XXI

Volvió una noche sin que nadie lo esperara y con una más ostensible inclinación al despotismo o a esa repentina violencia con que intentaba suplir Pedro Lambert su falta de autoridad. Pero no se conoció el motivo de aquel recrudecimiento de las ya insolentes maneras del amo hasta pasados unos días después de su regreso. Se estuvo en el casal sin hacer nada congruente y como si aguardase con airada impaciencia algo que no debía tardar en producirse. Al menos, aquella especie de zorro que gastaba en sus voraces correrías por la comarca un tiempo muy superior al empleado bajo su propio techo, pareció haber cambiado de pronto sus hábitos de viandante por una confusa situación de vigía, inexplicable actitud que se prolongó hasta que vino a presentarse en la casona la desde entonces hiperbólicamente llamada tropa de los Cipriani. Como si se tratase de un correo llegado desde el más abominable pretérito, ya había supuesto Pedro Lambert que no tardaría en hacer su aparición aquel hermanastro un día fugitivo y poco a poco olvidado, de quien nada había vuelto a saber desde que se alistara (según exiguos testimonios de la memoria) en la andariega tribu de los condes Jeremías y Nepomuceno, y al que encontró y reconoció de improviso durante una de sus últimas visitas a la Tabla del Condado.

Se apostó el medio hermano de Pedro Lambert y los dos jinetes que con él iban al pie de la escalinata y, después de empinarse sobre los estribos y de no evitar que el penco pisotease los arriates, desmontó Diego

Manuel y subió mirando para una y otra esquina de la casa, calculando quizá inexactamente lo ancho de una opulencia cuya fama había corrido hasta mucho más allá de las márgenes de la marisma. Lo vio subir Pedro Lambert como si supiera que iba a llegar en aquel preciso momento, las manos apoyadas en el alféizar de un balcón de celosía. Se fue él mismo a abrir con una visible reserva de hostilidad al que se sabía esperado y, antes de que éste llamara, se le enfrentó diciéndole ¿qué es lo que se te ha perdido aquí a qué has venido? Diego Manuel le sostuvo la mirada con otra que no estaba regida por ninguna provisión de agresividad, y contestó: contigo no tengo nada que hablar déjame vengo a ver a mi madre ¿o tengo que pedirte permiso? Tu madre no quiere ni oír hablar de ti, aclaró el primogénito, conque ya te estás yendo por donde has venido y rápido. Diego Manuel no hizo ningún ademán de irse ni de soliviantarse ante la injuria del hermanastro, limitándose a echar un ojo al sitio donde esperaban sin descabalgar los dos componentes de su escolta y a repetir mientras lo hacía que lo dejara pasar por las buenas, no te metas en esto, o que avisara a su madre, que era con ella con quien quería hablar, quítate. No, cortó Pedro Lambert haciendo más evidente el obstáculo de su cuerpo ante la puerta, y me da lo mismo que te hayas traído a esos dos ordenanzas los corro en un santiamén hasta Malcorta, a lo que replicó su medio hermano —no sin un cierto titubeo que más parecía desafío— que no hacía falta que demostrara lo valiente que era, eso lo saben ya todos los cabrones de estos pagos te conozco de sobra aunque te figures que no te he visto desde. Hemos terminado y ahí tienes el camino, concluyó Pedro Lambert, será mejor que no aparezcas más por aquí te lo aconsejo. Se oyó un largo relincho que pareció remover los verdes manchones del jardín, y de acuerdo tú lo has querido ya me voy, convino Diego Manuel con una ambigua regresión a su infancia de postergado. No vuelvas más no se te ocurra, repitió Pedro Lambert cerrando la puerta de golpe y sintiendo la voz del hermanastro aplastada contra algún rincón de la casucha del cabezo, nos veremos pronto no vas a salirte con la tuya no te voy a dejar. Pero ya las palabras se fueron haciendo cada vez más confusas, como ahogadas por una hilera de pringosas pieles de venado, untadas de tanino y agrimonia, sobre las que relucía como un fruto el desnudo y lustrado vientre de la madre.

Enterada de lo que ocurría y de la identidad del visitante, se encerró Manuela en su habitación de cenobita, rodeada de efluvios de láudano y de enconadas memorias del abandono. Y se negó no ya a ver al hijo desertor y verdaderamente bastardo (que en ningún caso acudiría, o ella quería que acudiese, con la contrición del pródigo) sino a abrir su puerta a nadie que no fuese Alejandra. Era ésta la única que seguía atendiéndola con una irrazonable mezcla de adhesión filial y suministro de bálsamos caseros, sin pensar ni por asomo que aquella particular terapéutica iba fomentando cada vez más en la tutora una apetecible sustitución de la realidad por todos los quiméricos ingredientes del letargo. Pero una vez despedida la tropa de los Cipriani, cuando ya la polvareda de la traspuesta cegó también las lontananzas del recuerdo, salió Manuela de la casona y se acercó a una pérgola inmediata a los porches y allí se detuvo como aturdida por una destemplanza carnal que acabó resolviéndose en esa perentoria exigencia de autovenganza que persigue al que se vengó por omisión.

Se reclinó Manuela en el césped marchito, entresoñando con la gente arcana y miserable de la costa de los Moriscos que aún llevaría su sangre y se arrastraría por barracones encharcados. Y ya columbró por lo más vacío de su cuerpo y lo más poblado de una tierra alimentada de despojos, el definitivo cese de su actividad orgánica como mujer. La crisis le sobrevino en aquel preciso —y no en ningún otro— momento, cuando ya iba la enajenada para el décimo lustro de su edad y había llegado a la conclusión de que únicamente podría seguir vegetando (si es que aún quería hacerlo) en un espacio por el que no iba a cruzar nadie y que sólo estaría abierto a los espejismos de su propia vida. Y conforme lo pensaba, vio Manuela evolucionar entre el claroscuro del parque, justo sobre el sendero pavimentado con las lajas de la vieja calzada, el pájaro pintado de bermellón que seguía apareciéndosele cada vez que la despojaban de algo.

Como si esa natural suspensión fisiológica de Manuela hubiese actuado —por un antinatural sistema de vasos comunicantes— sobre el funcionamiento uterino de Araceli, sospechó ésta, en razón de los cuatro meses pasados sin evacuar el menstruo, que estaba en estado de gestación, descubrimiento que le valió una manifiesta sobrecarga de sustos y remilgos. Contra las más plausibles presunciones, concernientes todas al obcecado comportamiento de quien se quería frígida por limpia de concupiscencias, parecía ser sacramentalmente cierto que Araceli esperaba un hijo, concebido acaso en una cópula algo menos apocada de lo usual, a la que debió aportar la cónyuge el suficiente consentimiento como para dudar de haber escapado inmune del asalto de los leones. De manera que después de haber atendido Pedro Lambert a las pudibundas insinuaciones de su esposa, alabado sea Dios que en su omnipotencia nos ha concedido la gracia de la perpetuación de la especie dame un beso, dedujo que lo que Araceli pretendía hacerle saber era que estaba preñada. Y no bien lo comprendió, y tras acceder epidérmicamente a la petición del ósculo, corrió Pedro Lambert a su cámara privada y se enfrascó en los cálculos pertinentes. Sacó en limpio, por lo pronto, que la aparición del hermanastro, signo cero de lo negro, había ejercido una correlativa fijación de contrarios en el signo siete de lo rojo. Fenómeno éste del que se deducía con bastante exactitud que su futuro hijo, ya fuese macho o hembra, vendría a impedir cualquier presunta usurpación de una heredad que a él, y sólo a él, en atención a sus juntas atribuciones de primogénito y fundador exclusivo del patrimonio familiar, le correspondía defender de tantas encubridizas conjuras y traspasar incólume a su descendencia. Sabido lo cual, se fue otra vez Pedro Lambert en busca de su esposa y, quieras que no, le hizo solemne entrega —bajo formal juramento de llevarla encima hasta después del parto— de la misma piedra de lincurio que colgara el normando del cuello a Manuela, con lo que se canceló imperativamente aquella agitada fase de soberanías anteriores al nacimiento del tercer Pedro Lambert.

CUARTA PARTE

XXII

El tiempo no había dejado de devolver sus despojos con la misma impasible contumacia con que devuelve el mar sus cadáveres. Cuando menos justificado podía parecer, empezaban a desentumecerse dentro del casal o intramuros del parque los sedimentos de una memoria que se creía neutralizada y que, no obstante, seguía latente en el más ominoso registro de la evocación, allí donde revertían de pronto unas experiencias cuya sordidez no había merecido nunca —a no ser de un modo gratuito— la urgente convocatoria de los antídotos. Cualquier ocupante de la casa (y no necesariamente un cómplice) podía tener en cualquier momento la encalabrinada impresión de que allí mismo —o allí cerca—, en las corruptas bocas del páramo o en alguna suntuaria habitación que nunca había sido ocupada, yacía un moribundo de todos conocido y por nadie velado. De suerte que Manuela, la ya olvidada portadora-del-talismán, se extinguía en un mundo decrépito y contiguo a alguna amenaza de ruina, sólo patente a través de ruidos de llaves y grifos mal cerrados y espejismos eróticos y conducciones de cautivos. Porque ya era otro invierno de encarnizada borrasca, todo cubierto de sábanas sudorosas y arcillas calientes, por cuyos linderos vería pasar Manuela las sombras de aquellos tres nuevos habitantes de la casa, a quienes ni siquiera sabría identificar del todo —y al cabo de los años— con la cuñada y los hijos de su hijo. Esas criaturas matutinas que irían escapándose poco a poco de una custodia fanática, preservadas del enemigo exterior por medio de servidumbres algodonosas y mosquiteros de aromática tarlatana y reclinatorios de felpa turquesa, los mismos en que permanecían ahora de hinojos Araceli y Pedro Lambert y cuantos participaban con ellos en la ceremonia del divino desagravio. Porque aún era aquel invierno de estrepitosa tempestad.

El rezo era como una sofocante astilla de la tronada, un zumbido que quedaba oscilando en la penumbra y se filtraba en la sala por lucernas y matacanes, por las rendijas de los zócalos y los asientos de las vigas. Se oía el denso repliegue de las carnes bajo las ropas sudadas; se oía el bucólico tintineo de las lágrimas de cristal de roca de las arañas, la tensión del jaspe embutido en el palorrosa de los bargueños. Y por encima de todo aquel sonsonete de maderas y tapicerías, se alzaba también la escala diatómica de las jaculatorias que debían remediar la embestida de la tormenta, aplaca Señor tu ira tu justicia y tu rigor, mientras todos los moradores de la casa (con la habitual excepción de Manuela), amos y criados genuflexos o humilladamente en pie, intervenían como disciplinantes en las rogativas programadas por Araceli una hora antes del rosario crepuscular. Fue entonces, a mitad de las preces a Santa Bárbara, cuando vieron entrar todos a la ausente arrastrando crespones no morados, con los que empezó a cubrir sin decir nada ni mirar a nadie —y como obedeciendo a un fervor no precisamente cuaresmal— las estofadas cornucopias cuyos espejos repetían impetuosamente los fogonazos de la tormenta. Algo empezó entonces a alterarse en la arritmia basculante de las sombras, como si la periodicidad de los relámpagos, al irse quedando tapada su normal superficie de refracción, se hubiese acompasado al parpadeo de las tulipas y al goteo litúrgico de la cera.

Ya había colgado Manuela un crespón sobre la consola frontal de la galería, de espaldas a los suplicantes, cuando se entró el rayo por una esquina mal cubierta del espejo. Trepidó el casal entero bajo la atronadora sacudida de la noche y una peste no meteorológica ni directamente combustible, sino salida de los azogues todos de la casa, salpicó sobre los cuerpos postrados y los marcó con la quemadura del ozono marismeño. La intensidad del daño dependió, no obstante, de la pigmentación de la carne chamuscada, siendo la de Manuela la menos agredida y la de su nuera la que más se vio afectada por aquel espectral trallazo eléctrico. El brote de ampollas con que salió Araceli del trance acabaría convirtiéndose, efectivamente, en una especie de estigma móvil, grabado como a buril en la boca del estómago y consistente en un haz de sables de baraja cuya posición cambiaba en vísperas de pleamar, criando entonces una pústula que parecía de viruela pero que en realidad no era sino un coágulo de sangre carbonizada.

A la mañana siguiente, cuando después de nueve días y nueve noches torrenciales menguaron las aguas (conducidas por los rezumaderos, chupadas por las fauces del mantillo o trasmudadas en celajes), el aliento del parque se fusionó con el aliento del pantano, formando como una gigantesca burbuja que reventó encima de toda aquella comarca, y ya fue la humedad. Una humedad irrigada a chorros desde los predominios del nitro y del musgo, en cuyos sótanos había permanecido mientras la misma saturación de la lluvia impidiera el libre trámite de aquella otra inminente descarga de fluidos. Se respiraba agua, se taponaba el aire con hisopos de agua, una fungosa envoltura de agua se adhería a cuanta materia pudiese asumir transitoriamente la propiedad de penetración de las esponjas. Protozoos y levaduras, pólipos e infusorios, amibas y babosas, formas elementales situadas en un estadio intermedio entre el animal y el vegetal, nacidas y extinguidas en los cultivos de lo húmedo, alimentadas y exoneradas dentro de lo húmedo, se expandían como fundas volátiles por los derroteros todos del cielo y de la tierra. Bastaba con que se hubiese interrumpido por unas horas la lluvia, para que el ámbito entero de la marisma se transformase en un inmenso protoplasma que iba activando la hegemonía universal de las células de la corrupción. Era el ciclo del moho, el imperio absoluto de los hongos y las criptógamas: era la hora en que se abrían las maderas y se cuarteaban los mármoles y se desguazaba la algaida entera en una podredumbre que acabaría sirviendo de amalgama alimenticia de las nuevas lozanías.

Aquella misma tarde en que ya había escampado del todo, salió furtivamente Pedro hijo de la casona por un postigo del traspatio y bordeó el talud de césped por la parte de atrás de la terrazas. Se asomó luego entre las mazorcas del balaustre para observar a los que allí estaban, no conversando ni ocupándose en cosa alguna sino inmóviles en las butacas de mimbre lacado, moviendo un punto la cabeza para ver pasar la última nube que resbalaba hacia la breña o la garza aventurada por los vados del caño Cleofás. Sumergidos en la agobiante calina que fluía por todos los poros del espacio y arrebujados en los impermeables de blanco barragán, allí permanecían esperando tal vez que el alivio del crepúsculo los instara a desplazarse bajo la marquesina, aunque todavía sin ánimos para tolerar el vaho deletéreo de las habitaciones.

Contorneó Pedro otra vez el terraplén, arañándose las piernas con los cactos del arriate, y ya le salían al encuentro Juansegundo y el hijo del yegüero Medinilla. Cada uno con su laya, zapadores de una expedición preparada desde que el primer trueno removiera los cimientos de la marisma, rodearon los traseros de la casa y se detuvieron al otro lado del traspatio, donde señaló Pedro en el suelo lo que debía ser la demarcación de la aventura. Apartaron la grava y se pusieron a escarbar con pareja solicitud entre una arena gorda pululante de cochinillas y lombrices. Las layas se hundían blandamente y Juansegundo iba arrastrando con las manos la tierra que se escurría hacia el hueco, hasta que un golpe metálico tintineó en lo absorto y los paralizó un instante ante el temor de haber desordenado el subterráneo depósito de la electricidad o alertado a quienes dormitaban en la terraza. Pero nada ocurrió y siguieron sacando la chorreante arenisca hasta descubrir la losa de piedra roqueña.

Ya caía la noche y Medinilla se fue a buscar una lámpara de carburo, mientras Pedro y Juansegundo intentaban remover la losa haciendo palanca con los azadones. La losa era semicircular y tenía una muesca en la parte adosada a la pared, por donde bajaban los dos cables del pararrayos; ya cedía cuando vieron acercarse a Medinilla, que se detuvo a pocos pasos para encender el carburo. La llamita titubeó con minúsculos resoplidos y se arropó en un halo brumoso que parecía adensar la pestilencia del gas inflamado. Acercaron la lámpara para inspeccionar mejor el boquete y vieron que los cables descendían como un metro hasta una especie de tela metálica incrustada en el fondo calizo y sujeta por uno de sus lados a una tubería de drenaje.

Pedro se metió dentro del hoyo y, mientras los otros dos vigilaban sin perder detalle, se puso a hurgar entre la greda que medio tapaba el enrejado, de donde parecía salir un tufo similar a la basura quemada. ¿Ves algo?, preguntó Juansegundo, y Pedro levantó la cabeza parpadeando y dijo que no, que no veía nada, a no ser aquella especie de fuego fatuo que despedía el carburo a través de la humedad. Sube déjame que yo mire, ordenó más que propuso Medinilla, a lo que accedió Pedro de mala gana, aferrándose con deliberada lentitud a los cables para saltar afuera. El rayo tiene que estar ahí todavía, dijo Juansegundo, se hace una pelota cuando llega a la tierra, añadiendo mientras ayudaba a Medinilla a meterse en el boquete que si no lo encontraban enseguida se iba a convertir en pedernal, eso es lo que pasa. Hay mucho barro, dijo Pedro, a lo mejor ya se ha hundido con tanto barro, eventualidad que fue descartada enojosamente por Medinilla, quien aseguró que en ningún caso iba a hundirse, ya te lo expliqué antes, que lo más que podía ocurrir es que estuviese hecho una piedra con el fuego dentro. Y en eso se abrió una ventana del piso bajo y se vertió casi encima de la losa un tenue resplandor con aspecto de franja de gasa amarilla. No sirvió que los exploradores intentaran agazaparse y apagar el carburo, porque alguien habló con una voz delgada aunque perentoria, a la vez que un cuerpo voluminoso se inclinaba sobre el alféizar, qué estáis haciendo por ahí con el relente que cae venga para dentro ya me habéis oído.

Se levantaron los tres y se acercaron a la ventana con una remisa obediencia de convictos, y allí estaba acodada Rosalía como en una estampa invernal de almanaque, mira cómo os habéis puesto cristo bendito si se entera la señora. No va a enterarse si usted no se lo dice, susurró temerariamente Juansegundo, a quien examinó la madre desde un pausado enojo antes de decirle que ya se estaba callando, te callas ahora mismo que eres el peor, entrar los tres enseguida, cosa que efectivamente hicieron por el postigo del traspatio. Después de comprobar Rosalía el grado de suciedad de los compinches, los condujo a un pocijón de la caballeriza para que se limpiaran al menos el lodo que traían en manos y pies. ¿Dónde os habéis metido si puede saberse de quién fue la idea?, dijo sin dirigirse a nadie en particular, a lo que objetó Pedro por toda contestación que habría que tapar otra vez el hoyo. ¿Qué hoyo?, preguntó Rosalía, y el de ahí el del pararrayos, respondió su hijo mientras se restregaba la alpargata con un trozo de estopa y se oía la rumia de un muleto que cabeceaba junto a la pesebrera. Conque eso era lo que estabais haciendo ¿verdad?, dijo Rosalía, ya sabía yo que nada bueno tenía que ser, y los miraba de hito en hito al tiempo que se ajustaba el delantal por encima del vientre. Habrá que taparlo, repitió Pedro, y ella que ya lo taparía Clemente, ahora se me van corriendo a mudar de limpio antes de que me arrepienta ¿estamos?

Frustrada y dividida la expedición, atravesó Pedro la galería y se deslizó sin ser oído hasta su cuarto y allí se quedó con la frente pegada a los cristales durante un tiempo que parecía girar con el zumbido de una peonza. Tal vez hacía conjeturas sobre el mítico paradero del rayo o procuraba distinguir, entre la neblina estacionada en la vereda, el soñado rumbo por donde podría ir desentrañando los enigmas marismeños sin la vigilancia agobiadora de la madre. Medio oyó al rato que lo llamaban desde un fondo acolchado de reposteros y se apresuró entonces a acudir, no al inapelable tribunal materno sino al salón plenario donde aún alcanzaría —entre adormecidos simulacros de fervor— el comienzo de la acción de gracias que precedió aquella noche a las habituales oraciones vespertinas. Antes incluso de llegar Pedro al umbral de la sala, descubrió a su padre de rodillas en un reclinatorio de madera negra y, no habiéndose habituado aún a encontrárselo en situación tan incompatible con sus aficiones, se situó ex profeso cerca de él, como queriendo transmitirle una compañía solidaria, aunque lo hiciera en realidad para interponer la trivial excusa del cuerpo del padre a la impaciente mirada de reproche que le dirigía la madre.

Aun sin haber alterado sus hábitos en materia de manipulación de vidas y haciendas, Pedro Lambert había ido rehaciendo, en efecto, las dotaciones de su espíritu, hasta el punto de pasar de ocultista empedernido a católico practicante. Ya desbancadas desde hacía tiempo las nocivas connivencias con don Juan Crisóstomo Centurión —tan seguro colega de rosacruces como de nefarios—, su otrora encandilado discípulo fue desentendiéndose poco a poco de tantos sacrílegos aprendizajes hasta acabar abominando de ellos. El cambio debió obedecer en parte a las exhortaciones de gentes de reputadas hidalguías y, en parte también, a la sospecha de que semejantes credos no favorecían en absoluto sus jerárquicas apetencias sociales, cuyos más inmediatos ascensos vinieron a coincidir con la compra del primer automóvil que se viera jamás por la marisma: un *cabriolet-spider* todo reluciente de níqueles y charoles y provisto de una vistosa capota plegable de alpaca beige.

De manera que, a partir de una memorable asamblea convocada en Alcaduz por don Rogelio Responsorio con fines mitad religiosos mitad agropecuarios, nada quiso saber ya Pedro Lambert de ocultismos y demás sectas inmundas, en cuyos errores había vivido durante tan largo y denigrante tiempo y cuyas ponzoñas tuvo que ir purgando a fuerza de beneficencias, cargos cofradieros y obras pías. A tal extremo llegó el celo del catequizado que mandó quemar cuanto utensilio o texto de inspiración herética había en su cubículo, rescindiendo además los últimos nudos contractuales que aún pudiesen ligarlo a Ojodejibia, el cual seguía merodeando por Malcorta, ya reincorporado —a falta de otras prebendas— a sus viejas mañas de curandero y a las ocasionales de vendedor de sortijas que el orífice Taronjí elaboraba con aleaciones indescriptibles.

El gozo de Araceli por la espectacular conversión de su esposo, al que Dios en su infinita misericordia había arrancado de las garras de Satanás, no fue para descrito. La nunca resignada consorte se sintió al fin recompensada con un galardón que únicamente su castidad y su paciencia rogatoria habían posibilitado. Sólo entonces llegó a considerarse resarcida, por especial decreto divino, de todos los sacrificios que había ido ofreciendo a cambio de su laborioso triunfo. Y hubo más, porque en un repente del fervor (que alcanzó cotas fulminantemente angélicas cuando Pedro Lambert procedió a hacer confesión general de su pecadora vida pasada), entendió quien nunca yaciera como mujer en cama alguna que bien podía ya intentar hacerlo. Más que nada porque su defensiva frigidez sólo había sido esgrimida en cuanto freno penitenciario y dique de la pureza frente a la depravación, propósitos éstos ya invalidados a partir de la providencial retractación del esposo.

El mismo resplandeciente día en que ingresó Pedro Lambert en la iglesia militante, cuando ya el neófito se disponía a recuperar durmiendo las emociones habidas en la jornada, vio entrar inopinadamente a Araceli en la habitación. No venía en actitud de mártir sumisa, sino con ciertos vehementes indicios de identificación con el uso marital de la alcoba, irrisorios en principio pero más ostensibles desde el momento en que se quedó parada junto a la cama como ofreciéndose con una garzonería que, amén de insólita, resultaba de lo menos incitante. El sopetón del asombro impidió al soñoliento Pedro Lambert decir o hacer nada, por lo que la esposa recurrió a una más expeditiva demostración de sus intenciones, como fue la de quitarse la camisa de dormir, que dejó caer al suelo con fílmica innaturalidad. Se inclinó luego hacia él en funciones de caricatura del descaro, ¿te gusto?, y se mostró por primera vez desde sus bodas entera y deliberadamente desnuda, una mano tanteando ya por encima de la sábana con un titubeo codicioso. Reaccionó entonces Pedro Lambert ante tamaño viraje en las maneras de la esposa y, después de no pensarlo dos veces, tomó lo que sin ser una oferta exactamente tentadora, tampoco merecía ser desaprovechada, siquiera fuese en razón de los indirectos estímulos de la novedad. Y así se ayuntaron aquella noche los cónyuges, estrenando una desnudez que —en cierta manera— tuvo trazas de matrimonio rato y al fin consumado, y vino a propiciar, a poco de ponerse en práctica (no sin crecientes alborozos por parte de la hembra), el segundo embarazo de Araceli, acaecido a los cuatro años largos del nacimiento del tercer Pedro Lambert.

XXIII

Consumido de humanas intolerancias y escrúpulos sobrenaturales, don Rogelio Responsorio logró sobrevivir a su consanguínea esposa el tiempo justo —y no escaso— que necesitó para contraer el mismo mal que se llevó a la tumba a doña Matilde y para abandonar el gobierno de su hacienda en manos de encomenderos y arrendatarios, contra cuyos saqueos nada pudieron las tardías contraofensivas de Pedro Lambert. Cuando se vino a dar cuenta del menoscabo de sus caudales, ya sabía don Rogelio que era llegado su fin y apenas si le quedaba tiempo para arreglar no otra salvación que la de su alma. De modo que decidió —como primera medida— otorgar testamento adverado en favor de un convento de trinitarias de la cuenca del Salgadera, a cuya comunidad hizo legataria de buena parte de los ya menos incalculables bienes que poseía.

La muerte del prócer fue beatífica y no del todo lastimosa y acaeció con lento apagamiento en una cortijada de las estribaciones sureñas de Alcaduz, donde vivía retirado de toda pompa y negocio, aunque continuara manteniendo patriarcales audiencias y primeando a sus íntimos como el rey a sus duques. Únicamente asistido de su hija menor, Blanquita, y de su capellán de campo, ya había encomendado con suma moderación que su entierro fuera de pobre, que lo amortajasen con túnica de estameña de inferior calidad y que, en llegando el no temido momento del óbito, sólo dieran aviso a Araceli y al arcipreste, ya que sus otros tres hijos y sus restantes deudos, amistades y mandatarios ni llegarían a tiempo ni a lo mejor querían llegar a ninguna hora. Y tal como las dispuso de humildes, así se cumplieron las disposiciones del moribundo, el cual fue llamado directamente por Dios a juicio aquella misma madrugada (absolve animam famuli Rogelio ab omni vinculo delictorum), contraviniéndose tal vez su última voluntad sólo en lo referente a las indulgencias, que se concedieron con especial derroche a raíz de las exequias concelebradas en la totalidad de los oratorios, templos, capillas y humilladeros de la región.

Cuando llegó a oídos de Araceli el grave estado en que se hallaba el padre, ya había éste pasado edificantemente a mejor vida. La hija corrió a Alcaduz en compañía de su esposo y sus dos hijos, dispuesta a ordenar y tramitar por propia iniciativa cuanto fuera menester. Pero el encuentro con quien aún no suponía cadáver frenó sus arrestos y motivó un preámbulo de lágrimas demasiado ostentosas, pronto sustituidas por las inaplazables diligencias que reclamaba el luctuoso suceso. Como medida previa, mandó salir de la cámara mortuoria a la más que abundante representación de las gañanías del cortijo instaladas en el velatorio con aspecto de perennes, en pie ellos y taciturnos, el vaso de aguardiente solapado entre las manos, y sentadas ellas en trance de rezadoras y plañideras. Una vez desalojada —y desinfectada— la habitación, quiso Araceli que entrasen sus dos hijos a despedirse del abuelo muerto, advirtiéndoles que no lo tocaran ni mucho menos besaran, sino que permanecieran sin más junto a él intercediendo mentalmente por su eterno descanso, hasta que el difunto les transmitiera por vía anímica la óptima calidad del polvo en que también ellos habrían de convertirse sin posible remisión.

Se aproximó Pedro con moroso paso de acróbata a la cama y no sintió más que un frío de alfileres en el paladar, un olor a aceite de alcuza y a mirra eucarística que le escocía esponjosamente en los ojos, y luego la mano timorata de su hermana Matilde apretándole la suya, quizá para no perderse sola por aquel lívido sumidero de venas sin sangre y gélidas luminarias de cirios. Y ya ocupó toda la visión la hundida boca del abuelo, aquella grieta de arcilla verde que distendía, desencajaba las fosas de la nariz, sobre la que revoló una mosca azul que no llegó a posarse pero que él, Pedro, supuso penetrando por la abertura inútil de un conducto que no llevaría ya a ningún sitio ocupado por el alma del abuelo. Miró entonces no a su madre ni a su hermana, sino a la recién llegada tía Blanquita, pidiéndole desde un vértigo estrellado (como cuando se desvanecía en la capilla del colegio bajo la emboscada de los incensarios) que lo sacara de allí cuanto antes. Sabía que era ella únicamente quien podía hacerlo y quien podía fijar el límite donde acababan las flores de tétrica cera y la sal gorda receptora de humores y los etcéteras de la consumación de los siglos, y empezaban las frutas chorreantes de saliva y la siesta en los henares y el sudor de los caballos y el mar lamiendo el nácar de las caracolas y.

Blanquita se llevó despaciosamente a Pedro hasta el patio porticado, y diciéndole estaba con un adulto patetismo que ya se había quedado sola y que a lo mejor iba a tener que irse a vivir con él, cuando vieron el ataúd. Atravesado sobre un poyo de mampuesto que apenas resaltaba entre las azulencas arrugas del muro, tenía algo de objeto inservible, de embalaje de aperos, de cajón de semillas usado para otra cosa. Se acercaron sin querer y sin hablar, y un fragmento del majestuoso malva del atardecer se metió entonces por los ojos de la huérfana y le trajo el recuerdo de lo que aún no había ocurrido, la venidera imagen del padre sepultado dentro de una tierra tan honda y devoradora que impediría sin remedio la resurrección de la carne. Tocó el ataúd con la osada mano de la medrosa y luego cogió la de Pedro como una enferma, los dedos húmedos blandamente enlazados. El ataúd era de pino albar, sin molduras ni remates, y aún tenía fresca la nogalina con que habían teñido la cruda veta de la madera, más clara por el envés del tablón que servía de tapa y que ya tenía a medio clavar unas lúgubres tachuelas de cabeza de hongo.

Se asomó Pedro dentro de la caja y percibió, por debajo del tufo mate del tinte (y con mayor nitidez a medida que el cuerpo de Blanquita se apretaba por detrás contra el suyo), un lejano aroma a piña asada en las fogatas que encendía Clemente por la talanquera y a resina estival vertiéndose desde el promontorio de Matafalúa. Sentía aquella fragante memoria como superpuesta a un presente vertiginoso, a la vez temible y deseado, donde la sola compañía de tía Blanquita bastaba para recuperar un contento que tenía mucho de protección compartida y que funcionaba frente a la evidencia tenaz de la muerte como un estatuto de lo que no podía morir. Apareció entonces un jornalero por el fondo de los porches y, a su paso, levantó el vuelo una bandada de papafigos que picoteaban ante el portón del establo. El jornalero cogió el ataúd como si se tratara de un tronco y se lo colocó sobre la cabeza en una irreverente posición de desequilibrio. Pedro lo veía atravesar el patio en dirección al zaguán, la cálida mano de Blanquita sudando aún en la suya, imaginándose el cuerpo del abuelo desmenuzado dentro de la caja, zarandeado por un vendaval que saltaría de un momento a otro por la parte de los barbechos y los arrastraría a todos al fondo de un castigo irremediable. Miró a Blanquita y tardó en identificar sus ojos glaucos, la boca grande y mojada, los diminutos vértices del pecho, la tibia rigidez del vientre. Y ella se arrimó más a él, como para que pudiera reconocerla enteramente y supiera de cierto que nada en el mundo sería capaz de separarlos y que allí mismo, en lo más indestructible del crepúsculo, acababan de pactar una alianza cuya vigencia no se limitaría ya a los periódicos júbilos del verano.

Cumplidos los más urgentes trámites y enterrado don Rogelio con inolvidable modestia, no precisó Araceli argumentarle a su esposo que se iban a llevar con ellos a Blanquita, pues tampoco era viable ninguna otra inmediata solución. Sobre todo porque ése había sido el deseo confiado al capellán por el difunto, quien dejó mejorada —según se sabría testamentariamente en su hora— a la menor de sus hijas bajo la tutoría de Araceli o, en su defecto, del esposo de Araceli, nombrado a su vez administrador postmortem de los bienes del suegro. Hechas estas y otras necesarias diligencias, abandonaron al día siguiente el funeral cortijo de vuelta a la casona, ya con Blanquita constituida en miembro a perpetuidad de la encumbrada y heteróclita familia de Pedro Lambert. El primogénito viajaba sin guardarse del ígneo encontronazo del sol contra el *cabriolet* para ir al lado de quien se sabía predilecta y respondía también a una predilección que, en cierta apremiante medida, la hacía cumplir una edad que todavía no era la suya.

Mientras corrían hacia la polvorienta divisoria de Malcorta, debía ir Blanquita rondando la pubertad —o sus más prematuros avisos— y no parecía haber acusado en absoluto las influencias y condicionamientos de su casta. Incorporada de hecho, sin que ella se lo propusiera conscientemente (o por imperiosas desatenciones del enfermizo padre), a un reglamento educativo donde coexistían las adustas urbanidades monjiles y los generosos aprendizajes rústicos, atravesó Blanquita la mixta demarcación de su infancia asimilando —por un defectuoso sistema de ósmosis— una especie de sobrecarga sensorial de saludables y espontáneas ambivalencias. Cierta inclinación a las culpas y temores antojadizos, de más que probable origen en el hecho de haber acelerado intrauterinamente la muerte de su madre, fue diluyéndose —o contrarrestándose— a través de las furtivas descubiertas con los hijos de los braceros de la cortijada, con quienes escaló heniles y ordeñó cabras y asistió a partos de yeguas y conoció la excitante barahúnda de lagares y establos, silos y almazaras.

Desde que Blanquita se lo propuso —que fue harto temprano— supo evadirse de las alternativas custodias de un colegio donde sólo esporádicamente resistió el internado y de un ama benigna que empezó siendo de leche y acabó en funciones de negligente espectadora de las correrías de la niña por los fascinantes vericuetos de la hacienda. Andando el tiempo, y ya con el virtuoso padre retirado, si no al monte Sinaí, a las confortables cámaras de enfermo de su más ileso latifundio (mientras pasaba ella largas temporadas en la quinta de su siempre voltario cuñado), vino a despertársele a Blanquita con improvisados descuidos la dormida pujanza de un encanto todavía andrógino pero ya contiguo a una precoz hermosura. Fue por entonces cuando la mandó llamar a toda prisa el capellán del cortijo, no para intentar detener drásticamente aquel inquietante avance de la sazón corporal de la niña, sino para decirle que el padre estaba a punto de recibir el viático y que se preparara también ella, que buena falta le hacía, a velar y tomar ejemplo de quien ya había aceptado morir en penetrante olor de santidad y se disponía a ocupar su puesto a la diestra de Dios Padre. Y Blanquita se despojó en un momento de toda la dulce impunidad de su infancia y de las impedimentas de una orfandad iniciada verdaderamente años antes. Asistió así durante inacabables horas a la extinción de aquel hombre que parecía viejo sin serlo, severo y compasivo a la vez, demasiado hosco por demasiado cándido, y el cual sólo quería entonces garantizarse una muerte en consonancia con lo que él suponía que había sido una vida exenta de toda mancha perceptible.

XXIV

Como las furiosas aves mutuamente despedazadas después de sobrevolar la troyana tumba de Memnón, así llegó una estruendosa bandada de flamencos hasta las orillas del caño Cleofás más cercanas a la casona, iniciando una lucha que duró un día entero y parte de su noche, justo en la ringlera de izagas donde encontró Manuela al normando el día en que regresara a la casucha con el hijo que no era de él. Cuando un flamenco no cojo pelea con otro ejemplar no cojo de su zancuda familia, algo espeso y visceral, como un vómito de telarañas o un chorreón de mucosidades, se propaga con los despojos de plumas y pieles. Todo el aire que circunda el escenario de la batalla se anega de una ferocidad que va tiñendo de rosa el agua de los lucios, a la vez que se diseminan por el fango las virutas, los jirones metálicos de las patas, los tarsos sacados de una osamenta ya desguazada como el arbusto de madroños después del huracán. Y eso fue lo que ocurrió entonces o pudo ocurrir —o nunca habría acabado de seguir ocurriendo— a no ser por la aparición del zorro, el cual debió percibir alguna anomalía por los echaderos de las aves en la breña, y corrió en busca de las pistas invisibles hasta husmear la sangre caliente y ver desde la otra parte del caño los quebrantados cuerpos de los beligerantes.

Oyó Manuela —o le pareció oír— el trueno de la estampida, las remeras tableteando en la inocua calígine hacia el cementerio solar de las lagunas, en tanto que el raposo ya ebrio hozaba entre el apagado esplendor de las víctimas. Sin creer del todo en la veracidad de aquella lucha pavorosa (que la sorprendiera mientras andaba buscando achicorias por hacer algo), de aquella imposible refriega entre unas aves expulsadas quizá de sus pacíficas posadas lacustres por algún misterioso designio, se volvió Manuela para la casona dudando que le sirviese ya la tregua matinal de los narcóticos para endulzar las visiones. O supliendo esa duda con la idea —también intranquilizadora— de haberse metido dentro de la maraña infernal de algún espejismo. Y notó de repente, como en un inverso escalofrío que le entró por cada poro de su carne, que todos los parásitos sacudidos por los flamencos durante la lucha (en el caso de haberse producido ésta realmente) se le habían alojado con increíble unanimidad en su propio cuerpo.

Cuando llegó Manuela, no sin una creciente rasquiña, a su habitación, comprobó que efectivamente tenía toda la carne plagada de ladillas o de lo que fuese, clavadas ya en la raíz de los vellos como grapas minúsculas y repugnantes. Llamó corriendo a Alejandra para decírselo entre calambres y para que le ingeniara algún remedio o lo mandara buscar cuanto antes, haz lo que sea es que no me aguanto. Aun sin concurrir lance o motivo ninguno que hubiese podido provocar directamente aquella infección, lo cierto era que Manuela estaba invadida de anopluros de la cabeza a los pies, no contagiados por supuesto —y según todos los síntomas— con ocasión de ninguna clase de trato carnal, sino transmitidos por la misma yerba en que había estado hurgando y donde pudo acampar gente miserable o cerdo montaraz o ave hedionda.

Preparó Alejandra una pomada de tierra de batán y vinagre que aplicó una y otra vez sobre el cuerpo acribillado, sin lograr otra cosa que extender la pediculosis por las zonas menos velludas. La culpa ha sido de esos pájaros del demonio que se estaban matando por detrás de la talanquera, dijo Manuela sin que Alejandra pudiese entender ni preguntar a qué se refería. Y en eso entró Blanquita (sabedora de lo ocurrido y desoyendo las reiteradas prohibiciones de su hermana) para explicar que el hijo de un cortijero de Alcaduz que cogió el piojillo, se curó dándose friegas de petróleo, eso me dijo que hizo ¿por qué no prueba? Te lo agradezco, susurró Manuela sin ojos para ver y sin manos para rascarse, no sabes cómo te lo agradezco hija es que no puedo más una desesperación. Y Blanquita se quedó callada y compadecida también de ella misma por no poder otorgarle a aquella mujer desconsolada y solitaria el otro diminuto alivio de una compañía servicial.

Manuela se pasó todo aquel día con su noche en la congoja de la picazón, desgarrando con las uñas las llagas abiertas por las liendres. Pero antes de que amaneciera, al cabo de un insomnio que terminó haciéndose resistente al láudano y por el que apuntó de pronto el consejo de Blanquita, llamó Manuela a Clemente y le pidió que le abriera el almacén del traspatio. Y Clemente, todavía adormilado y enmudecido por la extrañeza, la condujo a regañadientes y sin poderse imaginar siquiera qué es lo que quería hacer allí el ama tan a deshora. Había una especie de fermento de bochorno detrás de la puerta del almacén, un bulto húmedo y caliente que se quedó agazapado en mitad del terrizo como un gato y que apenas se desplazó hacia unas barricas del fondo cuando Clemente encendió una bombilla tachonada de mosquitos. Se volvió luego con ánimo de preguntarle a Manuela que qué era lo que se le ofrecía y la vio entonces, entre estupefacto y consternado, despojándose a frenéticos estirones y sin recato alguno de su poca ropa mientras se acercaba a unos bidones de petróleo estibados en una rinconada de la bodega. Ya desnuda del todo, echó Manuela a un lado el tablero que cubría uno de los recipientes y se asomó un momento al borde antes de encaramarse con torpes urgencias y meterse dentro. Se oyó un compacto, un sordo y lábil chapoteo, y el obnubilado Clemente no acertó sino a recoger las prendas esparcidas por el suelo, sin decidirse a impedir aquella demencial operación de Manuela porque tampoco se atrevía a hablarle y mucho menos a mirarla de cerca desnuda. Permaneció absorto y sumido en la contemplación intolerable de aquel desencajado rostro que sobresalía por encima del bidón sin dar señales de nada, los ojos blancos y vacíos como los de una carátula, reflejando tal vez sobre el lucífugo espejo del petróleo la propia mueca de estupor de la sumergida.

Como quiera que el nivel del líquido no parecía cubrirla lo bastante, se resbaló Manuela hacia abajo, encogiendo las piernas entre las limazas del fondo. Y Clemente, que seguía como desmemoriado en medio de la más indefensa penumbra, adivinó entonces el brusco advenimiento del peligro, salga de ahí por lo que más quiera que le va a dar algo ¿es que se ha vuelto loca? Y ya se iba para el portón con ánimo de publicar a gritos los venenos y delirios en que andaba metida el ama, cuando lo detuvo un gorgoteo, una evacuación de burbujas procedentes al parecer de la nariz de Manuela, un mugido más bien de súplica o de espanto. Corrió entonces Clemente hacia el fondo del almacén y lo primero que pudo distinguir fue el color pavonado de aquella cara aún no envejecida, las cuencas como rezumando cardenillo, la boca violácea y sin labios. La llamó con pavuras y ella no respondió, y otra vez y tampoco, de modo que metió sin más los brazos en lo hondo del petróleo y cogió a Manuela por las untuosas axilas. Tiró de ella con todas sus fuerzas, hasta conseguir enderezar e ir sacando del bidón aquel cuerpo de carnes lubrificadas que más parecía un náufrago ungido con las mefíticas heces de la ciénaga.

Se le escurría a Clemente la pringosa desnudez de Manuela mientras intentaba reclinarla sobre unos costales que por allí había. Y ya andaba buscando con qué cubrirla cuando ella, entre atosigada y alucinada, dile a esas ratas que nos dejen solos, se abrazó a él usando de unas apreturas que podían resultar escabrosas y no pasaban de ser el reflejo de un morbo sonámbulo. Rodaron los dos por el terrizo, el polvo amasándose con la grasa, la carne mugrienta restregándose con la carne limpia, sin que ella dejase de repetir que no se preocupase, que su hijo seguía mirando por el titirimundi, dime qué es lo que más te gusta que te haga. Y así siguieron enlazados un buen rato en aquella viscosa simulación del desenfreno, la protectora cabalgando sobre el protegido y buscándole el sexo con las emporcadas manos, hasta que al fin pudo zafarse Clemente y escapar hacia el traspatio, por donde empezó a pedir a voces que vinieran a todo correr en auxilio de la señora, pronto que le ha dado un ataque.

Ya cuando Alejandra, atendiendo a la rabiosa petición de Pedro Lambert, lavaba y sahumaba a Manuela, recuperó ésta alguna de las capacidades perdidas durante su inmersión en aquella especie de extemporánea piscina probática. El tránsito a la normalidad fue, no obstante, moroso y necesitó de encariñados tratamientos y especiales velas de Alejandra y Rosalía y hasta incluso de Blanquita, la cual (contraviniendo una vez más las reglamentaciones de Araceli al respecto) quiso saberse cerca de aquella enferma tan descarriada, a quien parecía repudiar su propio hijo y que ni siquiera convivía realmente con ninguno de sus legítimos allegados. Aunque la pediculosis le desapareciese casi de inmediato, sufrió Manuela una secundaria intoxicación localizada en las partes cutáneas más sensibles, como eran los senos y el pubis, ya que había reabsorbido una dosis de hidrocarburo que sobrepasaba incluso a la que podía tolerar una morisca criada en los fangales portuarios de Zapalejos. Pero Manuela respondió bien a los fármacos preparados en las reboticas caseras y pronto se le fue amortiguando la pigmentación plomiza a medida que también cicatrizaban las pústulas y le salía el veneno con el sudor. Al final, sólo le quedaría como recuerdo del suplicio una cierta propensión a confundir los olores y un emblema bituminoso tatuado en el bajo vientre, que podía confundirse a primera vista con el estigma del rayo que mordiera a Araceli.

Limpia ya de miserias, se sintió Manuela menos inmunizada que nunca contra otros contagios de más reactivada virulencia y menos palpables motivaciones.

Como si hubiese salido con bien de una penosa cuarentena impuesta por alguien que nada sabía de sus privados padecimientos, se internó entonces la que fuera voluntaria reclusa por un libre itinerario de evocaciones que habían permanecido aletargadas entre los lenitivos del opio y los naturales borrones de la conciencia. En cualquier caso, los trastornos del climaterio (que apenas rebasaron alguna transitoria y fálica comezón) se fueron concretando en unas remozadas ansias de aún inciertas predilecciones y en un obsesivo recuento de sus años de esclavizada en las fosas de la marisma, entre cuyas despiadadas memorias volvía a surgir el oscuro proceso del desvarío y la horrenda muerte del normando.

Superpuestas en un ciclorama ilusorio que girara a una velocidad deformante, rebrotaron entonces en la imaginación de Manuela muchas olvidadas o extraviadas imágenes. Se sintió vertiginosamente absorbida por un torbellino de conjeturas y asociaciones caóticas, reguladas quizá por la misma inclemencia de un recuerdo que volvía a diluirse en su más absurda reiteración

el terrible maúllo del lince agonizando bajo los golpes del rebenque el hermoso cuerpo de ella ofrecido a la anónima y nunca repudiada depravación las úlceras palpitantes que devoraban la vida del normando los tarros del curtiente el desove de los batracios la frotación ritual de la piel de nutria contra su sexo los nocturnos visitadores llegados a casa de la partera desde las tierras del corcho el favorable augurio del vuelo de las garzas y el maléfico silbo de la sierpe lagunera junto a la turbia la delicada alternativa de la masturbación del alarife mientras el cieno engullía el cadáver del descubridor del tesoro y ya era el miedo la ira la lujuria la misericordia otra vez el miedo la soledad sin que pudiese saber con exactitud de dónde venían otra vez y cómo se intercalaban en su diaria y laberíntica inercia todos aquellos implacables argumentos de la fatalidad, y hasta cuándo.

XXV

Al cabo de tanto tiempo de pertinaces intentonas, efectuadas en las más varias ocasiones y posturas, quedó Alejandra preñada cuando ya había desistido con definitiva resignación de que alguna vez pudiera estarlo. Aunque era aún de edad más que propicia para engendrar sin mayores miramientos o debilidades, se instaló en la embarazada una alarma tan pronto sofocante y depresiva como hecha de melindres directamente copiados de Araceli. Fue así como empezó a temer hasta la desesperación que el menor ruido o el más ínfimo esfuerzo corporal pudiesen descolgarle el ya perceptible prendimiento del hijo en el vientre. Se recetó entonces Alejandra largos y dañinos reposos y se impuso dietas contraproducentes y antojos disparatados, y la antes tierna y apuesta acabó en tornadiza y proclive a la adiposidad. Así que Clemente, cuyo contento hubo de aplazarse para atender a los reclamos de la paciencia, veía como ajena a quien tan cerca de él había estado desde los días primeros de Malcorta y lo rehuía ahora no ya como acompañante de cama sino en situación de yacente diurna en una poltrona de la galería. Sólo Manuela continuó de electa indisputable del medroso corazón de Alejandra, la cual agradeció como nunca las dobladas efusiones de su tutora. Parecía en verdad que ésta había renunciado a sus visionarios encierros para llevar la minuciosa cuenta de las lunaciones y mudanzas de una preñez que sentía mucho más ligada a su propia sangre de lo que pudieron haberlo estado las de la mujer de su hijo.

Cuando le llegó a Alejandra el trance de parir, que fue a media mañana de un día sin viento y todo atravesado de pájaros, se instituyó Manuela en regidora única de cuanta disposición fuera menester para un irreprochable alumbramiento, incluidas las propias de la asistencia facultativa y las no tan propias de los protocolos marginales. Si no versada, sí familiarizada con las obstetricias domésticas (tanto por sus prolongados comercios junto a la partera Agripina cuanto por las experiencias habidas en sus mismas carnes), Manuela ilustró a Clemente de las varias ceremonias y requisitos que se hacía obligado cumplir, y Clemente ni supo ni pudo responder más que con un asentimiento entre intranquilo y a la fuerza subordinado.

Ausente a la sazón Pedro Lambert y como si lo estuviera Araceli (que apenas insinuó algún discreto y no atendido consejo), mandó Manuela pregonar por los cuatro vientos de la casona —antes de disponerse a ninguna directa intervención— la inminencia del parto. Alegó que sólo pretendía con ello desmentir las injuriantes famas en torno a la virilidad del marido y la fecundidad de la mujer, siendo incluso muy recomendable para tales fines la convocatoria del mayor número posible de testigos presenciales del acontecimiento, mejor hembras que varones, ¿estás de acuerdo conmigo? Clemente no lo estaba y se opuso desde el primer momento a dar pábulo a semejante despropósito, bien que le violentara hacérselo saber a la señora, es que no me parece lo más propio compréndalo. Pero el ya iniciado proceso expulsativo de la parturienta lo sustrajo de cualquier otra preocupación distinta al mórbido estatismo que provoca la inesperada evidencia de la paternidad.

Alterada la casa, también llegó la nueva a oídos de Blanquita, quien avisó a su vez a Pedro y se lo llevó furtivamente, como predilecto cómplice, hasta la puerta de Alejandra, escuchando los dos antes de llegar aquella angustiosa especie de bramido de cierva con que acompañaba la primípara los pujos para sacarse al hijo del vientre. Se asomaron los espías a la alcoba y había allí hasta seis mujeres, sin contar a Rosalía y Manuela, la cual a duras penas podía ejercer su improvisado oficio de matrona entre los estorbos de tan inútil concurrencia. En la otra parte de la galería, un pie sobre un escaño de labrado espaldar, fumaba Clemente al lado del yegüero Medinilla, sin atender a nada que no fuese la queja martirizante que venía de la habitación y flotaba, igual que el vaho zoológico del pantano, entre las soleadas franjas de polvo que colgaban de los ventanales.

Se empinó Blanquita junto al quicio, sorteando las inquietas formas que interceptaban la visión, y logró distinguir a Alejandra atravesada en la cama, desmesuradamente abierta de piernas, cada tobillo atado a un artilugio de trébedes, las manos asidas a unas coyundas fijadas al tablero del lecho, mirando las pavesas del dolor que salían de sus propias cuencas y retorciéndose como la mangosta clavada en la púa del cepo. Manuela medio tapaba con su movedizo cuerpo el otro cuerpo tendido, mientras secaba Rosalía con paños mojados en alcohol de romero la frente de la torturada. Presa de una excitación que nada tenía que ver con la que experimentara al presenciar el nacimiento de un potro o un ternero en las parideras de Alcaduz, Blanquita apartó blandamente a Pedro de la entornada puerta. Lo condujo como distraída (pero sintiéndose implicada en una suerte de gustosa profanación) hacia la cristalera del fondo de la galería, donde acarició el vidrio tórrido con la misma morbosa excitación que si hubiese palpado las sanguinolentas parias de una yegua. Se volvió entonces de espaldas a Pedro con una confidencial languidez, tengo que hablarte vente arriba conmigo ven, yéndose ceremoniosamente para la escalera de la buharda y sabiendo sin necesidad de comprobarlo que él la seguía.

Menguaba ya la intensidad de los alaridos, o empezaban a remitir después de un desesperante cansancio de cuatro horas, cuando se acercó Clemente a la puerta de la alcoba justo en el momento en que una amoratada y chorreante presencia yacía —aún sin haber acabado de salir de su tortuoso claustro— entre los muslos de Alejandra. No pudiendo determinar del todo si aquel bulto era un hijo o una calamidad, se arrimó Clemente a la cama con lívido paso procesionario y se estuvo allí un tiempo de confusas analogías emocionales, como abatido bajo una bóveda constelada de fosforescencias del pasado. Recordaba tal vez sin darse cuenta a la apenas reconocible pegujalera de Los Albarranes que se decía madre suya, dulce comedora de cuervos buscada y abandonada y otra vez buscada por aquel errabundo emisario de no se sabía qué quimérica legación de la noche, qué arrasada heredad donde seguirían imponiendo su vasallaje los depredadores. Mientras él, el hijo unigénito y bienamado, crecía en la miserable suntuosidad de una barraca decorada de emblemas heráldicos y añejas credenciales de la alcurnia de los Pavones; mientras él, el nacido bajo el benéfico signo de la oncena filosofía de las Doce Llaves, escarbaba entre plantones de tomates y acelgas regados con el agua salobre de los navazos y conducía a las piaras a las montaneras de Benalmijar. Pero ya reconocía, con un conmovido deleite, a su incógnito hijo y a la exangüe Alejandra y a cuantos habían ratificado con su presencia que su mujer era fértil como la que más y que él disponía de la simiente necesaria para engendrar hijos que a su vez engendrarían hijos, capaces todos ellos de fundar una nueva progenie que reconquistara y volviera a purificar la marisma, amén.

A la tarde, cuando transigió Araceli en acudir a cumplimentar a Alejandra y supo incidentalmente que por allí habían estado Pedro y Blanquita, cayó en un sopitipando que empezó con trazas de ficticio y acabó ciertamente en las inmediaciones de la lipotimia. Pero ya repuesta con tisanas y pediluvios, y tras solicitar de Rosalía la confirmación de escándalo tan vergonzoso —imputable, por descontado, a la impiedad general de los que allí vivían—, impuso Araceli a su díscolo hijo y a su montaraz hermana un primer riguroso turno de castigos. Los mandó encerrar en sus respectivas habitaciones, que yo no los vea salir ni para comer, y los sometió a la expiatoria copia de un capítulo de la vida de Santa Rosa de Lima (que hizo voto de perpetua castidad a los cinco años) y otro de la de Santa Margarita María de Alacoque (que lo ofreció a los siete), además de la privación, como pena accesoria, de todo pasatiempo ordinario o extraordinario para el resto de las vacaciones. Y tal como quedó programado, así fue cumplido, conduciendo la propia Araceli a los dos contritos a sus dormitorios, donde ingresaron en cayendo la noche, que era de luna creciente y se dilataba en una atronadora orquestación de sapos y rapaces.

Entreviendo espadas de fuego y tridentes por los baluartes de la contrición, anduvo Pedro hasta el opaco saledizo del balconcillo, turbado por la ambigua cualidad de su culpa pero nutrido también del engreimiento de una hazaña que lo unía con más vehementes vínculos a su cómplice. En el fondo, aceptaba con barruntos de hombría una condena tanto más soportable cuanto más pensaba en que era compartida por la tía Blanquita, quien estaría seguramente entonces intentando transmitirle desde su contigua reclusión la certeza de que ninguno de ellos podía estar solo. Ni el hipotético perdón ni el subrepticio deleite del remordimiento, sino el voluntario holocausto de lo que parecía ser la última criba de su infancia, le fue proporcionando sin sentirlo las claves de un secreto inveteradamente sellado, apenas entendible en confidencias o sorprendido en susurros, pero evidenciado ya con la sola iniciación de Blanquita después de haber oído el sufriente clamor de Alejandra mientras echaba al mundo a su hijo. Y aquella apremiante incógnicta del acoplamiento de los sexos parecía resolverse con la misma misteriosa infalibilidad de la semilla que fecunda y de la entraña fecundada. Gestación no producida a través de inmaculados cristales, no sólo referente al polen saliendo de los estambres y embutiéndose en los pistilos, sino perpetrada por dos cuerpos juntados, ensamblados, machihembrados, confundidos en la alucinante clandestinidad de un acto que él, Pedro, aún consideraba fluctuando entre el temor y la incoherencia, la culpabilidad y el hechizo. Se desabrochó entonces ensimismadamente el pantalón y se echó de bruces en la cama, una mano oscilando entre las piernas, y allí le sobrevino la primera y anonadante constancia de un orgasmo cuyo advenimiento no había creído posible sin que lo provocara de algún modo la intervención carnal de la tía Blanquita.

Antes incluso de sobreponerse a aquel biológico sobresalto, oyó Pedro el tableteo de un carruaje que debía cruzar ya la glorieta del jardín, y se asomó al balconcillo para preparar con una previa confirmación la airada audiencia del padre. Pero no era el padre quien llegaba de no se sabía dónde (y que ya solía usar el automóvil para perder más rápidamente de vista la casona) sino un despensero que volvía de la Tabla del Condado. Venía en compañía de Juansegundo, el cual había querido agregarse al viaje semanal de aprovisionamiento, privándose así de la mirífica aventura y también quizá del castigo que le habría impuesto —por sumiso contagio— Rosalía la nunca-agraviada.

XXVI

La vieja casa de Malcorta que fue inicial posesión urbana de Manuela —y primer sosegado refugio de quien jamás se volvió a prostituir desde que la ocupara—, pasó a convertirse con el tiempo en nominal delegación de Pedro Lambert para asuntos agrícolas locales, si bien solía ser aprovechada más por lo común para otras particulares trapisondas. Dos compinches implicados de antiguo en la vida y milagros de los Lambert, como eran el orífice Cayetano Taronjí y la partera Agripina, volvieron entonces a colaborar con el primogénito en nuevos apaños y comisiones.

El orífice, ya de sobra convencido de la inutilidad de sus desvelos como buscador de tesoros y de la irrecuperable defección de su insensata sobrina, había suplicado y obtenido de Pedro Lambert un cargo que más consistía en no dejar que hicieran que en hacer. Se limitaba a pasear esporádicamente por mimbreras y salinas y a pernoctar en la casa del poblado, en evitación de podas y sacas fraudulentas que en ningún caso parecía mínimamente presumible que llegaran a practicarse. Más que de guardián —que ya los había—, Cayetano Taronjí desempeñaba el doble cometido de secretario periódico del señor cuando el señor asomaba por Malcorta, y de orfebre de finas preseas, expendidas con engaños por Ojodejibia —antes de que éste desapareciera un día con Esclaramunda— y malbaratadas luego a manos de buhoneros de ocasión. La partera Agripina, por su parte, aun sin haberse reconciliado con Manuela (y sin que ésta pensara ni por asomo en semejante eventualidad), se avino a servir al ya todopoderoso Perico Chico para las mismas tercerías, pero al revés, en que se ocupara con la madre, pese a que por razón de la edad sólo aceptaba entonces tales encomiendas por expresos y muy especiales encargos del señorío rural.

Y así fue como aquella memorable casa donde logró reunir Manuela los consoladores reemplazados hogareños de la púbera Alejandra y el doncel Clemente, vino a constituirse en tapadera de los festejos del primogénito, previa contrata de la dotación pertinente a cargo de la partera y del adecuado avituallamiento por parte del orífice. Algo, no obstante, se alteró un buen día en los usos y consumos de aquel negociado local. Sin que en ningún momento cambiaran los objetivos para que fue amañado, sí se restringió el número de asistentes, los cuales pasaron de varios y transitorios de ambos sexos a uno estable y femenino, que no era sino cierta dama no ya tan joven, viuda reciente de un ganadero de la Tabla con fama de bujarrón. Según sospechas indignas de crédito, aquella hembra rozagante y lenguaraz —de soltera Mercedes Serpentina— había provocado toda clase de voluntarios alborotos caseros y dado involuntaria muerte por castración traumática al marido. En cualquier caso, la viuda fue tomada primero por Pedro Lambert en régimen rotatorio y adquirida luego individualmente para ser trasladada a Malcorta en calidad de favorita y en legítimo disfrute de una casa ya transferida a su nombre.

Poco llevaba de instalada la tal Mercedes en su imprevista propiedad (acondicionada según convenía a las astucias de la nueva dueña), cuando arribó al poblado por vía terrestre y con señas de haber andado enfangándose en un circuito de desdichas, la ya dada por perdida Esclaramunda, quien narró a su demudado tío, entre lamentables exculpaciones, la lacrimógena historia de sus infortunios, que fue como sigue: yendo yo días atrás con ese hombre con el Juan Crisóstomo de mis pecados por el estribor del Salgadera después de haber hecho mis abluciones y recogido unas alúminas o similares que él necesitaba para las pócimas me dijo sin motivo justificado dice que se estaba haciendo más tarde de lo normal y aún teníamos que subir a los cerros en busca de hongos eso me dijo cosa que me extrañó bastante porque nunca había mostrado el menor interés por ninguna clase de hongos pero yo punto en boca ni repliqué y nos fuimos para el monte y en llegando con la noche encima al cortafuegos de un maizal me parece que era el maizal de los Golondrinos va y me dice que me desnudara un poco vamos que me pusiera en pelota usted dispense así como suena me lo dijo y yo que no eran horas ni sitio y él que venga que ya lo había oído conque me quité la bata y me quedé tal que en paños menores a ver qué pasaba o qué urgencias de verraco eran aquellas usted dispense y entonces él cogió la bata y los zapatos y me mandó que tirara más arriba y de pronto cuando ya andaba entre los árboles y me iba a echar al santo suelo zas como si se lo hubiera tragado la tierra hasta hoy ni rastro por más que lo busqué o sea que me dejó abandonada a medio vestir como me tenía en el alcornocal de Alcaduz no en el robledo de Corpes usted se acordará ¿se acuerda? una afrenta horrorosa que me hizo el que se decía mi dueño y dueño de no sé cuántos cuerpos gloriosos recentmil dimonis y no es sino un vil impostor un maldito falsario que merece los peores castigos un un ¿usted se hace cargo se figura las que he tenido que pasar bajando por la arboleda de noche hasta dar con un barracón y que me dejaran qué ponerme sin agua siquiera donde haberme metido por ver de consolarme usted me perdona?

Y como volvía tan de veras humillada y contrita, el orífice concedió de inmediato el indulto a la preferida-de-su-corazón, a quien acogió y besuqueó entre sus brazos mientras recitaba un versículo de Zacarías. Solicitó después permiso de la señora para alojar eventualmente a la sobrina en la casa, si es que no quería ajustarla de fija servidora, es que no se me ocurre ahora otra solución hágalo por mí. Y Mercedes optó mal que bien por la primera temporal disyuntiva, no sin sopesar antes las aprensiones y utilidades inherentes a una situación —y una oferta— tan equívocamente desacostumbradas.

Ni poco ni mucho agradó a Pedro Lambert el esperado encuentro, a raíz de una de sus salpicadas visitas a Malcorta, con la pelirroja Esclaramunda. Su sola presencia provocaba en él un atávico sentimiento de impudicia genética, de irrigación de humores emparentados con la fetidez de los lucios y los montantes de las mareas, sensación que no le repugnaba ciertamente en el fondo, pero que le devolvía multiplicada la memoria de sus pasados extravíos por los atolladeros de la magia. No se opuso, sin embargo, y por mucho que le pesara, a aquel innecesario incremento del servicio, más por hábito de aceptar huéspedes de desatentada calaña que por meditadas conformidades. Estaba ya convencido, además, que su antiguo cómplice había sido instalado por la divina justicia en los más execrables albañales de la perdición, motivo de más para impedir que su engañada amante pudiese correr la misma fatídica suerte. Muy a punto estuvo Pedro Lambert, empero, de dar al traste con esos sucedáneos de caridad (usados también como contrapeso de otros más acumulativos egoísmos), pues sucedió que, al cabo de tres semanas de la incorporación de Esclaramunda al ilegítimo hogar malcortano, no demostró ésta ni mucho menos estar curada —sino todo lo contrario— de su aberrante tendencia a transgredir la función para que fue creado el órgano respiratorio, actitud por lo menos intranquilizadora dentro de la buena marcha de las normas y ocupaciones domésticas.

El primer conato sospechoso en tal sentido se produjo una tarde veraniega con más aspecto de horno atiborrado de chicharras que de ninguna otra cosa. Habían regado el piso como solían con agua de espliego, para que la pasajera frescura de los ladrillos interceptara en parte el abrasador marasmo que venía de afuera, y ya no se escuchaba en la casa más que el burbujeo aliviador de la humedad rezumando por la solería como por un cántaro. Se había retirado Pedro

Lambert a la alcoba junto con Mercedes —la cual nunca se levantaba en tardes como aquéllas antes de la puesta del sol— y ya procedían a las preparaciones amatorias cuando notó él, a través de la membranosa telilla que empañaba su vista, que la puerta de la habitación se entreabría con una cautelosa lentitud. No había sido empujada al parecer por alguien que quisiera entrar —cosa impensable en cualquier caso— sino sometida más bien a un impulso que podía depender del aire estancado o de los aglutinantes del calor. De modo que no se distrajo demasiado en la observación del fenómeno. Tampoco era ocasión de hacerlo, ya que el cuerpo de la Serpentina cumplía entonces propiamente con su nominal cometido de enroscamiento, operación efectuada con sudorosa pericia encima de Pedro Lambert, impidiéndole a éste no ya levantarse a cerrar la puerta sino mirar tan sólo en esa dirección con una mínima serenidad.

Consumada la cubrición sin más alborotos que los emitidos por Mercedes con libidinosa rutina, y estando ya la pareja en posición de reposo continuo, advirtió Pedro Lambert como un roce en la mano que le colgaba por fuera de la cama, un lametón mejor que un roce. Habida cuenta de que ni tenían en la casa animales domésticos ni estaba el lamido soñando con ninguno, quiso comprobar de qué se trataba, para lo cual se asomó a un lado y vio primero un charquito de agua no permeada y que parecía agrupar las sombras en un desnivel del solado. Mientras miraba la lagunilla, notó Pedro Lambert como un arrastre intermitente que venía de la otra parte de la habitación en penumbra, inclinándose más hasta descubrir por debajo de la cama, con el consiguiente sobresalto, que un bulto de apariencia antropomorfa reptaba junto a la pared y parecía deslizarse hacia la puerta. Creyéndose víctima de la narcosis del bochorno o condenado a la visión estigia por sus deplorables concubinatos, se reintegró un momento a la postura de tendido antes de saltar del pecaminoso lecho y de llamar a la causante de los pecados. Abrió luego los postigos, con lo que la acrimonia de la luz quebró el falso decoro de los cuerpos velados por la sombra, y se miraron los dos como sin querer hacerlo, atosigados quizá por los efluvios sexuales hasta entonces retenidos entre las sábanas.

Mientras buscaba sin tino, explicó Pedro Lambert a la despertada que por allí había andado alguna persona o animal o cosa parecida, ¿es que no te has dado cuenta o sea que ni enterarte?, a lo que contestó Mercedes que como si nada, que cuando ella estaba dormida lo único que podía comprobar era que estaba dormida, mayormente con la fiesta que habían tenido y la cocción a fuego lento de que disfrutaban. Pues la puerta la han abierto seguro, insistió Pedro Lambert, alguien ha estado husmeando y me van a oír. A lo mejor es que Cayetano o esa parienta querían ver la función de balde tampoco te pongas así, dijo Mercedes, y él, ¿qué función? Estás tú bueno, replicó ella, una película verde de dos caníbales corazón anda cierra y acuéstate que hace un calor que se ven al trasluz las ánimas del purgatorio. Y se dio media vuelta, desperezándose como si se exprimiera por dentro y apretujando con los pies el burujo de una sábana que cubría a medias sus barrocas carnes. Pedro Lambert —que ya se acercaba a cerrar los postigos— creyó descubrir entonces el rastro de una mucosidad que corría entre la puerta y la zona más húmeda del piso. Se agachó y pasó un dedo por lo que parecía ser la huella de un caracol gigante, comprobando por el olfato que a lo que más olía aquella especie de baba era a baba de pescado o, en todo caso, a baba de persona que hubiese comido pescado. El descubrimiento dejó a Pedro Lambert no poco confuso, aunque la soñarrera lo persuadió a aplazar sus pesquisas hasta dos horas después, cuando ya resultara factible vencer la astenia de la siesta y pasar a la corraliza a tomar el fresco o a ir pensando en volver al casal.

Salió, pues, a su debido tiempo de la alcoba como de un fuego dilatorio y llamó a capítulo al orífice, preguntándole sin más si sabía algo del intento de violación del único reducto casero vedado a contertulios, personal de servicio y demás curiosos ocasionales. ¿Quiere usted insinuar, insinuó a su vez Cayetano Taronjí, que no se han respetado esas órdenes mientras usted y la señorita estaban recogidos? De eso se trata más o menos, dijo Pedro Lambert, replicando de inmediato el orífice que cómo podía imaginarse nadie semejante atropello, el señor ha debido soñar con perdón es que ni pasárseme por la cabeza excuso decirle. Eso me parecía, añadió el amo, además que por aquí no hay mirones sueltos que yo sepa ¿y a Esclaramunda no se le habrá ocurrido a Esclaramunda meter la nariz o entrar en busca de algo? Cayetano Taronjí no contestó esta vez enseguida sino que simuló mirar a uno y otro lado de su propia perplejidad, como si buscara a la sobrina por donde no parecía ni remotamente presumible que estuviera, y mucho menos escondida. Bajó la voz para aclarar que iba a ver si daba con ella, perdone usted un minuto ya estoy aquí, sin que Pedro Lambert respondiera de otra forma que con un eructo que sonó a la vez —o igual— que el gorgoteo de un desagüe.

El orífice tardó en volver algo más de lo que podía permitírsele a un buscador de tesoros en funciones de Hermes y, cuando lo hizo, traía en la cara las marcas mensajeras de la consternación. ¿Pasa algo?, preguntó Pedro Lambert advirtiendo aquel desencaje, más acusado quizá bajo la luz asalmonada que filtraba el toldo del patinillo. Pasa lo peor, deletreó nerviosamente Cayetano Taronjí, esa sobrina mía va a acabar conmigo puedo jurárselo me mata de un disgusto. Y tras requerirlo el amo para que se explicara con mayor precisión, continuó: pues resulta que con el calor que hacía se echó Esclaramunda al suelo eso me ha dicho a coger la humedad de los ladrillos y cuando se vino a dar cuenta fíjese pues que estaba en medio de la habitación del señor no por nada compréndalo sino porque la fue atrayendo lo húmedo que lo siente muchísimo. Donde va a estar ya mismo y sin sentirlo va a ser en mitad de la puñetera calle, concluyó Pedro Lambert levantándose fatigosamente y volviéndose a derrumbar a renglón seguido, es que ya está bien de frescuras me harté ¿o no tengo razón? Tiene usted más razón que Ramón Llull sí señor, convino el orífice con inopinada gimnasia comparativa, yo ya no sé qué hacer puede creerme ahora mismo voy a arreglar todas esas rarezas mire usted por dónde.

Pedro Lambert pareció olvidarse de repente de su compungido interlocutor. Se le iba la vista entre el verdegay de las macetas esmaltadas dispuestas por Mercedes, en corros concéntricos, alrededor del tragadero de la corraliza. Parecía reconocer allí de algún imposible modo el impúdico cuerpo de Ambrosina la Verde, ninfa dimisionaria de Zapalejos, que aparecía y desaparecía envuelto en una a manera de veladura de polen emanada de aquella flora no marismeña y, por ende, con visos de lozana estabilidad. Sintió entonces el ilusorio contemplador —o soñó que sentía— una especie de tedio de remota procedencia

algo similar a una acumulación de abulias llegadas de los más oscuros recodos de sus muchas rapacidades eróticas y no tan sólo eróticas todo un feroz sumario de trampas y fraudes que se abalanzaba como el aguilucho culebrero sobre las más fláccidas lindes de la voluntad procurando tal vez sustraer de allí el impuro crédito de una riqueza cuyo cálculo en nada podía coincidir con aquel otro diabólico cálculo del descubridor del tesoro ni mucho menos con el gratuito despilfarro humano de quien fuera abyectamente comprada por un desconocido en los miserables barracones de las almadrabas y revendida luego al primero que quisiera poseerla

y era como si todo lo que su madre había auspiciado tan sacrílegamente a expensas de la muerte del normando, volviera a patentizarse allí mismo y entonces: en aquel patinillo donde Ambrosina la Verde acometiera de amor a la púbera Alejandra, en aquel dormitorio en que Mercedes Serpentina seguiría sudando desnuda y en que también sudaran desnudas otras mujeres ya succionadas por las cloacas del tiempo. Las veía ahora juntas igual que en un cepo de la memoria, precisamente como si aquel malsano reflujo del pasado manchara de nuevo la casa donde albergó sus primeras huidas Perico Chico y fuera luego de Manuela y pasara al fin a ser propiedad de la amancebada de turno. Y ya empezó a resonar inexorablemente en el medio de aquella indecisa convocatoria del hastío, el impávido y fiscalizador veredicto de Araceli.

No sin esfuerzos consiguió despabilarse Pedro Lambert y encomendó al orífice, sin más dilaciones, que le dijera a la todavía dormida que había tenido que salir con no calculadas urgencias, que hasta más ver, que ya avisaría. Y tras sacar del cobertizo el *cabriolet-spider* enfiló el desolado camino de Los Albarranes del que partía la desviación al casal. Lejos quedaba —o quería él que quedase— la viscosa exhalación de la carne flotando en la opacidad del patinillo y el féretro de musgo donde se hundiera para siempre el normando. Pero de lo que ahora parecía escapar, entre tantos otros desasosiegos, era de aquella criatura de anfibias regresiones que se arrastrara hasta la alcoba, no para lamer la húmeda arcilla de la solería ni para impedir ninguna clase de adulterio o solazarse presenciándolo, sino para prefigurar, con la sola evidencia de sus anomalías, la ya inminente materialización del maleficio.

XXVII

Se guiaban por un instinto anterior al conocimiento, nacido acaso en la zona inmemorial de una experiencia que no era de ellos, sino de quienes los habían precedido en el desmonte y transfiguración de la marisma. Repartidos en dos bandos, se internaron así por el jaguarzal en busca de la flor que guardaba entre sus rizados estambres el germen instigador del sueño. Iban por un lado Pedro y Juansegundo y, por otro, Blanquita y Medinilla, y tenían que encontrarse en la cota primera desde la que ya se veían, en días bonancibles, los bajíos de Matafalúa. El sol estaba en lo más sesgado de la mañana y venía de la costa un viento celeste no impregnado aún de las rancias secreciones de la ciénaga. Juansegundo llevaba uncido a un horcón el capacho con la podadera que aligeraría las marañas forestales y el frasco para verter el zumo de la flor cuyos prodigios debió descubrir Medinilla a través de algún proveedor de Manuela. Pedro olía el aliento de la resaca y sentía algo parecido a un cuerpo flotante que iba topando con el suyo a medida que subían hacia las mirandas de la breña, vigilando con la avidez amedrentada del pionero aquel ámbito tentador surcado de élitros invisibles y miasmas carbónicas y arrastres ocultos. Abatían los majuelos que interceptaban el arribo a un altozano libre de maleza, cuando ya empezó a caldearse la mañana y a fluir un leve cerco de bruma que se adhería laboriosamente, como una piel que rechaza la proximidad de otra, al crujiente marasmo de la moheda.

No advirtió Pedro, ni Juansegundo tampoco, el ojo de jabalina que acechaba al resguardo de unos lentiscos, mientras trepaban al soleado teso donde tal vez hallasen la clandestina guarida de la flor. Llegó entonces hasta ellos una resonancia de fronda percutida, un roce de telas cautelosas eludiendo el arañazo del espinar. Se pararon un punto para agacharse luego, y ya se acercaba Medinilla desde un declive inmediato, seguido de cerca por Blanquita y sorteando furtivamente los matojos vecinos. Les salió Pedro al encuentro y supo que los dos componentes del otro bando se habían cruzado con una jabalina madre que iba huyendo sin norte, y hay que andarse con cuidado, dijo Blanquita, se ha debido meter por aquí me parece. ¿Venía sola?, preguntó Pedro adelantándose a divisar una imaginaria piara que trasponía los altos de la pineda. Traía las mamas colgando y se va a echar encima del primero que vea, dijo Medinilla, y añadió Blanquita que sí, que venía sola pero que traía detrás unos perros, los oímos hace poco. ¿Perros de quién?, quiso saber Juansegundo, y se quedaron callados escuchando algo que no parecía ser sino un silencio enroscado dentro de otro silencio y que producía una especie de amalgama de ruidos inaudibles, un retumbo escapado y atajado a la vez por cada poro vegetal de la breña. No podía apreciarse, sin embargo, después de aquella pausa asediada de ecos, si eran ladridos o desguazamientos de la hojarasca lo que se oía en algún lugar o por todas partes.

Medinilla se aventuró lentamente hacia las manchas de jaguarzos que orillaban el zanjón, en tanto que Blanquita se arrimaba a Pedro. ¿Has encontrado alguna flor?, le susurró con un acento embozado igual que la bruma, como si nadie debiera enterarse de lo que todos sabían. Pedro se quedó cabizbajo un momento antes de responderle con la misma opaca entonación que por qué se había ido con Medinilla y no con él, te estuve esperando en la glorieta creí que ya no venías. Pues aquí me tienes ¿o te da igual?, le dijo ella mirándole ahora de frente y no mirándolo al punto, porque desvió enseguida los ojos hacia detrás de donde estaba Pedro. Se volvió éste entonces como si adivinara lo que iba a descubrir, que no era sino un bulto agazapado entre la frondosidad, más turbador por lo sumido en el parduzco mimetismo del follaje. Retrocedieron precavidamente y la jabalina también pareció retroceder, los colmillos alunados bajo la jeta, el ademán tensado en el peligro, engullendo quizá con su propio miedo el miedo de los que la habían sorprendido.

Hizo señas Blanquita a los otros dos, y ya apretaba Juansegundo la podadera en una actitud desafiante no del todo oportuna, a la vez que Medinilla sacó fuerzas de flaqueza para recomendar con un hilo de voz que no se le ocurriera a ninguno echar a correr, hay que irse despacito por ahí abajo que nadie se separe. Los otros no contestaron pero fueron reculando sin perder de vista a la jabalina —o a lo que parecía ser la jabalina—, que tampoco los perdía de vista a ellos, Pedro buscando la mano de quien no había llegado con él y dándosela Blanquita igual que se da un pañuelo. Cuando salieron del zanjón, escaparon a galope hacia los claros de las gándaras, sólo deteniéndose en el momento en que los ladridos, unánimes y próximos de improvisto, anunciaron la recuperación del rastro de la jabalina.

Aguardaron un rato a cubierto de una mampara de chumberas, Pedro tumbado al lado de Blanquita, quien se apretaba contra él en una voluptuosa ficción de amparo, mientras los otros dos oteaban en cuclillas y un poco más largo los tupidos entrantes del jaguarzal. Fue entonces cuando se imaginó Pedro a la marimanta gimiendo de perverso amor en un meandro cenagoso del caño, lánguidamente reclinada sobre unos surcos de asperón y ceñida de una corona de algas. La recordaba de cuando apareció un día por las lindes del parque, siendo un crepúsculo cruzado de luciérnagas, y alguien —quizá la abuela, quizá la misma tía Blanquita— le habló sin temores del harapiento pájaro carmesí que sobrevolaba la casona en vísperas de infortunios. Un pájaro que no era sino la marimanta en su representación más impura, la sanguijuela hija de sanguijuela y murciélago, la que sumergía su cuerpo de hembra muerta en el pecado dentro del lodazal para salir, ya cubierta de mugres, a chupar la sangre de los avaros y cohabitar con los parricidas.

Pero aquélla no era ninguna nefanda aparición fantasmal, sino la mera efigie de la otra marimanta, la que removía por juego los cascotes del tiempo en que nada había que purgar, la que quiso entrar una noche hasta donde estaba el hijo de Alejandra para manosearlo y amamantarlo con la leche de almendras que le rebosaba de los pechos. La misma que estaba otra vez allí, conmovedoramente desnuda y dentro del husmo de la jabalina, la boca abierta y brillante de jugo de albérchigo, las piernas apretadas en una actitud que podía ser pudibunda y no lo era más que figuradamente. Le caían las mechas del pelo trigueño a un lado, esparciéndose por las ondulaciones de la arenisca, y se tapaba con la mano izquierda el breve seno derecho, de modo que el otro quedaba aplastado bajo el brazo oliváceo y ligeramente velludo, lo cual no impedía que le asomara entre los dedos un pezón sucinto del que salía un chorrito semejante a la exudación de una colmena. Así, al menos, se manifestaba entonces por detrás de la bruma, tan inmóvil que parecía devuelta a las fosas de las estatuas salinas, si bien un húmedo destello de la piel, la tersura quizá de la cadera, la cóncava angostura no del todo visible del vientre, transmitían una especie de estremecida veracidad carnal a la misma palpitante ensoñación que la rodeaba. Imaginó Pedro que se acercaba a ella como a través del humo vítreo de la obsidiana, volcándose o sujetándose a lo que más temía y quería, y olió el hálito de un sudor mezclado con el suyo y lamió una pulpa pegada a la piel trémula. Y ella —o el reflejo benévolo de la marimanta— no se movió todavía al parecer, aunque le tembló un párpado y él acarició ese párpado y luego acarició el cuello por donde una gota de resina bajaba como por un cristal, mientras la tía Blanquita, no desnuda ni coronada de ninguna clase de guirnaldas marismeñas, se revolvió desmadejadamente cuando la mano subía por los muslos. Sin abrir aún del todo los ojos, susurró algo similar a estáte quieto nos van a ver estáte quieto, y Pedro así lo hizo, contemplando como si se la aprendiera para siempre aquella ya imborrable personificación de la culpa apetecida y de la emocionada clandestinidad del placer.

Una vez que se hubo restablecido la luminosa normalidad de la mañana, cruzó de improviso la jabalina a unos pasos de donde habían permanecido parapetados a la escucha. La puerca arrastraba lastimosamente la pesadumbre de su vientre de preñada por la aspereza de la yerba, ya con el primer perro jabalinero dándole alcance. Tuerta de un ojo y escudriñando con el otro el imposible rumbo de la escapada, hizo de pronto un extraño y saltó con un desesperado brinco en busca del menos terrible modo de morir en las gelatinosas aguas de una poza vecina. Llegaron al punto los perros y se quedaron gruñendo y trastabillando en el pretil de la charca, retenidos quizá en lo insólito de su impotencia. Y así hasta que asomó por los vientos de la algaida Jerónimo Pontedetrás, vecino que era de Malcorta y de sobra afamado por sus juntos oficios de alimañero, cestero y buscador de polvos de licopodio.

Salieron Pedro y Medinilla al encuentro del recién llegado, que los acogió con extremosas salutaciones al tiempo que procuraba enterarse de lo que había pasado con la jabalina, a ver si yo me aclaro, en cuya persecución salieron los tres perros de su pertenencia muy a pesar suyo y, según dejó bien sentado, sin azuzarlos por supuesto. Se acercaron también entonces Blanquita y Juansegundo y contaron mal que bien entre todos lo que habían presenciado. O sea que la muy cabrona, dijo el llamado Jerónimo Pontedetrás al saber lo ocurrido, se fue solita un pie detrás de otro a darse un baño sin saber nadar, insistiendo a su vez Medinilla en que se había tirado al agua sin que nadie la tocara. Una cosa que no he visto en toda mi pajolera vida no me lo explico, convino el alimañero, y estos chuchos de mierda que ni caso me hacen como si no fuera con ellos los voy a meter en un asilo. Y dijo Pedro: ¿no va a sacar al bicho lo va a dejar ahí?, a lo que respondió Jerónimo Pontedetrás que él sólo cogía lo que no era de nadie o bien lo que resultaba dañino para el vecindario, ¿o no me conocéis? De manera —añadió— que ni en broma iba a llevarse una puerca montuna salida de las rayas del común, por mucha leche que tenga en las tetas con perdón de la señorita, y menos sabiendo que se había suicidado o algo por el estilo, mejor tocamos madera, en vez de lo cual hizo una higa con la que apuntó desabridamente para la poza.

Se despidieron al fin con afables adioses, sugiriendo Juansegundo que a ver si iban un día al raposo y diciendo que sí el alimañero sin dirigirse a nadie en particular, mientras ensartaba una correa a los collares de los perros. Agregó después que a cambio de la montería no le dijesen a nadie que lo habían visto por aquellos acudideros, ¿o lo vais a andar contando por ahí?, a lo que respondieron todos de mancomún que perdiera cuidado, que a santo de qué iban a hacerlo. Y ya se alejaban cuando se quedó Pedro algo rezagado de los otros para reiterarle a Jerónimo Pontedetrás, antes de correr hacia las vaderas del caño, que confiara en él, que ni pensarlo que fuese a enterarse nadie de toda aquella historia ni de ninguna otra que decidieran mantener en secreto. A eso lo llamo yo tenerlos en su sitio, dijo el alimañero en tanto que tiraban de él los perros jadeantes, y por éstas, agregó Pedro besándose el índice cruzado sobre el pulgar mientras apretaba a correr.

De vuelta a la casona, con la caída del sol instándolos a llegar antes que las reprimendas, notaron los cuatro expedicionarios un infrecuente ajetreo que se desplazaba desde la cabecera del parque hasta donde se habían detenido a deliberar. Se miraron sin preguntarse nada que no fuese con los ojos, y Blanquita se separó de los demás con ánimo de añadir disimulos a la reincorporación hogareña, haciendo Pedro otro tanto por un parterre lateral, sin que llegara a ver a nadie en toda la redonda del jardín y comprobando que tampoco corría agua por ninguna de las almenaras. Así que fue acumulando extrañezas a medida que atravesara el parque, hasta que oyó el creciente ruido de un motor y se ocultó detrás de unas matas de altramuces. Pasó cerca de allí, camino de la cancela, el automóvil del padre, seguido de otro donde iba gente uniformada y cariacontecida que él no había visto nunca y que relacionó inconexamente con la pecaminosa visión de la marimanta y las recomendaciones de silencio que le hiciera Jerónimo Pontedetrás.

Esperó Pedro a que desaparecieran los dos coches y se desvió a toda prisa hacia el traspatio, en uno de cuyos postigos distinguió a Rosalía con el delantal fruncido entre las manos y tapándose con él la boca a lo que podía ser un gesto de angustia. Tuvo Pedro entonces la subrepticia impresión de que debía ir demorando, a saber por qué laberínticas intuiciones, el descubrimiento a través de otra persona de lo que parecía estar manifestándose —o escondiéndose— en su propia casa con tan anómalas señales. Evitó encontrarse de frente con la madre de Juansegundo y se entró por otra puerta en busca de algún insinuante rastro con el que pudiese deducir, sin necesidad de preguntárselo a nadie, lo que realmente estaba ocurriendo.

Algo postizo fluctuaba por la casona, algo parecido a una funda que la hacía en cierto modo irreconocible y la amordazaba también en cierto modo, obediente quizá a unos preceptos cuya observancia nadie había exigido pero que, sin embargo, promovían obligatorios disimulos e inesperadas concurrencias del desorden. Vio Pedro de pronto a la abuela parada frente a un ventanal de la galería, salida acaso de su agobiante encierro para confirmar lo mismo que él ignoraba. Se tranquilizó en parte porque sólo entonces supo que había relacionado inconscientemente, en alguna inicial conjetura, la anormalidad casera con la muerte de aquella mujer a la que apenas trataba y por la que sentía un apego cada vez más supeditado a la compasión. Siguió luego hasta el recibidor sin que nadie se fijara en él y descubrió a poco a la madre junto a una cristalera entoldada, como más pulcra y tolerante en la pasividad del tenue balanceo de una mecedora, mirando a un punto fijo del parteluz encinchado de buganvillas. Iba Pedro a dirigirse a alguna otra más asequible fuente de información, cuando notó con mayores desconciertos que algo ingrato y como alimentado de una violencia contenida bullía en el aire bienoliente a jazmín e impulsaba de algún modo el vaivén de la mecedora. Se acercó entonces despacio y sintió crecer el silencio alevoso de quien vierte el veneno en la taza de té. Cuando estuvo al lado de la madre, le tocó taimadamente el brazo y se decidió a decir en un susurro que qué era lo que pasaba, ¿lo puedo saber? Nada hijo ¿dónde te habías metido? anda vete arriba con tu hermana ahora voy yo, le contestó Araceli poniéndole una mano en la mejilla con desusada terneza y regresando, sin más argumentos, a la abúlica y pendular contemplación de un espacio donde seguramente no había otro incentivo que el del vacío.

Atravesó Pedro otra vez la galería para ir en busca de Blanquita, pero resolvió asomarse primero al traspatio, por cuyo empedrado resbalaban ahora las sombras de unas nubecillas que servían de pasajero sedante a las adiciones del calor, menos extremadas que de costumbre en aquellas mitades de julio. Recorrió con la vista el cuadro del terrizo —sólo interrumpido en su promedio por el nevado brocal y los herrajes del pozo— y descubrió a Clemente hablando con dos braceros a la puerta de la caballeriza. Corrió hacia allí sin dudarlo y se estuvo cerca de ellos ocupándose en barrenar la gravilla con la punta de la suela, hasta que se aproximó Clemente y se lo llevó hacia un muro tapizado de pasionarias, una mano firme y caliente en su hombro. Sin que Pedro se lo hubiese pedido, medio le explicó que había mucho alboroto por todos aquellos andurriales y que algo sonado iba a ocurrir, si es que no había ocurrido ya, añadiendo al cabo de una pausa meditabunda y con torpes apremios: tu padre acaba de irse me parece para la Tabla y yo también voy a tener que hacerlo con otro rumbo las cosas no pueden estar peor se veía venir. ¿Y por qué te vas?, preguntó Pedro, ¿lo que pasa entonces es que te vas a la fuerza o sea que te obligan? Pongamos que de eso se trata, dijo Clemente, no hay más remedio que alistarse ya te lo contaré anda luego nos vemos, y se alejó otra vez apresuradamente en dirección a la puerta de la cuadra, donde seguían aguardando sin moverse los dos jornaleros.

Rodeó Pedro la casona por la parte del resistero de la terraza y entró de nuevo en la galería sin pensar en nada congruente. Tal vez sólo restauraba a través de un tiempo de repentinas convergencias emocionales —y de un cúmulo de experiencias vagamente equivocadas— la indescriptible historia del desaparecido padre de Clemente y de su segunda salida en funciones de justicia mayor y en vindicatoria persecución de los depredadores. Y en tanto que lo imaginaba, y durante mucho después de que lo imaginara y olvidara, fue llegando a la marisma al mismo compás que los vientos agosteños una invasión jamás vista por nadie o no recordada por nadie o que nadie deseaba —y deseó luego— recordar. Pero él, Pedro, el que no aceptaría nunca verdaderamente la condición de investido-de-poderes (aunque lo tolerara de hecho durante años), ya entrevió en aquel señalado y preciso momento por los derroteros del mapa comarcano —desde Benalmijar a la Tabla y desde Zapalejos a Alcaduz— el tránsito de una amenazante y todavía incomprensible caterva de gente armada y vesánica, enemiga y protectora a la vez como la sangre que sólo puede vengarse con sangre. Pero de su inmediato arribo a la casona no conservaría más que un nauseabundo olor a carne chamuscada y la martirizante memoria de la actividad delictiva de la noche. Corrió entonces el primogénito de Pedro Lambert hacia el secreto rincón de la buharda donde lo esperaría la tía Blanquita —y donde seguiría incesantemente esperándolo con una idéntica vehemencia— hasta que se produjesen los primeros irreversibles síntomas de la diáspora.

QUINTA PARTE

XXVIII

Bajo la tenue luz de los lampadarios, toda la sala adquiría una cierta tonalidad acuática, como si se hubiesen abierto las paredes a una brumosa panorámica sin fondo y aparecieran envueltos los reunidos en la simulación submarina del atardecer. Si alguien cambiaba entonces de sitio alguno de los candelabros o tropezaba por descuido con una desportillada tulipa, la oscilación de la masa de sombras promovía una especie de más borroso desorden donde quedaban efectivamente confundidos los muebles y los bultos de quienes seguían esperando, a saber desde qué mudo y estatuario pretérito, la venida de algo cuya naturaleza ni siquiera imaginaban. Y ninguna otra cosa ocurría en aquella asamblea no convocada ya por Araceli con fines devotos, sino simplemente dispuesta para compartir alguna precaria excusa de compañía. Pero ellos, los que no se sentían ya maniatados por los miedos de las visitas y acuartelamientos nocturnos ni se sometían a ninguna diaria ordenanza de la piedad, aprovechaban aquel momentáneo desconcierto del crepúsculo para escabullirse del salón y seguir oficiando en el juego sofocante de las máscaras.

Atrás quedaba el corro inmutable del ama Araceli y Rosalía la nunca-agraviada y la niña Matilde y el yegüero Medinilla —el único peón que continuaría vinculado con otras tareas al servicio de la casona—, mientras Blanquita dirigía a su invariable séquito a la buharda para disfrazarse con los marchitos vestuarios extraídos de los arcones que enviaran en su día de Alcaduz tras la muerte de don Rogelio. Sin que ellos lo percibieran más que por algún indirecto vestigio del deterioro, había algo en aquellos trajes ajados y pretéritos que se correspondía con la ostensible decrepitud del casal. Era como si el creciente deslustre de sus solerías —hasta hacía poco embarradas por botas militares— y de sus artesonados y zócalos, se debiera a la propia carcoma que atacaba a cuantos habían sobrevivido (casi con la misma demoledora obstinación que el salitre o la humedad) al sanguinario paso del tiempo.

Enfrentados ya de otra forma con la costumbre de los disimulos y suplantaciones, Blanquita y Pedro y Medinilla hijo y Juansegundo habían ido usando las máscaras como pretexto para ensayar un nuevo subterfugio que los volviera irreconocibles o repentinamente ambiguos. Se hacía preciso transformar la apariencia, embozar el sexo, encubrir la identidad para que la operación adquiriese su verdadera significación lúdica y se iniciase el rito de las dobleces y adivinanzas imprevisibles. Blanquita, constituida desde un principio en regidora del ceremonial, era también la única imposible de descubrir por altillos y leoneras y la que siempre se dejaba encontrar a sabiendas, no sin antes haber promovido alguna suerte de equívoca desorientación entre los otros disfrazados.

Recién sumergidos Pedro y Juansegundo en lo más ávido de la adolescencia y Blanquita y Medinilla en el primer tramo de una juventud siempre disponible —sin que ninguno de ellos hubiese olvidado aquella especie de cuarentena estatuida en toda la comarca durante tres inacabables años—, fueron poco a poco reencontrándose en medio de una tregua que sólo lo fue figuradamente, pero que acabó reincorporando a la casona a los que se habían ausentado de ella por propia voluntad o ajeno mandamiento. En todo caso, fue el fugitivo Clemente quien más tardó en acudir al lado de Alejandra (cuya angustiosa espera no había podido remitir ni con los reclamos de su hijo ni los consuelos de su tutora) y quien finalmente habría de permanecer oculto en lo que ya no sería para él más que un fugaz y postrero refugio.

De modo que también recorría Pedro aquella tarde las polvorientas habitaciones, entre la general decadencia de tantos obsesivos alardes de maderas nobles y pulidos alabastros. Iba buscando el sigiloso vestigio que identificara a la tía Blanquita, el cómplice siseo amagado desde el escondrijo donde podrían comprobar taimadamente que eran ellos, y no ninguna de las otras dos máscaras, quienes disponían de la necesaria disculpa para ir adentrándose por los vericuetos de un erotismo apenas solapado, como si el disfraz convirtiese de pronto a los protagonistas en fortuitos espectadores de sus propios actos. Subía entonces Pedro la escalera de la buharda, procurando como tantas otras veces trastocar su apariencia bajo un improvisado dominó, cuando oyó un lejano roce de telas, el inicio todavía indeterminado de una fricción. Ya había sorprendido y reconocido poco antes a Juansegundo corriendo por el fondo de la galería y pensó que no podía ser sino Blanquita quien andaba queriéndose ocultar entre los trastos allí arrumbados. Anduvo despacio y a la escucha y se descalzó para evitar en lo posible los crujidos de la madera del piso. Se paró un momento y no se oía nada, sólo quizá el rebullir de un ratón asustado o el picoteo de la totovía entre las tejas. Dio unos pasos hacia la zona más oscura del recinto y pudo escuchar una especie de susurro amordazado, parecía que le hubiesen tapado la boca a alguien para que no hablara. Prefirió quedarse quieto, sin querer comprobar aún la verosimilitud de su punzante sospecha. Transpiraba bajo la maloliente vestidura talar y sentía que sus propias palpitaciones acrecentaban aquel agobiante tufo a boñiga mojada y a alcanfor, que no venía exactamente de las ropas sino de un espacio infamante y alevoso cuya ocupación sólo podía contribuir a la alevosía y la infamia de todos los demás espacios habitables. No se movió todavía, indeciso entre la tentación de no llegar a saber la procedencia del murmullo y la acongojante necesidad de descubrirlo.

Saltó entonces por encima del parque el melancólico bramido del venado y Pedro se dejó ganar al fin por el más morboso componente de su duda, maliciándose que no iba a encontrar sola a la tía Blanquita y sintiendo que esa sola posibilidad iba almacenando sobre su corazón una ira jamás experimentada por nada ni por nadie.

Dejó Pedro los zapatos sobre unas cajas y se asomó de puntillas a un marco sin puerta que comunicaba con una habitación más espaciosa. Aunque parecía estar vacía, había allí algo parecido al barrunto de una presencia, una suerte de respiración arropada en lo más tupido de la penumbra. Se deslizó con maña de raposo por un pasadizo entre dos hileras de bártulos y, sin saber concretamente por qué, como si se lo hubiese transmitido Manuela desde su anestesiada reclusión, descolgó de un pescante el mismo zurriago que había usado ella para perpetrar otra venganza, cuando diera muerte abominable al lince que le destrozó unas prendas no por inútiles menos jactanciosamente conservadas.

Ya empezaba a caer la tarde y apenas podía distinguir Pedro los contornos. Notaba un polvo húmedo adherido a la planta de los pies y, en tanto que se disponía a entrar en el cuartucho lateral de la buharda, localizó con toda nitidez el compacto rozamiento de las telas tras un desvencijado aparador. Reflexionó un momento, con esa repentina intuición que emana de la cólera, sobre la actitud que mejor podía acomodarse a sus propósitos. Hubiese sido inútil pretender empujar el pesado armatoste, tampoco quedaba luz suficiente como para irrumpir por sorpresa ante quienes ya sabía de cierto que estaban allí agazapados, ocultos quizá después de haber resuelto previamente cometer una traición en la que no podía pensar sin sentir algo así como la convulsa inminencia de la náusea. Recordó que había una caja de cerillas junto a uno de los arcones donde encontraran los viejos ropajes, y volvió sobre sus pasos sin perder la cautela y aguantándose el brusco pinchazo de la furia en los lagrimales. Encontró a tientas los fósforos y anduvo un trecho a gatas con ánimo de situarse en uno de los extremos del aparador, ya decidiría con qué finalidad, acaso para que la sucia evidencia acabara liberándolo de la intolerancia física del encono. Y fue entonces cuando la sombra le interceptó de improviso el paso. Algo se erguía en efecto frente a él, parecía un cobertor colgado del vacío en el que estuviese apelmazándose la tiniebla, un obstáculo movedizo que en ningún caso podía ser un mueble que hubieran cambiado de sitio en aquel mismo momento. El miedo pudo entonces más que la iracundia y no sin esfuerzo logró ponerse en pie, la cabeza bajeando y una mano apoyada en el resalte de lo que debió haber sido una vitrina.

Entraba por un ventanuco la reverberación estrellada de la noche y Pedro logró distinguir una forma que escapaba en dirección a la escalera. Adivinó más que reconoció a Blanquita con una especie de levitón flotante cubriendo su cuerpo medio desnudo. Reaccionó con una rabia febril y como súbitamente heredada y abatió el rebenque sobre el lugar donde imaginó que seguía la sombra. El ímpetu del zurriagazo le hizo perder el equilibrio y rodó por el suelo sin haber dado en otro blanco que en unos gimientes armazones, mientras veía primero a la sombra engullida por la más empolvada opacidad de la leonera y recortada luego con mayor precisión contra el ventanuco. Sentía una pierna dolorida y se estuvo mirando un instante para el contraluz al tiempo que se incorporaba con fatigosa indecisión. Aunque no dudaba ya de quién era su adversario, no había podido reconocerlo, travestido como estaba con un refajo de polisón pendiente de los hombros a manera de túnica. Avanzó unos pasos pegado a la pared, calculando la distancia, y levantó de nuevo el zurriago. Una mano detuvo la suya después de desviar el golpe, ¿adónde vas qué te pasa?, y Pedro se sintió a la vez dominado por aquella mano desafiante y por aquella voz de insufrible serenidad, ¿te has vuelto loco? Se soltó como pudo y arremetió contra Medinilla sin pensar en otra cosa que en el cumplimiento de un desagravio tan incierto como acuciante. Medinilla rechazó a Pedro y luego lo alcanzó en la penumbra, estáte quieto que va a ser peor, mientras lo atenazaba contra unos tablones apilados junto al ventanuco. Pedro forcejeó a ciegas durante un tiempo que le pareció angustiosamente estacionario, hasta que su mismo agotamiento le previno de que no tenía más opción que renunciar a la pelea. Permaneció al fin inmóvil y sin decir palabra, oyendo su propio jadeo superpuesto al más apagado de Medinilla, quien acabó por soltar su presa con un precavido ademán de invicto. Pedro veía turbia la silueta de aquel enemigo que parecía despojarse ahora de su disfraz como para darle otra más verídica identificación a su triunfo y cuya misma insolente superioridad le producía una desoladora sensación de fracaso. Comprendió entonces que su rabia se estaba enfangando en la humillación y se dirigió hacia la escalera mientras iba repitiéndole Medinilla que qué se había creído, que a ver si no iba a poder aprovecharse él también de aquella ganga, te aguantas si no te gusta ¿me oyes? Pero Pedro ya no lo oía o no quería oírlo o de ninguna forma hubiese soportado oírlo. El acartonado frote del dominó —que entonces se quitaba— y el propio chirrido de sus dientes anularon todo lo que no fuera la sollozante constancia de aquel primer derrumbe de su credulidad.

Salió Pedro furtivamente de la casona y vagó por los alrededores como por un túnel y aun se aventuró extramuros del parque hasta las vetas cenagosas que conducían al caño Cleofás. No pensaba en nada concreto ni en nada congruente, sólo tal vez en la difusa propuesta de repudiarse a sí mismo huyendo de los otros y de no sellar nunca más con la tía Blanquita ninguna clase de pacto visible o secreta alianza. Se imaginó que ya debían de andar buscándolo por el laberinto de las pérgolas a medio derrumbar o las lindes de las resecas almenaras y procuró evitar a los presuntos rastreadores permaneciendo escondido tras la talanquera posterior del parque. Y allí se estuvo hasta bien pasada la medianoche, cuando ya la comezón de la intemperie o del sueño empezaba a acobardarlo y arreciaba en la breña la vigilante algarabía de la fauna.

Decidió Pedro por último reemprender el camino de la casona, y en eso vio titilar una candela entre los arbustos que aún seguían languideciendo por los escuálidos parterres. Se detuvo un momento, dudando entre acercarse o escapar, hasta que la luz se fue haciendo más acusadora y pareció atraerlo hacia su vacilante halo de humedad. Y ya se aproximaba Rosalía con desmañadas urgencias, míralo ahí tan campante ¿pero dónde te habías metido criatura?, aboliendo con su voluminosa candidez la vergonzante y ya medrosa soledad del huido. Apareció Juansegundo por detrás de su madre y ni él ni Pedro se dijeron nada, o se dijeron por omisión todo lo que tenían que decirse, volviéndose luego los tres hacia el casal por el sendero empedrado con las losas de la vieja calzada argonidense. ¿Por qué le has hecho esto a tu madre di qué es lo que ha pasado?, preguntó Rosalía a media voz sin que Pedro acertara a responder y prosiguiendo ella como si lo recitase de memoria que había que darse cuenta del disgusto, cristo bendito, que ya estaba bien de atizar el fuego encima de las preocupaciones que tenían y de lo desquiciado que andaba todo. Cogió entonces Juansegundo el farol de manos de su madre y se adelantó unos pasos en dirección a la casona. Y ¿no has visto a Medinilla al padre buscándote por ahí no te lo has encontrado?, volvió a inquirir Rosalía después de recuperar en parte el resuello. Pedro contestó que no con la cabeza, mientras se amodorraba mirando el terco columpio de la luz entre los setos mustios y la tierra poco a poco degradada otra vez por la erosión del salitre y los vientos marítimos. El ronco grito de una garceta se acompasó de pronto al movimiento pendular del resplandor, y Pedro notó el estilete de aquella sombría llamada penetrándole en una especie de vacío sensorial que le impedía acordarse de lo más próximo o prevenir lo que estaba a punto de suceder.

Ni aun en el rellano del casal salió Pedro de su ensimismamiento, y no sin trabajo logró referir a su madre la silueta de aquella mujer que bajaba la escalinata con una prisa titubeante y desvalida, las huesudas manos rogatoriamente enlazadas sobre la somera convexidad del vientre. Una mueca de mártir distendía más de lo habitual el rostro adusto y desprovisto ya del último sostén de la arrogancia. Se detuvo a unos pasos de Pedro, esperando que fuera él y no ella quien finalmente se acercase. Juansegundo se había puesto al lado de Araceli, el farol levantado a la altura de la cara como para alumbrar con más rotundos perfiles el encuentro, cosa que de ninguna forma hacía falta puesto que llegaba hasta allí suficiente luz de los hacheros que fulgían en los porches. Empujó entonces Rosalía blandamente a Pedro hacia el hieratismo de la madre, y ahí lo tiene usted correteando a estas horas por la marisma como un hurón, dijo con un asomo de burla que pretendía atenuar la aspereza del recibimiento. Miró Araceli a su hijo ya al alcance de la mano y algún veredicto iba a pronunciar, o a cumplir de obra, cuando la contuvo la tímida advertencia de Rosalía, no exactamente debido al poder de persuasión que pudiera albergar aquel benigno comentario, sino por la evocadora sordidez a que la sustrajo la sola y tortuosa referencia al hurón. Interpuso de pronto ante su hijo toda la abrupta sucesión de ajenas confesiones y averiguaciones propias en torno a la miserable existencia del normando y aun al origen de aquel mismo Huerto del Hurón. Algo parecido a un obstáculo infranqueable volvió a enfrentar una vez más su limpia casta con aquella otra casta enigmática y sucia, de la que aún sobrevivían su desafecto marido y la delirante madre de su marido y no sabía si también algún otro descarriado vagabundo marismeño.

Pedro esperaba la admonición junto a la madre, pero la admonición no acababa de producirse. Pasó un segundo o un tiempo que no tenía dimensión aparente, y Araceli miró a uno y otro lado del acceso a la casona, como si buscara a algún imprevisto aliado de su propia sangre o ratificara la indecorosa extensión de su aislamiento, hasta que empezó a subir fatigosamente los musgosos peldaños de la escalinata. Se volvió después un punto hasta donde estaba su hijo y le habló con la afónica voz de la cuitada diciéndole: cada vez estás más lejos de mí te vas donde no pueda verte como tu padre eres de la misma mala ralea que tu padre. Pero Pedro no alcanzó a escuchar más que un murmullo que interpretó como una agria y borrosa sentencia de culpabilidad.

XXIX

Nadie, a no ser que anduviese perdido o espiando, habría podido distinguir el centelleo nocturno de las teas por los lamedales ni el acompasado resoplido de los hombres jalando como bestias de las maromas. Entre la costa de Zapalejos y las estribaciones de Alcaduz quedaba un agotador camino de tierra inhóspita y cenagosa y una lenta trayectoria de hambre acallada con raíces y bayas silvestres y camaleones crudos. El exantema del tifus ya se había encargado de diezmar a los que aún traían latente el estigma del escorbuto, y sólo pudieron disponer de veintidós hombres, contando a Clemente, para que transportaran los cuatro cañones desde el barco desguazado al baluarte de la montaña. Veintidós hombres hambrientos y exhaustos remolcando aquella inmunda chatarra, once a cada lado, arrastrándola por las hondonadas pantanosas y las quiebras del peñascal sobre troncos untados de grasa de atún, cumpliendo así una pena accesoria jamás registrada hasta entonces en ninguno de los códigos marismeños promulgados a partir de la desecación del lago de Argónida.

De modo que eso era lo que estaba ocurriendo en aquellos páramos, desde mucho antes de que amaneciera hasta bien entrada la noche. La noche se vierte como un humeante reguero de brea por los esteros y toda la desierta e inmensa negrura tiene algo de sucesión de cárceles donde cada hombre ocupa un espacio tan ilimitado y a la vez tan angosto que cualquier presunta tentativa de fuga supondría siempre la inexorable llegada a una nueva reclusión. El más imperceptible sonido —un minúsculo desplazamiento de arena, una ramita de brezo tronchada, el recóndito flujo del agua salobre— se difunde a través de interminables multiplicaciones acústicas hasta más allá del fondo de los médanos, ya en la nunca hollada tierra donde se abren las guaridas de las hidras y el socavón de los espejismos. Y así se propagaba entonces por la marisma del Salgadera el jadeo inhumano, el chirriar de los herrajes, la quejumbre de los troncos hendidos, el refregón contra el cáñamo de las manos ulceradas, los cuerpos rebotando contra la arenisca o hundiéndose en los lucios.

A los pocos días de iniciado aquel atroz reventadero, no hubo otra solución que reemplazar por una yunta de bueyes a los que habían vomitado sangre o no podían ya valerse de las manos. Trajeron unos cabestros viejos y enjutos de la otra orilla del Salgadera y designaron a cuatro hombres para que los uncieran al cañón, de forma que ayudaran al arrastre sin entorpecer a los que aún podían jalar de las estachas. Así lo hicieron y todo fue bien al principio, al menos se logró algún alivio transitorio pese a las bajas habidas en la tracción humana. Y de esa manera fueron acercándose al paso de la yunta hasta las consoladoras manchas de un alcornocal que ya trepaba por las primeras lomas de Alcaduz, al que llegaron con la noche encima y donde se aprestaron las vencidas huestes a acampar unas horas.

Todo sosegaba aparentemente entre la arboleda y apenas se oía el silbo de una sulfurosa ventolina pasando por el tamiz de la oscuridad, cuando de pronto hubo sombras reptantes, bultos agazapados que se desplazaban en lo absorto hacia algún impreciso lugar de la noche, siguiendo una dirección contraria al talud donde debía dormitar la patrulla. Aunque no parecían obedecer a ningún acuerdo previo, las siluetas se arrimaban con sigilo de linces a uno de los bueyes echado en un claro del boscaje. Coincidieron a poco en su rastreo y se detuvieron un segundo para reconocerse mutuamente y confabularse sin hablar. Uno de los hombres llevaba un palo afilado tal vez por frotamiento contra el asperón, otro un barrote que debió recoger disimuladamente y el más afortunado una navaja de insólita clandestinidad. El buey empezó a mugir bajito y con un desamparo expectante, amedrentado por la proximidad de algo todavía incomprensible. Le goteaba de los belfos una baba amarilla y compacta como un carámbano y levantó todo lo que pudo la cabeza encadenada cuando el portador de la cuchilla empezó a tantearle el testuz en busca del hoyito donde late la vena de la vida. El animal removió las ancas barruntando el peligro, mientras el anhelante matarife levantaba el brazo con calculada lentitud y le asestaba la cuchillada en mitad de la nuca. El buey pegó un respingo y abatió la testa con la hoja clavada encima, pateando en el vacío y restregando el hocico espumeante contra el tronco donde lo dejaran trabado. El hombre hurgó con la navaja en el boquete que había dejado abierto, escarbando en uno y otro sentido como para dar con el resorte que siega la carótida. El buey berreaba sordamente, intentando soltarse de las coyundas y sintiéndose cada vez más amarrado a una muerte del tamaño de su propio estupor. Alguien comenzó a golpear con una piedra encima del sangrante puño de la navaja, de suerte que la hundía a poquitos, y en eso pidió su turno el que llevaba el barrote, quien después de medir la distancia y afianzar los pies en el terreno, descargó el golpe con todo el brío de que disponía justo en el sitio por donde asomaban las cachas. El buey abrió la boca y sacó una lengua azulada y enorme con la que quizá intentase recoger la bocanada de aire que ya no necesitaba. Defecó luego encima de un tocón que le impedía recular, abajó la cerviz, trastabilló un punto y se dejó caer finalmente sobre las patas traseras.

Todavía estaba vivo el cabestro cuando sobrevino la alucinante hecatombe, no de cien ni de muchos animales sacrificados a los dioses que intercedieran en el triunfo de ninguna batalla, sino de un solo y famélico ejemplar bovino traído hasta allí para mitigar la briega extenuante de una veintena de penados, los mismos que ya acudían al matadero provistos de improvisadas herramientas y de dientes. El animal tuvo una lenta agonía, no acababa de írsele el resuello, y parecía mirar con sus despavoridos ojos a quienes lo desollaban frenéticamente con uñas y pedruscos para dar comienzo a un festín cuya brutalidad se inocularía para siempre en la otra adquirida brutalidad de los comensales. Aún le latían al buey las entrañas en el momento en que acabaron de abrirle el vientre, descuartizándolo por dentro con ánimo de esconder los trozos que de ninguna forma hubiesen podido ya ingerir.

La sangre atrajo al buitre y a la comadreja en tanto que el bullicio de los ahítos sacaba de sus tiendas a los vigilantes. Pero Clemente no iba ya a ser sometido a ninguna clase de escarmiento ni tampoco llegaría a enterarse nunca del reparto y naturaleza de los castigos que se impusieron a los participantes en la bacanal. No bien hubo comido de aquella carne caliente y rígida —que sólo parecía verdaderamente exámine después de masticada—, imaginó lo que iba a ocurrir y procuró posponer su omnubilación de hambriento a la clarividente posibilidad de una fuga que, en el fondo, no había dejado de prever desde que lo apresaran junto a otros leales pregonados por toda aquella comarca como traidores. Lo cierto fue que aprovechando la ebriedad del banquete y sabiéndose infalible práctico de todas las rutas marismeñas, se internó como una alimaña por el alcornocal arriba. Camuflado como estaba con su espesa suciedad de acémila, alcanzó sin ser notado las cotas medianeras del bosque, justo por el paraje —para él desconocido— donde se perpetrara la afrenta de Ojodejibia en la persona de la pelirroja Esclaramunda. Una vez allí, se orientó según la línea de las quebradas que conducían al Salgadera y, tan pronto hubo comprobado que nada sospechoso bullía a su alrededor, siguió hacia el noroeste, rumbo que lo apartaría sin duda de las poco recomendables inmediaciones de Alcaduz y que rectificaría luego para atravesar la marisma en dirección a la casona. Ignoraba aún de qué manera iba a poder burlar en tan inseguro refugio las pistas que acabarían siguiendo sus perseguidores y aun la virulenta enemistad de Pedro Lambert. Pero tampoco tenía entonces posibilidad de elegir ningún otro inmediato cobijo y, en todo caso, parecía evidente que la alianza de Manuela le serviría de escudo para poder encontrarse, siquiera fuese pasajeramente, con Alejandra.

Ya amanecía cuando llegó Clemente a las rayas del alcornocal. Delante de él se abría la brumosa exhalación de los esteros y la hijuela que enlazaba Zapalejos con Alcaduz. Dudó un momento antes de decidir el plan de la traspuesta que más podía convenirle. A aquellas horas ya debían de haber advertido la evasión y a lo mejor hasta habían dado aviso para que corrieran en su captura. Juzgó que lo más prudente era permanecer al abrigo de la arboleda y no salir a descampado hasta que pudiese contar otra vez con la complicidad de la noche. De manera que volvió a adentrarse por el monte arriba y buscó un sitio que le sirviera a la par de atalaya y escondite, sitio que halló pronto en una cresta del pedregal cercada de arbustos y donde se emboscó para pasar lo mucho que le quedaba del día. Aunque supuso que el sueño acabaría debilitando su instinto de defensa, consiguió espabilarse del todo a causa de una creciente sensación de asco que atribuyó en principio a su larga fatiga de bestia de carga, pero que resultó producida por el desesperado consumo de la carne cruda del buey. Trató de aliviarse tumbándose boca arriba, y parecía que en efecto se aliviaba, hasta que se incorporó de un salto para vomitar entre impetuosas y lacerantes arcadas al borde de la peñuela. Y cuando ya se disponía poco después a borrar lo más visible de aquella marca ruin de su presencia, oyó como un lejano crujido y enseguida el indudable anuncio del paso de alguien por la bajonada del alcornocal. Se agazapó tras una piedra y nada pudo distinguir por más que metiese los ojos entre el ramaje. El rumor era discontinuo y parecía desplazarse en un plano paralelo a la situación de su observatorio. Esperó sin moverse hasta que el ruido se alejó del todo, o eso fue lo que creyó, porque al cabo de unos minutos empezó a oírse de nuevo, acercándose esta vez en sentido contrario siguiendo una dirección que no debía cruzar demasiado lejos de donde estaba. Analizó más atentamente la índole de aquellos rozamientos y dedujo que eran demasiado tenues y sigilosos para poder ser referidos a la marcha de un hombre, por mucha alevosía que éste fuese capaz de desplegar. Pero ya salía Clemente de dudas porque vio asomar por detrás de un tronco aledaño la indecisa cabeza de un perro de mimético pelo de corcho, los ojos sañudos del cimarrón. Levantó el morro como si venteara algo comestible o anómalo y se aproximó cautamente al declive lateral del peñasco, hozando luego con atragantada ansiedad entre el reguero del vómito. Clemente permaneció al acecho y dejó hacer al cimarrón, quien quizá no llegó a husmearlo a causa del más intenso estímulo de la carne a medio digerir y que se fue sin más por donde había venido, una vez rebañados los últimos residuos de la bazofia.

Antes de que acabara el día, que transcurrió sin otras alarmas que las padecidas gástricamente por el propio Clemente, salió éste de su escondrijo y bajó hacia los paulares. Soplaba de la parte del mar un vientecillo húmedo y racheado que era el más conveniente para que fueran delatándose los ruidos delanteros, y el fugitivo arribó sin mayores problemas —y ya cayendo la noche— a las márgenes del camino vecinal. Luego de convencerse de que no había un alma por toda la redonda, optó por cruzar la hijuela y calculó la ruta que lo llevaría, de no desviarse a su debido tiempo, hasta la costa de Matafalúa. Procuró desoír los dolorosos requerimientos de su vientre y galopó a través de los esteros durante horas y horas, recorriendo igual que un cervato perdido el desértico y angustioso laberinto de la noche. No le fue difícil sortear, gracias a una especie de intuición olfativa, la insidiosa trampa de los lucios taponados de verdín o los mantos de arena que encubren las fauces de cieno de los caños. Y cuando al fin, casi sin saber cómo, alcanzó a aspirar el aliento de la resaca, aún no había amanecido. Observó desde un alcor los alrededores y supo que era llegado el momento de corregir el rumbo más hacia el norte. Y así iba a hacerlo, pero la misma interrupción de la espantada le evidenció que había rebasado el límite de su resistencia y que en modo alguno estaba en condiciones de cubrir el largo trayecto que aún lo separaba de la casona. Buscó pues con los ojos un lugar donde guarecerse y decidió quedarse donde estaba, tendido y medio tapado entre la arena y unas matas de junco. Hambre no sentía ninguna, pero sabía que dentro de poco iba a empezar a martirizarlo la sed. Se acordó de un día no lejano en la trinchera, cuando ya llevaban más de cuatro días sin una gota de agua y un hombre melancólico y enterizo al que decían Joaquín el Guita bebió de un abrevadero hediondo y tuvieron que sacarlo de allí a duras penas con las tripas reventadas por la ponzoña. Y se acordó asimismo del tiempo todavía menos lejano en que anduvo huido como ahora y en que, también como ahora, hizo acopio de la suficiente desesperación para acudir a escondidas a la casona con la única finalidad de decirle a Alejandra que estaba vivo, arriesgando en aquella sola y temeraria confirmación la posibilidad de seguir estándolo. No supo luego Clemente si había caído por la insondable espiral de un sueño persecutorio o se encontraba efectivamente ante un peligro real en el que se repetían otra vez las mismas incidencias y zozobras que concurrieron en aquellas pasadas experiencias

y ya pisoteaban al Emisario innumerables cascos de caballos negros mientras lo azotaban los depredadores con vergajos hechos de zarzas y la madre gritaba como una posesa arrastrándose por el suelo de arena de un chamizo cuyo techo aparecía cubierto de escudos heráldicos viendo cómo le salían por un agujero del vientre los alones de un cuervo no bien empezó a girar la manivela del titirimundi sin que nadie lo tocara en medio de la apes-

tosa soledad de los navazos hasta que él mismo cayó en un hueco punteado de luces por donde corría su hijo envuelto en el vaho del mimbre recién hervido en tanto que Alejandra sollozaba en la penumbra y medio oía la voz desazonante de Manuela insistiéndole en que se quedara allí que ya vería ella la forma de que nadie se enterase y entonces era otra voz la que resonaba al pie de la escalera ¿quien anda por ahí carajo? confundida con la de alguien que subía con Pedro Lambert y cuya figura aparecía desenfocada por una fulguración demasiado intensa

cuando un sol ya levantado horadó la oblicua sombra de la junquera y alzó en vilo a Clemente, que miró a uno y otro lado con atónitas alarmas y volvió a caer de bruces sobre la arenisca sin entender del todo si se había quedado dormido o era la debilidad quien lo impelía a la alucinación.

Prosiguió Clemente la marcha algo más animoso y avistó a corto trecho, al otro lado del cauce a medio secar de un caño, lo que parecían ser los restos desperdigados de algún chozo. Según se acercaba, tuvo Clemente la impresión de que acababan de ser extraídos de dentro de la marisma después de haber estado sepultos durante mucho tiempo. Si no, no se explicaba el aspecto de aquellos cascotes depositados en la leve pendiente de la duna y mostrando al aire su completo volumen. Clemente notó que había algo inquietante en esos irregulares despojos que parecían proceder de un naufragio recién acaecido y que, dada su manifiesta vejez, debían estar enterrados en la correspondiente profundidad del arenal. Una luz excesiva para la todavía escasa altura del sol empezó a reverberar entonces contra las maderas corroídas y Clemente se echó al suelo de pronto, temiendo que alguien hubiese situado allí a manera de cebo aquellos anómalos vestigios de lo que bien pudo ser un sombrajo o una hornachuela. Aguardó un rato y nada ocurría, y otro rato más y tampoco, pero intuyó que tenía que alejarse de aquel lugar lo más rápidamente posible. Y así lo hizo no tanto porque se maliciara alguna argucia para atraparlo (cosa que nunca se habría producido de ese innecesario modo en tales circunstancias) cuanto por una especie de confuso temor ante lo que debían ser —aun sin que él pudiera saberlo— las ruinas del primer chozo levantado por el normando en aquel enclave marismeño, periódicamente desenterradas en virtud de las quiméricas pugnas de los espejismos.

Con la sed agarrotándole la tráquea y ya pasada la medianoche, llegó Clemente al fin a las tapias traseras de la casona. Se arrastró en un último esfuerzo hasta la cancela que caía más cerca del caño Cleofás —de cuyas venenosas aguas estuvo a punto de beber— y saltó sin dudarlo al interior del parque. Todo parecía tranquilo y lo primero que hizo fue correr hacia donde negreaba la alberca, que encontró vacía pero que aún dejaba manar por el desagüe un musgoso chorrito. Se tumbó en el fango y mordió aquel hilo irrisorio y maloliente, metiéndose el tubo de drenaje dentro de la boca y lastimándose el paladar con los filos de la herrumbre. Y así se estuvo durante un vago paréntesis de tiempo, sin pensar que pudiese existir ningún alivio distinto al frescor de aquella sucia gotera que le penetraba igual que una cuchilla, a la vez hiriente y apetecible, por la acolchada garganta. Sólo reaccionó cuando tuvo conciencia de la eventualidad de un contagio o de que también pudiera tragar el temible gusanillo de la sanguijuela. Se incorporó entonces con una especie de miserable sentimiento de derrota, ya conminado de nuevo por la realidad, y siguió hacia la casona al través del parque, la oreja presta y un vértigo de peonza zumbándole por dentro de las sienes. Contorneó el rellano sin salirse de los abandonados jardines, que eran vacíos, y luego de detenerse a sondear la quietud circundante, atravesó en un par de brincos la distancia que lo separaba del traspatio y se entró en la casa por un postigo que ya había abierto en otra similar ocasión de visitante furtivo.

XXX

No pudo Pedro Lambert finalizar como había previsto las maniobras conducentes a otros nuevos y ocasionales incrementos de fortuna. El grano propio y el reunido de otras muchas cosechas arrendadas —que acabaría pudriéndose por junto en silos clandestinos— y las inversiones a cuenta de gratitudes futuras que ardieron con la misma facilidad que la pólvora, marcaron los primeros notorios síntomas de unos reveses que ya iban a ir rondando la vecindad de la bancarrota. Constituido así en acaparador frustrado y en financiador de empresas de benemérito disfraz no reconocidas después por nadie, asumió Pedro Lambert aquel inicial pronóstico de quiebra como una deliberada traición a su rango y aun a su propio espíritu. Si bien no llegó a abjurar públicamente de cuanto había defendido (y en parte patrocinado con una idéntica graduación de intereses), sí alimentó en sus vengativos memoriales una atrabiliaria animadversión ajena. Y lo primero que decidió a tales efectos fue el generalizado rechazo de todo aquello que había formado parte integrante de sus andanzas últimas, hasta el punto de acabar rehuyendo el trato de quienes se decían sus amigos e incluso de quienes eran de hecho sus socios, mandatarios y testaferros, englobando en un solo sistema de repudio al íntegro censo de sus varias relaciones comarcanas.

El único nexo con el pasado inmediato que aún no pudo romper Pedro Lambert, aparte del que lo ataba a su legítima esposa fue el relativo al concubinato con

Mercedes Serpentina, de quien —para más engorrosas trabas— había tenido una hija de sobrecogedor parecido con el normando. Una vez escabullidos el orífice Taronjí y la anfibia Esclaramunda a sus lares isleños no más olisquearon los amenazantes tiempos que se avecinaban, siguió viviendo Mercedes en la casa de Malcorta que pasara a ser de su exclusiva y legalizada propiedad. Allí cuidaba mal que bien del fruto de su vientre y allí procedía más por lo menudo al adocenamiento y a esa especie de sobrealimentación obsesiva con que se procura compensar a veces el aburrimiento doméstico o la insatisfacción sexual. No atendida ya la hembra según sus normales reclamos por Pedro Lambert y considerando éste las muchas dificultades acumuladas para dar por terminado el amancebamiento, convino en dejar que el tiempo consumiera paladinamente lo que ya estaba más que apagado en sus propias carnes. Y en esa táctica tenida por muy sagaz, apoyó también Pedro Lambert sus ofuscaciones —o resentimientos— mientras deambulaba sin brújula por todos aquellos andurriales, intentando recomponer su hacienda y dando pábulo con su sola y desatada actitud al no incierto rumor de que algo empezaba a flaquear en su cabeza. Ni consiguió, a todo esto, juntar otra vez las tierras de Benalmijar que se vio obligado a ceder años antes en régimen de aparcería, ni pudo evitar la venta de los atuneros que tenía en Zapalejos, siquiera fuese para saldar las cosechas de trigo arrendadas y luego perdidas y las deudas provenientes de otros tráficos engañosos.

Y aconteció, además, que mientras Pedro Lambert sentía cada vez más próxima la amenaza de la ruina (y rememoraba de paso, con un asociativo y colérico estupor, su menesterosa época de baratero de pieles), empezó a asediarlo el atávico sinvivir de la huida. No se trataba empero de un plan preconcebido ni mucho menos perfilado, sino más bien de una directa consecuencia de su afanosa pretensión de escapar de todo aquello sobre lo que él proyectaba la indigna configuración de su quiebra. Pensó entonces inopinadamente, como si fuera la última —o vindicativa— posibilidad de rehacerse con que contaba, en la exclusiva pieza del tesoro que ni siquiera se ofreció nunca al mejor postor, como era aquel brazalete incrustado de gemas que Manuela quiso reservarse y que debía pasar sin dilación alguna a manos de su primogénito. Y no bien concibió semejante idea, se dispuso a llevarla a la práctica.

Volvió Pedro Lambert, por consiguiente, a la casona cuando ya llevaba cerca de seis semanas sin aparecer por allí y, después de interesarse evasivamente por el estado de su prole y de no justificar su ausencia más que por aproximación, voy a tener que largarme otra vez enseguida hay mucho hijoputa suelto empeñado en hundirme, se aprestó a abordar a la recluida madre sin mayores tapujos. Le encargó antes a Medinilla que metiera en una maleta todos los papeles que había en un cajón de su cómoda, date prisa que deben estar al caer esos halcones de la fiscalía, y subió a renglón seguido a la habitación de Manuela. No parecía quedarle sitio en la razón para otro cuidado distinto a la proximidad del botín: se cruzó con Juansegundo en la galería y ni siquiera lo miró; oyó en alguna parte las voces de su hija Matilde llamándolo y tampoco se dio por aludido.

Manuela estaba tendida en un diván que hacía las veces de cama y se incorporó a medias al ver entrar a su hijo, y ayer no viniste, fue lo primero que acertó a decir. ¿Ayer?, indagó con acento titubeante Pedro Lambert, ¿a qué tenía que venir ayer? La madre no contestó directamente sino que volvió a dejarse caer en el diván y empezó a balbucir una especie de cantinela sólo a trechos inteligible: claro tú te vas por ahí sabe Dios dónde menos mal que todavía me queda Alejandra no tienes tiempo de enterarte si sigo viva ¿has oído decir que los venados se van ahora al cabezo a morirse? pues eso es lo que hacen se escapan de la algaida y se van a morir al cabezo tendrías que encargar que limpiaran toda aquella carroña no me gustaría nada que me llevasen allí ya muerta y que me pasara lo mismo que le pasó a tu padre ¿te haces cargo de lo que quiero decirte? Pedro Lambert prefirió asentir con la cabeza y arrimó una silla al lado de su madre. Escucha, dijo mientras se sentaba. Dime, dijo ella, y él, ¿te acuerdas de aquella alhaja que no quisiste que vendiéramos? Manuela mantuvo clavados los ojos en los de su hijo y musitó por toda imprevista respuesta: llegó la otra noche hecho un eccehomo no sé cómo pudo arramblar hasta aquí el pobre figúrate la alegría. ¿Quieres escucharme un momento o es mucho pedir?, insistió Pedro Lambert, te estoy hablando de la pulsera ya tú sabes ¿dónde la tienes guardada? Escúchame tú antes, interrumpió Manuela, sea quien sea el que se atreva a sacar de aquí a Clemente tendrá que arrastrarme a mí primero de los pelos por toda la casa y ni aun así conseguirá llevárselo porque todos los muertos de esta asquerosa tierra lo perseguirán y atormentarán hasta que él también prefiera morirse. Dicho lo cual se volvió temblorosamente de cara a la pared y empezó a emitir el monocorde gemido de la corza atrapada en el cepo.

Lo que hasta hacía muy poco habría suscitado la inmediata corajina y la subsiguiente delación por parte de Pedro Lambert, se diluyó ahora en una mezcla de fastidio, insensibilidad y algo como una medrosa tendencia a proteger a un rival de los que ya eran también rivales suyos, no importaba que por tan contrarios motivos. De modo que le dijo a la madre que perdiera cuidado, que si Clemente había buscado refugio allí, de allí no lo sacaría nadie ni siquiera a la fuerza, eso va a misa ya me encargaré yo de arreglarlo mi palabra que puede contar conmigo. Manuela se volvió hacia él para darle las gracias y algo más iba a añadir —dudando quizá de lo que oía— cuando el hijo volvió a plantear su inquisición sobre el brazalete, debes tenerlo por ahí lo necesito sin falta para atender a unos pagos créeme que lo siento estoy en un apuro gordo. Pues más lo siento yo hijo, replicó Manuela como distraída, porque aquí ocurre una cosa y es que esa pulsera se la tengo prometida a Alejandra o sea que pensaba dársela cuando la encuentre porque no tengo ni idea de dónde la tengo metida ¿alguna otra cosa? Pedro Lambert se quedó sin saber qué otra cosa podría argüir. Tampoco atendía a la nueva e inconexa retahíla de la madre sobre la endémica pesadilla de la autofagia y los endriagos que la solían visitar en noches de lluvia negra, no vienen en son de discordia sólo se acuestan conmigo para calentarme una amabilidad ya saben que se me fueron las ganas lo peor es ese maldito sueño no se me borra con nada mira cómo me estoy quedando. Se levantó entonces Pedro Lambert con una desabrida urgencia, no exactamente para comprobar el desmejoramiento de la madre, sino para repetirle bajito y despacio que ya estaba buscando la dichosa pulsera si no quería que le pusiese patas arriba toda la habitación, conque andando creo que me has entendido. Te he entendido de lo más bien, dijo Manuela, abre tú mismo la gaveta el cajón de arriba a ver si está ahí. Dudó un punto Pedro Lambert de tan expeditiva referencia pero se apresuró grotescamente a abrir el cajón indicado, revolviéndolo de un lado a otro sin hallar otra cosa que baratijas y papeluchos. ¿No la encuentras?, oyó que le preguntaba su madre, a lo que contestó que allí no había más que un montón de mierda seca, a ver si te exprimes la memoria hazme el favor coño tiene que estar en alguna parte. Espera, dijo Manuela levantándose con una dificultad tan remisa que parecía deliberada, a lo mejor la puse en el ropero voy a mirar. Deja yo la buscaré, propuso su desazonado hijo, y Manuela que no, que ni se le ocurriese, que la única que andaba en aquel ropero era su propia usuaria, de manera que ya te estás quedando quietecito. Obedeció Pedro Lambert y apenas si podía contener la impaciencia observando a la madre de rodillas ante el guardarropa a medio abrir, la despeinada cabeza hundida en aquella especie de abarrotado tenderete de trapero, los consumidos flancos moviéndose a un compás que no parecía corresponderse con el del resto del cuerpo. Hasta que al fin volvió a emerger de la barahúnda aquella cara macilenta y recorrida de pequeñas hendeduras cobrizas, con los grandes ojos de ágata sometidos a esa luminosa y estrábica dilatación producida por el láudano. Pero como no acabara Manuela de sacar las manos de dentro del ropero, donde parecía seguir aguantando algo en una postura más bien improcedente, se adelantó el hijo para ayudarla a levantarse, cosa que consiguió después de un penoso forcejeo y no sin una última resistencia por parte de aquellas manos que temblaban visiblemente y sostenían algo parecido a una caja de pasas. Una vez en pie, apretó Manuela contra sus fláccidos pechos lo que parecía ser su más privativo relicario y se dirigió otra vez hacia el diván seguida del hijo. Se sentó como si se rindiera, abrió la caja con la precaución del que teme que se escape el pájaro cautivo, y ya descubría Pedro Lambert con voraz mirada unos paquetitos cuidadosamente agrupados y con los huecos llenos de virutas. Hurgó Manuela entre aquellos envoltorios y extrajo el que parecía mayor, que entregó sin abrirlo a su hijo, adivinando éste sólo por el tacto que se trataba del brazalete y pudiendo comprobar a continuación que así era en efecto. Iba a decirle a la madre que le agradecía muchísimo tan inapreciable ayuda, pero se le anticipó ella para rogarle que dejara la pulsera donde estaba si ya la había visto, porque a quien de verdad le pertenecía era a su ahijada, no irás a negarme lo único que te he pedido en toda mi vida acerca de ese condenado tesoro que le dieron a guardar las camuñas a tu padre. Y habló Pedro Lambert diciendo que ya estaba bien de sandeces, punto, que se iba a llevar el regalito de todos modos y que ya podía olvidarse de la promesa que le había hecho a Alejandra o a la Santísima Trinidad, ¿o es que prefieres verme otra vez apestado de los curtientes y del churumo del mimbre? ¿ya no te acuerdas de las fatigas que tuvimos que pasar o es que no te importa acordarte? Deja ahí la pulsera hazme caso hijo déjala ahí, repitió Manuela con una calma lastimosa y como atemorizada por algo venidero, si te la llevas te vas a arrepentir no tientes a Satanás está ahí mismo esperando la ocasión para caer encima de todos nosotros. Ya me arreglaré yo con él le firmo un pacto sobre la marcha, replicó Pedro Lambert, tú no te preocupes por eso, y se sobresaltó no más decirlo porque fue como si la lejana y turbadora imantación de los ocultismos en que había oficiado junto con don Juan Crisóstomo Centurión lo retrotrajera a un mundo de cuyos infernales atajos estuvo a punto de no regresar. Así que se acercó a la madre, sin querer entender lo que ésta murmuraba sobre el lucio en que habían echado al normando, y le puso una mano inusitada en el hombro diciéndole: te juro que no voy a vender la pulsera si no es en última instancia un caso desesperado antes me juego esta casa a cara o cruz. Manuela no contestó enseguida ni pensó si su hijo llegaría a jugarse la casa con todos los moradores incluidos. Parecía dormitar con los ojos entreabiertos, los párpados oscilando ligeramente como si le molestase alguna luz que no habían encendido allí sino en el fondo de la marisma. Está bien haz lo que quieras yo ya te he prevenido, susurró sin mover casi los labios y ya cuando el hijo abría quedamente la puerta de la galería.

El éxito de la operación satisfizo a Pedro Lambert con tales excesos que en aquel punto y hora dio por erróneamente solventados sus descalabros y se dispuso a festejar, con la pompa debida, lo que ya conceptuaba como anticipo de los buenos augurios. Ninguna oportunidad, por tanto, mejor que aquella para solazarse con la ejecución de un programa que había venido tentándolo desde hacía tiempo (aun sin querer analizar del todo la ambigüedad de los motivos), como era el de llevarse un día a Malcorta al hijo de Medinilla con el decidido propósito de metérselo en la cama a Mercedes. Daba por supuesto que ni ésta ni aquél opondrían resistencia —o la opondrían sólo para guardar una primera compostura— a un proyecto que, aparte de contribuir a sus más acallados gustos, iba a beneficiarlo por partida doble, tanto en lo que se refería al descenso de las calenturas de la hembra como en lo que pudiera tener de excusa para ir apartándose de quien ya no le proporcionaba más que irritaciones.

De manera que dicho y hecho. Llamó Pedro Lambert a Medinilla y le explicó, con nunca usada sorna, que iba a aliviarlo de su hijo por un día, que si se lo prestaba como ayudante para unas diligencias, mañana te lo devuelvo en buen estado. Recogió después la maleta con los papeles y alguna ropa y, tras despedirse apresuradamente de Araceli y la hija (Pedro no había vuelto aún de sus diarias lecciones en la Tabla), salió de la casona en el ya desvencijado *cabriolet* y enfiló el carril de Malcorta.

La tarde estaba limpia y templada y Medinilla mantenía la vista fija en el horizonte, erguido en su asiento al lado del amo y como dándole a su rudeza un nuevo empaque de efebo conducido en andas a las fiestas venusinas. No dijo nada en todo el trayecto, tampoco lo hizo Pedro Lambert, quien se limitaba a cuidar de que el coche no se saliera del angosto camino y a palpar con maquinal codicia el bulto del brazalete en el bolsillo de su pantalón. Y cuando se fueron a dar cuenta ya estaban entrando por la costanilla de Malcorta.

Mercedes los recibió en bata de cresatén acolchado y con extremadas muestras de contento, ya era hora qué sorpresa más buena un besito, al tiempo que Medinilla continuaba sin salir de un mutismo que no se ajustaba para nada con su natural descaro y que parecía acentuarse con aquel imprevisto término de la gira. Se disculpó entonces Mercedes, ahora vengo, y salió del recibidor instando a Pedro Lambert con la mirada a que la siguiera. Y así se dispuso éste a hacerlo no sin dirigirse antes a Medinilla para invitarlo a que se pusiese cómodo, como si estuvieras en tu casa aquí a Mercedes le encanta la gente joven cuestión de pupila, bajándose un párpado con el índice y haciendo un visaje —que incluso al osado efebo le resultó intempestivo— mientras entraba en la habitación de al lado. Después de comprobar que la niña seguía pareciéndose angustiosamente al abuelo paterno, aprovechó Pedro Lambert el aparte para ilustrar a Mercedes sobre las excelencias del mozo e inventarse que se lo había traído para que lo conociera, un detalle, ya que andaba más que encandilado con los muchos atractivos de que ella disponía. Ensayó luego una voz confidencial para sugerirle que no se hiciera la arisca, pórtate bien con él ya tú me entiendes a mí no me va a molestar a estas alturas que hagas lo que te pida el cuerpo imagínate o sea que si te apetece ahí lo tienes a punto. La cínica oferta le produjo de entrada a Mercedes un berrinche demasiado declamatorio para ser verídico, repitiendo entre gimoteos que eso era ya lo último que le quedaba por escuchar, con razón dicen por ahí que estás desvariando si lo que quieres es insultarme no te prives me voy con la niña desaparezco del mapa hemos terminado. Pero la amenaza fue poco a poco transformándose en expectativa hasta desembocar en una incipiente forma de excitación que no se contradecía desde luego con la prolongada inactividad de la Serpentina. Pedro Lambert proseguía entretanto con su vergonzante asedio: yo ya no estoy para nada y tú eres todavía un pimpollo para qué vamos a engañarnos incluso me gusta verte tan dispuesta y ese muchachito es un caramelo hasta yo soy capaz de hincarle el diente, afirmación esta última que trasladó a Mercedes del lloriqueo a un histérico ataque de risa, con lo que parecía dar a entender que no rechazaba al menos la eventualidad de demostrarle a quienquiera que fuese sus más propias habilidades de contorsionista.

Volvieron pues los amancebados al recibidor con una tácita, ya que no manifiesta, complicidad y se encontraron a Medinilla como lo habían dejado, las manos cruzadas sobre las piernas y el gesto del que, sin entender a qué lo han llevado a una visita, tampoco desea que se lo expliquen. Sacó Mercedes en eso unas copas, las fue llenando de una solera añeja que había en un barrilito y se dispusieron todos a brindar por no se sabía qué, ella sentada a un lado del efebo y Pedro Lambert al otro. La conversación no resultaba lo que se dice amena y Mercedes instó a Medinilla a que acabara de beber, dándole con el codo para romper el hielo y ofreciéndole de paso una pitillera, coge uno son egipcios. El invitado pareció desembarazarse de su nunca vista poquedad y resolvió seguir la corriente, consumiendo aquel vino de color rubí, abocado y denso, y aquel tabaco dulzón liado en un papel pajizo con boquilla dorada. ¿Hace otra copita?, preguntó Pedro Lambert levantándose a llenarlas sin esperar ninguna aceptación y mirando de reojo a Medinilla al tiempo que caía de la espita el tenue chorrito del vino. Y dijo Mercedes mientras se arrimaba un poco más al efebo: de modo que tú eres del Huerto del Hurón ¿y a mí que me parece que te he visto rondando por aquí con una jovencita de lo más aparente? Puede sí señora, corroboró el aludido husmeándose que allí había algo que no encajaba bien del todo. Seguro, intervino Pedro Lambert entre mezquinas risotadas, seguro que sí éste las caza al vuelo creo que hasta le ha dado un toque a esa palomita de mi cuñada, a lo que respondió Medinilla que una formalidad, que cómo iba él a atreverse a andar con la señorita, usted perdone uno sabe estar en su sitio mayormente de este lado me pongo yo y del otro los de su casa como está mandado. Déjate de puñetas, terció Pedro Lambert, aquí estamos en familia como si dijéramos el único que falta para el completo es un medio hermano que tengo por el monte así que no te andes con remilgos ¿me entiendes por dónde va la cosa? Sí señor, dijo Medinilla sin entender más que a medias, pero cada vez más convencido de lo que allí se estaba tramando. Sí señor sí señora, repitió Mercedes, lo dicho ni que estuvieras en babia corazón a ver si te pones más suelto con otra copita, sugerencia que fue unánimemente aceptada entonces y por dos veces más. Y ya cuando Pedro Lambert se dio cuenta de que el efebo miraba para el cumplido escote de Mercedes con unos ojos que no eran los que había traído, se excusó diciendo que tenía necesidad de resolver un asunto que le llevaría sus buenas dos horas. Voy a ver si me cargo a un par de jerifaltes conque ahí os dejo mucho cuidadito, aclaró en tanto que se iba para la cancela y amagaba unos guiños que, si pretendían denotar desenvoltura, no pasaron de una enojosa zafiedad.

Deambuló Pedro Lambert por el poblado ya en sombras, entre los secreteos y ojeadas de unos pocos vecinos rezagados, hasta que calculó llegado el momento de volver a la casa en arteras funciones de espía. Se entró al zaguán con los pulsos alterados y el subrepticio pie del alimañero y fue asomándose a la cancela hasta que la visual coincidió con el sofá en que había dejado a los galanes. Ya estaba encendida la luz, pero no los vio ni allí ni en ningún otro posible acostadero, por lo que abrió la cancela con despacio y anduvo desmañadamente de puntillas hasta situarse junto a la puerta de la alcoba, donde se quedó un momento jadeando como si se tratase de su primer turno de espera en los prostíbulos de Zapalejos. Oyó al cabo unos murmullos y crujidos y se deslizó hacia la habitación de la niña, que parecía dormir sosegadamente mientras él gateaba en dirección al resquicio por el que podría atisbar lo que ocurría en el dormitorio, si es que se lo permitía una creciente disnea que empezaba a medio ahogarlo. Pudo ver al fin a Mercedes sentada en la cama y desabrochándole los pantalones al efebo, que permanecía en pie y forzadamente doblado sobre los desnudos pechos de ella, una mano en cada muslo. A Pedro Lambert se le puso en los ojos la membranosa telilla con que lo avisaba siempre la vesania o la lujuria, en tanto que cantaba el primer búho de la noche y él lo sentía retumbar por dento del pecho como un aldabonazo. Cuando acertó a asomarse otra vez al interior de la alcoba, ya no vio nada: o habían apagado la luz o algo oscuro y pringoso tapaba su cuerpo y sólo lo dejaba oír el familiar gemido de la Serpentina atornillándose en la tiniebla. Dudó un momento entre irrumpir en el dormitorio, no sabía bien si como depravado testigo o indeseable agente, o entrar asimismo esgrimiendo la fingida pasión del ultrajado. Pero nada de eso hizo: volvió bochornosamente sobre sus pasos, salió otra vez a la apagada soledad de la noche y se subió al *cabriolet*, la mirada quieta contra la mancha de vacío del empolvado parabrisas. No pensaba más que en la inveterada y cada vez más corrosiva actividad de un enemigo que había estado asediándolo, aunque lo rechazara instintivamente una y otra vez, desde que apareciera el tesoro debajo del descompuesto cadáver del padre. Ni siquiera la ya malsana posesión del brazalete le sirvió de lenitivo mientras atravesaba los navazos de Los Albarranes con el incierto propósito de desviarse hacia Benalmijar.

XXXI

Aunque no salía de su habitación más que para ir a la de Manuela o subir un momento al altillo, se quedó esta vez asomado al ventanuco más de lo normal, escudriñando el cielo y olfateando el aire en una y otra dirección. Un vientecillo tórrido del este había rociado a la sazón sobre el parque una suerte de matapolvo que, apenas caído, fue vorazmente succionado sin dejar rastro por una tierra que ya empezaba a reintegrarse a su esquilmada condición de erial. Clemente ladeó la cabeza y miró hacia el sur, como queriendo confirmar con algún decisivo síntoma por qué aquellas bandadas de aves cada vez más estrepitosas y frecuentes abandonaban las lagunas de la breña. Hizo memoria del progresivo cambio de la estación y de las fechas en que deberían producirse los primeros indicios migratorios, y calculó que los pájaros se estaban yendo unas tres semanas antes de lo habitual o de lo más pronto que solían. Incluso las garzas, que no eran amigas de viajar si no las sacaba de sus cuarteles la demasiada inclemencia de febrero, volaban ahora en insólitos escuadrones hacia los vientos del mediodía. Así que no era improbable que algún aviso recóndito o alguna anómala emergencia impulsara por junto al éxodo a aquellas muchedumbres de aves que anidaban en la algaida y que él conocía tan de cerca como a su propia gente. Era domingo y aún pasarían muchos domingos más sin que llegara la lluvia.

Bajó Clemente a la galería con su invariable recelo de emboscado y, como viera a Pedro junto a la cristalera del fondo, prefirió acercarse a él en lugar de meterse en su cuarto. Pedro dejaba vagar los ojos por la turbia cerrazón de la mañana con una tan embebida lasitud que hizo dudar por un instante a Clemente antes de decidirse a abordarlo. Están huyendo de algo como yo, dijo el huido señalando al cielo. Pedro se volvió con involuntaria brusquedad, y ¿por qué dices eso?, preguntó como si se hubiese sorprendido o no quisiera enfrentarse con una verdad demasiado oscura. Ni es su tiempo ni se van tan de improviso si es que se van, dijo Clemente. Hubo una larga pausa y se oía entretanto el fragor de un trueno distante que lo mismo podía provenir de la anubarrada intensidad del ozono que del multiplicado aleteo de las garzas. La tierra se está cuarteando, volvió a susurrar Clemente, hasta esta casa se va a empezar a cuartear del todo si no llueve. Mi padre te ha dejado quedarte ¿no es verdad?, musitó Pedro sin mirar a su interlocutor y sin que éste asintiera más que con la cabeza. Y prosiguió luego diciendo que había muchas cosas que no acababa de entender, usando para confesarlo de una integridad tan solemne que parecía haber cumplido diez años más de pronto. ¿A qué te refieres por ejemplo?, dijo Clemente, a mí me lo puedes contar creo yo. No sé, dijo Pedro, a todo esto a lo que ha pasado y a lo que está pasando que es todavía peor. ¿Sabes lo que ocurre te lo explico?, añadió Clemente cogiéndolo del brazo con una mano acostumbrada a hacerlo, que ya eres un hombre. Y fue cuando empezó a escucharse un sordo y laborioso quejido, a la vez humano y animal, que no parecía proceder al principio de ninguna concreta zona de la casa, pero que fue localizándose poco a poco en la habitación de Manuela. Pedro miró sin decir nada a Clemente y Clemente se alejó en aquella dirección con apresurada inquietud.

Manuela estaba tendida en el diván, con el abdomen arqueado y emitiendo aquel aúllo de lobezna sin que Alejandra lograse de ninguna forma acallarla o aflojar la férrea tensión del cuerpo. Se acercó Clemente y cogió entre sus dos manos la cara de quien supuso atacada de epilepsia a juzgar por aquel espumarajo tibio y amarillento que le fluía de las comisuras de los labios. La miró un momento antes de inclinarse sobre ella y llamarla en voz baja, soy yo escuche tiene que escucharme, mientras le ponía un paño empapado de colonia en la frente. Le dijo luego a Alejandra que fuese a traer el agua de azahar y, en tanto que la traía, notó que Manuela empezaba a sudar y a contraerse con unas convulsiones no del todo violentas pero acompañadas de unos notorios síntomas de pérdida del sentido. Llegó en esto la llorosa ahijada con la botella del calmante y, sin pararse a pensar si era o no lo más indicado, intentaron y casi consiguieron darle una cucharada a Manuela, cuando ya ésta aparentaba estar o más relajada o más próxima a privarse. Va a tener que ir alguien a la Tabla a por el médico, convino Clemente, la veo muy mal habrá que traerlo, a lo que replicó Alejandra dejando de sollozar —y acordándose tal vez de algún remedio desesperado— que la dejara probar a ella primero, yo sé el tónico que necesita a lo mejor no hay que avisar a nadie espera. Clemente no se atrevió a rehusar aquella sugerencia, por muy insensata que pudiera parecerle, y prefirió observar en silencio a su mujer, quien registraba ahora en el armario con nerviosas premuras hasta dar con una especie de fiambrera que contenía hasta cuatro frasquitos de botica, los ajados restos de unas etiquetas pegados aún al vidrio azulenco. Puso Alejandra en un vaso un poco de agua, a la que añadió con mano temblorosa un chorreón del contenido de dos de los frascos y, después de santiguarse, le indicó al marido que a ver cómo se las arreglaban para hacerle tragar íntegramente aquella pócima a Manuela, cosa que lograron mal que bien con ayuda de un pistero y no sin provocarle a la víctima toda clase de hipos y arcadas. Y pareció que al rato volvía una relativa tranquilidad.

Más de tres horas durmió Manuela un sueño estremecido y poblado sin duda de las mismas quimeras que la asaltaban desde que escapó del lado del normando, despertándose al fin como quien regresa de un largo y metódico viaje sin haber querido detenerse en el único sitio que deseaba verdaderamente conocer. Llamó a Alejandra, que velaba junto al diván, y le pidió con su voz más frecuente un refresco de limón, seguro que me he quedado dormida y aquí donde me ves tenía que ir al chozo con los del juzgado a arreglar los papeles de Diego Manuel qué cabeza la mía el pobre hijo allí solo y yo aquí tumbada como cuando estaba en casa de Agripina esperando que llegasen en mi busca ráscame un poco aquí hija me pica la espalda como si me la hubiesen refregado con moco de tigre. Cálmese, dijo Alejandra sin mostrar la menor sorpresa ante la imprevista cháchara de su tutora y acariciándole los hombros por debajo de la bata, nos ha dado usted un susto de los gordos lo que tiene que hacer ahora es descansar. Manuela se incorporó con menos dificultades de las presumibles, y ¿descansar dices eso es lo que se te ocurre decir?, exclamó con voz ronca, primero me traes la limonada y la pastilla que te he pedido y luego me traes a Clemente ¿cómo lo dejas solo es que quieres que se le echen encima esos buitres? Y dijo Alejandra: está ahí fuera en la galería con su nieto. ¿Con mi nieto?, murmuró Manuela reclinándose otra vez en el diván mientras le aclaraba su ahijada que Pedro no se había movido de allí en todo el tiempo, quería saber cómo seguía usted. Pues dile también que venga, concluyó Manuela, y a Blanquita y a Rosalía a todos menos a Perico Chico y a esa acelga de su mujer tengo que hablarles de una cosa muy importante.

Alejandra optó por salir a avisar a su marido y a Pedro y, acto seguido, ya estaban los tres en la habitación. Manuela se quedó mirándolos como si los contara, y falta la niña Blanquita, comentó a guisa de saludo. Qué hay abuela, dijo Pedro titubeando, ¿te encuentras mejor?, a lo que replicó la abuela que se encontraba la mar de bien, tengo más de un siglo y me encuentro como si tuviera diecisiete años los mismos que aún no había cumplido cuando me sacó de Zapalejos ese Hurón, ¿por qué me lo preguntas? Y contestó Clemente en lugar de Pedro: no acabo de creerme que esté usted tan campante hecha una rosa como si no le hubiese pasado nada. Eso mismo digo yo, corroboró Manuela, arrastrándome durante un siglo como una rata por esa marisma donde sólo pueden vivir eso ratas y aquí me tienes mírame bien miradme bien los tres ¿me veis algo raro se me notan las miserias que me han estado cayendo encima desde que me parió mi madre? Hubo una pausa por la que aletearon los pájaros fugitivos y nadie dijo nada, intimidados por aquella lamentación que no recordaban haberle escuchado nunca a Manuela, la cual volvió a ensartar el hilo de su monólogo añadiendo que qué pasaba, no quedaros ahí como unos pasmarotes ¿es que nadie va a ir a por Blanquita? Y ya se disponía Alejandra a cumplir el encargo cuando la llamó Manuela diciéndole: oye hija de camino te traes a Rosalía debe andar por la sala barriendo los escombros me haces el favor toda la casa se está llenando de escombros qué atrocidad lo sabía desde que la hicieron.

Alejandra no tardó más que un santiamén en volver con Blanquita y sin Rosalía, aclarando que ésta andaba de trajín con la señora, que iba a subir lo más pronto que pudiese, eso me dijo. Acurrucada ahora en un sillón de mimbre, la cabeza erguida contra el alto espaldar de filigrana y las manos juntas sobre el regazo, miró Manuela con inquisitiva morosidad a Blanquita, como revisando sus muchas disposiciones de buena moza. Hay que ver lo buena moza que estás hecha, le dijo, ahora caigo que te pareces a una amiguita tirando a cafre que se mercó mi hijo de joven también es casualidad creo que se llamaba Ambrosina no sé qué era una hembrota seguro que Alejandra se acordará mejor que yo ¿o ya no te acuerdas? La interrogada bajó los ojos y se parapetó en un silencio al que no dejaron de acudir voces e imágenes desde muy atrás abolidas. No sabía que estuviese usted mala, terció Blanquita dudando si la enferma la requebraba o la zahería y sin explicarse los motivos de aquella desusada citación. Y dijo Clemente: perdone pero yo creo que lo que tiene usted que hacer es dormir un poco y dejarse de tanta conversación no le conviene. Muy buena idea tienes toda la razón, ratificó Manuela, dirigiéndose luego a Alejandra para decirle: mira hija no te amurries y tráeme esa caja de lata que hay en el armario la de mis trapillos. Y así lo hizo la ya menos mustia ahijada, mientras Blanquita se arrimaba a Pedro y le cogía disimuladamente la mano en una melosa solicitud de indulto que ya él le había concedido y que parecía ratificarse por el tacto antes que por ninguna otra mediación.

Alejandra le llevó la caja a su tutora y ésta se la colocó sobre la falda sin abrirla, los ojos entornados y los dedos rozando trémulamente, igual que los de una ciega, la decorada tapa. No vayáis a pensar que estoy preparando ninguna función, dijo al cabo de unos tensos segundos, esta caja ni tiene embustes ni es ningún titirimundi si Hermenegildo el padre de Clemente estuviese vivo que Dios lo haga podría venir a atestiguarlo traería en la alforja un papel escrito con lo que es justo y lo que no lo es (miró como sin verlo a Clemente) pero aquí no hay más que lo poco que he ido ganando de buena o mala manera durante toda mi puerca vida tampoco es mucho pero vale lo que yo creo que vale así que quería que se supiera mi voluntad o sea que a la única persona a quien pertenece esta caja es a mi ahijada aquí presente (quien empezó a sollozar de nuevo) no es que piense morirme me queda todavía mucho o me queda lo que tiene que quedarme pero resulta que el otro día maldita sea vino mi hijo el mayor tu padre (señaló a Pedro) y se llevó a la fuerza la única alhaja que no quise que se vendiera nunca y que también tenía guardada aquí para dársela a Alejandra. Se calló entonces Manuela como si algo imprevisto la hubiese interrumpido. Sólo se oía el manso lloro de la ahijada y como una especie de pesadumbre que estuvieran intercambiándose los reunidos a través de la respiración. Y dijo Clemente al fin con un opaco acento de intruso que cómo se le ocurrían esas cosas, ¿por qué no descansa y otro día hablamos? Desde luego que vamos a hablar otro día pero hoy también, replicó Manuela, hoy es una ocasión que ni pintada su momento porque Perico Chico se llevó una alhaja que no le va a servir para otra cosa que para acabar de hundirse por esas ciénagas como su padre se lo advertí cien veces y no me hizo ni puñetero caso es lo suyo puedo jurar que yo ya me olía todo lo que está pasando desde que me fui a Malcorta y me metí en casa de la alcahueta de Agripina. Por favor cállese, dijo casi sin voz Alejandra, y su tutora que por qué se iba a callar, a santo de qué, lo mejor que hago es contarlo todo y además que ya va siendo hora de que lo suelte de una vez. Y luego de pedirle a la ahijada un sello de botica, que ensalivó y tragó sin mayores esfuerzos, volvió a arrellanarse en el sillón y medio hilvanó para quienes no lo sabían o sólo lo sabían en parte —alternando lo fidedigno con lo ilusorio y el espanto con la incongruencia— la larga y abrumadora relación de su vida, desde que salió de los fangales de las almadrabas hasta que entró en aquella casona que ya empezaba a devorarse a sí misma de igual modo que se devoraba Manuela en el contiguo sueño de la autofagia.

XXXII

La grieta se hizo más honda y se ramificó en otras hendeduras por las que fue emergiendo la verdinegra gusanera del musgo. Al principio sólo era visible desde un ángulo poco propicio para un observador que entrara en la habitación sin mirar por encima del pesado bargueño. Pero Araceli alcanzó a descubrirla en el preciso momento en que Rosalía, con la vista en el delantal y el delantal entre las manos, le daba timorata cuenta de que había decidido, Dios mediante, volver a sus pagos de Benalmijar, donde aún tenía una allegada dispuesta a acogerla con su hijo, usted se hará cargo aquí ya no me encuentro. Araceli apenas si escuchaba las razones de Rosalía, absorta como seguía estando en la contemplación de aquella alarmante abertura que si no dejaba pasar la luz del exterior era por la copiosa floración de tapones de líquenes, aún más inexplicable por la sequía. ¿Tú has visto eso?, dijo sin quitar los ojos de la parte alta del muro y creyendo ya previamente que también el techo empezaba a resquebrajarse. Miró Rosalía para donde indicaba la señora y algo más exorbitante de lo común debió ver allí porque juntó las manos por delante del pecho, cristo bendito, y las movía de arriba abajo mientras afirmaba que la primera noticia, que no entendía cómo se podía haber abierto semejante raja, ayer estuve limpiando el bargueño y seguro que no había ni rastro puede usted creerme. De modo que te vas, murmuró evasivamente Araceli, me lo suponía todos vamos a tener que irnos de esta casa más tarde o más temprano. Hubo un breve silencio y volvió a oírse la voz de Rosalía igual que si llegara a través de la grieta diciéndole a la señora que la dispensara, me da apuro con usted yo no tengo queja al contrario es por el niño. Araceli se secaba el lagrimal con la punta de un pañolito, según solía hacerlo cada vez que prefería callarse. Si la señora no manda otra cosa pensaba irme el sábado, prosiguió Rosalía, el sábado puedo acercarme a Malcorta sale un camión para Benalmijar. Está bien, dijo Araceli, tú sabrás mejor que yo lo que te conviene hacer, añadiendo —después de superar un nuevo ramalazo de la desgana— que entonces menos que nunca podía pedirle que se quedase, la verdad es que tampoco te lo pedí cuando saqué de esta casa de mis pecados al infame de tu marido. No diga usted eso me ayudó cómo se me va a olvidar, aclaró la nunca-agraviada —y acaso ya viuda de Ojodejibia—, en tanto que se iba Araceli hacia la puerta todavía sin volverse del todo, el gesto contraído y como envejeciendo a medida que se alejaba. Parecía más quebradiza que de costumbre mientras repetía que ya le faltaba menos para quedarse sola del todo, espero que te vayan mejor las cosas de lo que te han ido en este calvario se lo pediré a la Virgen.

Cuando Araceli iba por el recibidor oyó a su marido cuchicheando con Medinilla en un tono que no le pareció reconocible, suponiendo que alguien pudiese catalogar los matices de un tono que cambiaba con el genio y aun contando con que ese genio solía alterarse muchas veces al día. Avanzó un trecho siguiendo la línea del vano de la escalera —cubierto ahora de unas mamparas de tela de costal— y cuando rebasó con su altura la del plano inclinado, asomó la cabeza por la baranda sin que lograse descubrir al marido y a su nuevo compinche. En contra de sus más consabidos hábitos, y quizá por primera vez en su formularia vida, Araceli se desvió por detrás de un deshilachado lienzo de cortina y permaneció a la escucha. No quería pasar cerca de donde estaba el marido, a quien cada vez trataba y veía menos y con quien tampoco deseaba entonces ninguna clase de aproximación, pero sentía una confusa y repentina necesidad de enterarse de lo que hablaba o de acumular acaso una nueva prueba sobre sus cada vez más dislocados quehaceres. Desde donde se había situado, podía ver Araceli la escena que se desarrollaba ante la cristalera, ya apenas traslúcida bajo una costra de suciedad que nadie pretendía —o incluso hubiese podido— desprender del vidrio. Medinilla abría entonces una de las hojas del ventanal y parecía atisbar a lo lejos siguiendo alguna indicación de Pedro Lambert quien también se disponía a hacerlo con ayuda de unos prismáticos de campaña que Araceli recordó de la época de los acuartelamientos en la casona. Y como no consiguiera entender la conversación por más que aguzara el oído, optó por abandonar su ingrato observatorio y atravesar la galería en dirección al cuarto de la parte de atrás que ocupaba ahora en compañía de la niña Matilde, siendo entonces cuando la llamó su marido, ven acá no te escabullas. Dudó un momento entre obedecer con la debida humildad o darse por no aludida, pero prevaleció al fin la observancia de uno de los tres votos monásticos que había ofrecido por su cuenta, a cambio de que al menos su espíritu no se derrumbase con todo lo que había a su alrededor.

Pedro Lambert se sacaba por el cuello el colgante de los prismáticos al tiempo que se acercaba su mujer. Toma mira, le dijo con el imperativo ademán del nunca creído centinela que ha logrado finalmente descubrir las artimañas del enemigo. ¿Qué es lo que tengo que mirar?, preguntó resignadamente Araceli sin decidirse a coger los gemelos y con la seguridad de que se trataría de algún despropósito. Pero su marido no juzgó oportuno aclararle nada directamente sino que se dirigió a su único y marrullero ayudante de campo indicándole que se lo dijera él, díselo tú, cosa que hizo Medinilla con atolondrado embarazo, pues que parece que tenemos visita o sea que viene gente de a caballo por la parte de la hijuela. ¿Cómo que parece?, interrumpió Pedro Lambert, más verdad que Dios que vienen para acá esos cabrones la tropa de los Cipriani son como ocho y se han apostado en los eucaliptos habrá que hacer algo tú por lo pronto no te me despintes. Lo que yo haría es esperar, arguyó torpemente Medinilla, a lo mejor resulta que son venados ahora se alargan hasta aquí en busca de agua van listos. Pedro Lambert lo miró con el gesto conmiserativo del que tolera la ignorancia, y ¿estás en tus cabales o te has vuelto más tardón que de ordinario?, dijo sin apartar la vista del cinturón caliginoso del parque. Usó luego la mano a modo de visera, los prismáticos colgando de la otra, y se estuvo oteando de nuevo el horizonte hasta que, al volverse para comentar algo con su mujer, advirtió que ésta ya había desaparecido. Creo que se han secado las lagunas del jaguarzal, informó Medinilla con la intención de llenar el enojoso hueco dejado por Araceli. Pues no va a ser fácil impedir que se metan aquí, objetó Pedro Lambert siguiendo con lo suyo, tú vete para arriba a avisar a mi madre y mira si está bien cerrada la bodega me largo antes de que ese energúmeno de Diego Manuel se me eche encima no voy a darle ese gusto. Dígame, dijo Medinilla, y su amo, que desaparezco coño y que cierres el cuarto de la bodega donde está el metal ¿o es que hablo en chino? Y en eso empezó a oírse por el fondo de la hijuela una trepidación todavía indecisa pero que en ningún caso podía atribuirse ni al galope de los venados ni a ninguna otra caterva de invasores. Pedro Lambert se quedó de una pieza y pareció modificar repentinamente sus planes, ya que escapó a toda velocidad para la escalera, sin pararse a sacar de su incertidumbre a Medinilla, y como si le fuera la vida en el hecho de llegar a la buharda —o a algún otro lugar del piso de arriba— antes que los intrusos al rellano.

De vuelo como iba, se cruzó Pedro Lambert al final de la escalera con su hijo y a poco más lo atropella entre vacilantes jadeos e imprecisas alusiones al paradero de Clemente. Pedro, más alarmado de lo que ya solía estarlo, presenció sin moverse aquel nuevo desatino del padre, que sorteaba desmañadamente los obstáculos animados o inanimados que interceptaban su carrera y que desapareció por el recodo que llevaba al altillo o a su antigua cámara de nigromante. Se acercó entonces Pedro a una ventana que daba a la parte delantera de la casona y se asomó sin saber exactamente por qué, acaso para comprobar si venía de afuera el motivo de aquella desencajada actitud del padre. Desde allí se veía todo el frente de la rastrojera que fue jardín y la borrosa cinta del camino que conducía a la cancela principal y se alargaba hasta Malcorta. Descubrió por los vacíos arriates a la grulla que había domesticado Juansegundo y que ahora parecía buscarlo atemorizada. El espectro omnipresente de la marisma (que avanzaba otra vez igual que una marea por las inmediaciones de la casona) aparecía sumido en una reacia bruma matinal, con lo que aún se hacía más intranquilizador aquel inmenso recinto de acuarela tan evanescente que no podía ser del todo distinto a un sueño, a menos que algo demasiado imprevisto o demasiado obvio sirviese de referencia para restituirlo a la realidad. Y eso fue lo que ocurrió entonces, puesto que una extensa polvareda, del color y la espesura del nublo, empezaba a estacionarse a lo largo del carril conforme un coche se acercaba al rellano. Pedro se apoyó contra el carcomido montante del ventanal y esperó con inquietos ojos a que el vehículo se detuviera al pie de la escalinata. Hurtó luego el cuerpo por detrás del quicio mientras veía bajar del coche a sus tres ocupantes, que fueron recibidos con amable desconcierto por Medinilla y que desaparecieron juntos bajo los aleros del pórtico. Aguardó todavía un tiempo tan prolongado como su propia zozobra, las manos contra el vidrio pringoso y sin saber qué hacer o no queriendo saberlo.

Se fue Pedro al rato para la habitación de Clemente y ni él ni Alejandra ni el niño estaban allí. Los esperó suponiendo que en vano, y efectivamente no venían. Rechazó por instinto —o por reflexión— la idea de subir a la buharda y se quedó otra vez acobardado y mirando a ninguna parte por las cristaleras de la galería, hasta que creyó oír vagamente voces y pasos desconocidos y como una solapada fricción de maderas y bisagras. Decidió al fin bajar no sin titubeos hacia el cuarto excusado donde la madre, como una reclusa más de la casona, aguardaba —con Matilde contra su hombro y el rosario entre los dedos— el temido cumplimiento de otra nueva fatalidad. Pedro permaneció de pie frente a su madre, quien lo miró larga y afligidamente diciéndole que se quedara allí con ella, tu tía Blanquita ha ido a entretener a Alejandra y al niño se los ha llevado creo al establo dame paciencia Señor para soportar esta prueba. Nada contestó Pedro, ni nada tenía que contestar, sino que fue a sentarse en el borde de la poltrona, reconstruyendo con una angustiosa turbación lo que había ocurrido o estaba a punto de ocurrir y de ninguna forma podía evitarse que ocurriera. Se levantó por último y no quiso escuchar a su madre reiterándole que no se moviera de allí, obedéceme por una vez hijo no vayas, pero ya él abría la puerta, ahora mismo vuelvo déjame, desviándose hacia el recibidor por detrás de las inútiles mamparas que cubrían el hueco de la escalera.

A quien primero vio Pedro fue a Medinilla apoyado en la jamba, parecía un figurante cumpliendo con un impuesto o equívoco papel de testigo inmóvil, el cual se volvió cuando sintió los pasos y aclaró sin que nadie se lo hubiese pedido que Clemente se había entregado sin más, no le quedaba otra salida una cosa que tenía que pasar el día menos pensado. Pero Pedro ni miró a Medinilla ni atendió al hijo de Medinilla que ahora venía hacia él. Permaneció en el umbral del recibidor con los ojos nublados: apenas si distinguía en la entrada a Clemente junto a uno de los hombres, mientras los otros dos debían andar buscando o recogiendo algo en el piso de arriba. Su mirada se cruzo entonces con la del apresado y leyó en ella tanta desesperación o tanta conformidad, que un frío que no había sentido nunca le subió desde los intestinos hasta la boca y se le embutió allí igual que una asfixiante aglomeración del terror. Avanzó como un sonámbulo y, antes de llegar a la medianía de la sala, escuchó la voz enronquecida de Clemente diciéndole que qué hacía allí, hazme un favor Pedro y te vas con Alejandra. Pero Pedro no pudo llegar a obedecerlo por más que se lo propusiera, pues aunque salió del recibidor con ánimo de correr hacia la caballeriza, notó una especie de freno premonitorio que lo retuvo al pie de la escalera y lo instó a sentarse en uno de los peldaños bajos, la cabeza apoyada entre dos barrotes y en espera de no sabía qué.

Se arrimó entretanto a Clemente el hombre que lo vigilaba y algo debió susurrarle al oído, algo inacabable o una sola palabra, pero en todo caso algo que bien pudo consistir en escápate ahora aprovecha, o cosa similar, porque lo cierto fue que Clemente, tan pronto asimiló lo que presuntamente le había sido sugerido, corrió hacia los porches con la descabellada tentativa de ganar el parque. Se adelantó Medinilla casi al mismo tiempo dando un traspiés, pero lo contuvo un brusco ademán del supuesto instigador de la fuga, quien salió al atrio sin excesivas prisas, cuando ya Clemente bajaba al rellano con la desesperada perplejidad del lince que ha preferido el riesgo de la muerte al cautiverio. Sacó entonces el vigilante de debajo del brazo una pistola con las cachas lubrificadas por el sudor y apuntó meticulosamente antes de disparar. El tiro tableteó por las lontananzas de la marisma y fue devuelto a la casona para que entrara allí ululando por las grietas de las paredes y multiplicándose por todos los rincones donde ya se había guarecido previamente el espanto.

Clemente yacía en mitad del graderío, el cuerpo doblado en una imposible postura de orante y la hermosa cabeza de argonidense abierta por el cuero cabelludo como una granada. Y ya acudían los otros dos ocupantes del coche y Pedro Lambert y su hijo y Medinilla y el suyo. Se quedaron todos al filo de los porches sin comprender qué cosa aterradora había pasado y sin decidirse tampoco a inquirirlo. El autor del disparo bajó hasta donde estaba Clemente, lo volteó y, tras comprobar algo que ya parecía innecesario, lo cogió de los pies y lo arrastró por el tramo de escalera que no había llegado a salvar el fugitivo. La nuca rebotaba contra el mamperlán de los peldaños con un aterrador sonido a cántara rota y alguien que no estaba allí creyó que el muerto le había pedido entonces a su hijo que le diera la mano. Cuando llegó al último escalón, el que arrastraba el cadáver tomó un violento impulso y lo arrojó contra los macetones de piedra del rellano, mientras una escalofriante soledad se incorporaba sin remisión posible a la fúnebre desolación de aquellos secarrales.

XXXIII

Metió al potro por la junquera, corta la brida y apretándose a los ijares, pero no vio o no pudo evitar el imprevisto desnivel de una charca reseca. Con los cascos mal abajados y las herraduras comidas, el potro resbaló y se descarnó la caña contra unas aristas de cuarzo. Descabalgó primero Blanquita, que iba a horcajadas detrás de Pedro, y éste saltó de inmediato y se agachó a inspeccionar la herida, que aun sin sangrar demasiado tenía peor aspecto del deseable. Llevó Pedro al potro del freno hasta el menos pronunciado borde de la charca y logró sacarlo a la segunda intentona. A falta de venda y sin poder encontrar barro para emplastar la herida, le ató un pañuelo a la caña y lo dejó irse cojeando hasta unas dunas vecinas, escalonadas como diminutos bancales en la dirección del viento. Se volvió después para la tía Blanquita y la vio en cuclillas por detrás de unos matojos, al parecer observando atentamente la costra del terrizo. Mala suerte, habrá que volver andando qué buscas, dijo mientras se acercaba y sin dejar de volver la cabeza hacia donde se había echado el potro. Blanquita le señaló el fondo del lucio y Pedro descubrió como una mancha más oscura que el resto del cieno resquebrajado por el estiaje, eso fue todo. Tampoco aclaró ella nada más sino que se acomodó con gesto meditabundo sobre la arenisca del repecho, las manos enlazadas bajo las corvas y en los ojos el destello de azafrán que le titilaba siempre con la exaltación. Ven aquí, siéntate, dijo aparentemente olvidada de lo que hacía un momento le atraía, quiero contarte una cosa, no es nada pero a ti te la tengo que contar. Pedro se recostó a su lado en el declive y se puso a escucharla, pensando quizá que la propia e inagotable hostilidad de la marisma no impedía al menos que dos de sus moradores pudiesen aún pactar alguna clase de íntima alianza. Era otra vez domingo y ya hacía muchos domingos que no llovía. Una pareja de buitres sobrevolaba lenta y vigilantemente el páramo.

Blanquita cambió de postura, echándose ahora para atrás con los brazos doblados contra la aspereza del nitro. No se movió ni miró a Pedro mientras le explicaba que hacía cosa de un mes antes de que Araceli decidiera mandarla a pasar unos días con su familia, había ido a ver cómo seguía Manuela, ella sabe mucho de la vida sabe de lo que anda por ahí y de lo que va por dentro no te quepa duda y entonces me dijo que iba a darme un consejo que fueron dos primero que no se me ocurriera ni por asomo tener un hijo suponiendo que quisiese tenerlo en estas tierras del demonio y segundo que en el caso de que fuera virgen que lo era claro pues que ni hablar de que me perdiera ningún hombre o sea que si yo andaba cavilando con esas martingalas de la honra que punto que ella me iba a explicar cómo podía arreglármelas yo solita sin que nadie tuviera que forzarme con que no me lo pensé dos veces y eso fue lo que hice ¿te das cuenta? decían que si dolía mucho y lo que es yo como si nada ni siquiera me salió más que un poquito de sangre una minucia me puse un paño y luego lo enterré de noche con la acerola verde debajo de unos espinos lo que me dijo tu abuela de modo que ahora ya lo sabes.

Pedro no había apartado la vista de la hondonada en todo el tiempo que empleó Blanquita en sus confidencias y, cuando las hubo hecho, se levantó sin emitir ninguna clase de juicio y saltó dentro del lucio, agachándose un poco más largo de donde quedaban las piernas de ella, replegadas ahora con los calcañares junto a los muslos. No cambió de postura para decir con ficticia atención que desde luego allí había una señal que parecía la de un venado hundido en el cieno hacía ya mucho, fíjate bien. Blanquita se deslizó por el reborde sin incorporarse del todo y anduvo luego rastrillando aquella costra con ayuda de un pedrusco. Seguro que aquí hay algo metido, confirmó con una voz que parecía cubierta de polvo, ¿por qué no nos ponemos a escarbar? a lo mejor encontramos una momia de marimanta. Pedro se encogió de hombros y miró para el cielo, que empezaba a entoldarse como todos los días a aquellas últimas horas de la mañana, anunciando una lluvia que no acababa de llegar. Oye, dijo Blanquita, por lo que se ve no te ha interesado ni poco ni mucho lo que te acabo de contar como si hablara con la pared. Pedro se quedó un momento callado y contestó apocadamente que no sabía qué decirle, es que no lo entiendo o eso es un disparate o yo no lo entiendo una de dos. Le cogió ella entonces una mano con versada languidez mientras le decía ¿qué te pasa cariño te has enfadado?, y él se la apretaba repitiéndole que no, que por qué iba a enfadarse, lo que ocurre es que no le encuentro explicación a nada de eso que no acabo de explicármelo. Pues me convenció tu abuela para que lo sepas, añadió Blanquita como argumento supremo, y tenía toda la razón del mundo (bajó los ojos) ahora ya nadie me va a quitar lo que a lo mejor yo no quería darle por eso echó mi hermana a ese sinvergüenza de Medinilla lo sabes de sobra.

Pedro se dejó caer lentamente sobre la mancha del terrizo, cruzando las manos por debajo de la nuca. Ya no se veían los buitres o los dejó de ver cuando Blanquita se arrastró a su lado hasta colocarse en una posición oblicua a la que él tenía y apoyó la cabeza en su pecho, mirando también para aquel inerte toldo de nubes del mismo opaco color que el del contorno de los esteros. Torció luego Blanquita la cara y se fue volviendo del todo hasta quedar parcialmente encima de Pedro y ya le abría la boca con la suya, una mano de ella en cada mejilla de él, cuando se apartó de pronto y extrajo algo que sobresalía por una grieta del zanjón. Se incorporó Pedro a su vez y recogió lo que Blanquita había soltado con un gesto de repugnancia —o de temor— y que no era sino un hueso calcinado y medio cubierto de briznas secas, no se sabía si de persona o de bicho. Salió Pedro de la hoya sin decir nada y anduvo buscando por los alrededores hasta que pareció encontrar lo que quería, pues volvió con una especie de raigón petrificado y empezó a hurgar con él por donde Blanquita había visto el hueso. Incrustó luego el palitroque en una hendedura, hizo palanca y, con la palanca, saltó también en pedazos un buen trecho del légamo endurecido. Blanquita cogió entonces uno de los trozos del raigón y empezó a usarlo a modo de almocafre, rascando la capa de talco que tapizaba aquella parte de la charca. Y así hasta que consiguieron entre los dos descubrir una forma todavía confusa, impregnada de la misma neutra tonalidad que el cieno, pero que adquirió poco a poco el ya inconfundible aspecto de dos fémures con las cabezas encajadas en lo que debía ser una roída cadera.

El hallazgo produjo en tía y sobrino una ambigua sensación de estupor. Tenían el vago convencimiento de haber violado una tumba o extraído del fondo de la ciénaga su más intocable y sacrosanto secreto. Permanecieron paralizados y cohibidos, como esperando que se precipitara sobre ellos el viento huracanado y la avalancha de arena —y acaso también el maléfico flujo del espejismo— con que las potencias subterráneas castigarían a los profanadores. Y ya parecía, en efecto, que empezaba a removerse la junquera y a caer dentro del lucio el primer empellón de polvo, no obedeciendo a ninguna visible mudanza climatológica sino a algo sin duda oculto. Se oía como un lejano estruendo de marea, por ejemplo, o el remusgo de una airada y subrepticia conmoción del tremedal. Y en eso relinchó el potro y caracoleó en una postura para la que no estaba entonces capacitado en absoluto y huyó hacia el amorfo confín de los arenales sin que aparentemente le molestara el brazo herido. Sólo lo asusta el rayo o el culebrón, fue lo único que se le ocurrió musitar a Pedro mientras veía escapar al potro. Anda vámonos ya, dijo Blanquita echando a andar efectivamente. De manera que se alejaron de allí a buen paso y sin más dudas o averiguaciones, él un poco rezagado y entreviendo que tal vez había llegado a descubrir —y no por azar— un nuevo ingrediente de aquella mezcla de desvaríos que había fundamentado la todavía enigmática existencia del primer Lambert marismeño.

Aquella misma noche, después de un duermevela azotado de ventiscas recónditas y fuegos de San Telmo agitándose en mástiles hechos de huesos humanos, salió Pedro de su habitación como el gamezno que acude a la magnética convocatoria de los ojos del gato cerval. Atravesó la parte de atrás de la casona (por uno de cuyos muros a medio derrumbar se entraban ya la arena y el murciélago) y llegó hasta el cuarto de la tía Blanquita, sabiendo que en modo alguno podía eludir aquel llamamiento que tenía algo distinto al de otras veces y en el que se aliaban sin posible desunión la angustia y el deseo. Abrió la puerta con más ofuscada ansiedad que nunca y se aproximó a tientas a la cama. Blanquita debía estar dormida o aparentaba estarlo cuando él buscó en la tiniebla el roce consolador de las sábanas y ella no se movía, como tampoco lo hizo en el momento en que Pedro tocó sus hombros, y soy yo ¿estás despierta?, le susurró acercándose más y pasándole una mano por la cara. Se encendió entonces la tamizada luz de un aplique y allí estaba ella, la única que podía sustraerlo de todos los repulsivos asaltos de la experiencia y la que ya era sin saberlo una nueva portadora-del-talismán. Parecía aferrarse al embozo como la enferma que se resiste a aceptar su propia petición de alivio, no ya con las piernas agarrotadas y la mano contra el sexo para defender lo que ella misma había entregado a nadie en la aberrante soledad de la autodesfloración, sino recelando de su misma vehemencia y apartándose un poco del hijo de su hermana igual que si lo viera dentro de un sueño demasiado impuro para que pudiera ser indestructible. Y Pedro también la miraba entonces como si aún viniera acordándose de ella a medida que se acercaba a la habitación.

Se le iba la memoria por la buharda y los sombríos parterres y las orillas del caño Cleofás y por todos los rincones de imborrable deseo donde la hospitalaria avidez de la tía Blanquita se había ido injertando dentro de la suya

las manchas de herrumbre y el hendido barniz del armazón fingiendo semejanzas infernales mientras ellos se acariciaban calladamente entre la brama inagotable que venía de la otra parte de la noche ya apenas visible la furia genital de los venados luchando frente a la impavidez de las hembras no lejos del cerco de espadañas donde ella se abría la blusa y le cogía la mano para que le tocase los senos incipientes viendo desde el escondite cómo se enredaban las cuernas en el mortal combate o daba comienzo el rito nupcial de las grullas bailarinas en tanto que ella le pasaba la boca mojada por el cuello donde mordía el macho a la corza antes de cubrirla y él se despeñaba en el estupefacto precipicio la sima delincuente del orgasmo en medio ya de un tiempo muerto un espacio vacío por el que escapaban los derrotados jabalíes hacia los destierros del jaguarzal dejando apareado al victorioso y él los veía huir sin poder mitigar los imaginarios celos hacia aquel visitante que no hallaría nunca el camino del casal tapado de arenas gordas y hojarascas podridas y detritus

pero ya ella le hacía sitio en la cama y otra vez apagaba la luz murmurando tan bajito que apenas se la entendía que por qué había venido, te dije que no vinieras hoy cariño eres un loco anda duérmete. Y Pedro se abrazó a Blanquita hablándole al oído con el anticipado balbuceo del arrepentimiento, quería estar así contigo me voy enseguida, mientras llegaba de no se sabía dónde el taciturno aullido de un perro, algo parecido a una broca interminable que estuviese barrenando el quejumbroso espesor de la noche. Lleva dos días así se huele algo, dijo ella, y Pedro, no podía más tenía que venir a verte. Cállate, volvió a decir Blanquita después de una pausa y dejando que él se apretara contra ella. Y así se estuvieron los dos un buen rato, sin hablar y sin moverse, como si se sintieran más indefensos o más vulnerables entre los sombríos gañidos del perro, hasta que Blanquita empezó a recorrer con su mano caliente el cuerpo de él y le mordía luego los labios a menudas dentelladas, sorbiéndolos dentro de los suyos. Y ya se hundía Pedro en una dejación donde no podía existir nada que no fuese inmediatamente succionado por el olvido y donde ya no parecía real que ella se hubiese quedado desnuda y lo estuviera desnudando a él también. Con las bocas juntas y las piernas anudadas, medio oyó Pedro que la tía Blanquita lo llamaba por su nombre con una voz anhelante e irreconocible, ven, conduciéndolo ella misma a la consumación de un acto que jamás habían imaginado como posible y que anticiparía sin remedio la ausencia de quien fuera declarada por alguien culpable, cómplice por otros y por alguien más inocente.

XXXIV

Su rostro no era ya sino la deformada máscara de su rostro. Daba la impresión de que algo cáustico y postizo, como una infecta capa de arcilla, se había superpuesto a las facciones hasta convertirlas en la indefinible y lamentable prefiguración de una vejez que aún no culminaba del todo y que, sin embargo, parecía ir más allá de toda decrepitud. Pero lo verdaderamente patético de aquella especie de carátula residía en el hecho de conservar un inexplicable parecido con la belleza primordial de Manuela, cuyos ojos todavía brillaban en lo oscuro con la concéntrica fijación de los del gato y cuya boca, a pesar de lo sumida, seguía manteniendo alguna seña de su pasada morbidez. Tal vez por ello no acababa de producir mayores alarmas esa feroz mutación de quien tan maltratada había sido desde siempre por los más prematuros —o insidiosos— arañazos del tiempo y también, sin duda, por la acción de unos barbitúricos cuyos ingredientes pasarían de los propios del láudano a los de otras temerarias mixturas caseras. Había algo, no obstante, en aquella tez rugosa y tumefacta que llegó a causar espanto a la única persona capaz de descubrir allí motivos para espantarse, como era el propio Pedro Lambert, quien empezó a relacionar el deterioro físico —y mental— de la madre con aquel otro ulcerativo proceso de corrosión que terminaría relegando al padre a un estado irracional o, cuando menos, infrahumano. Y hasta tal punto llegó a empecinarse el ya aturdido Pedro Lambert con esa imaginaria coincidencia de diagnósticos, que dio por supuesto que una misma forma de regresión a los contagios de la ciénaga se cebaba en la madre después de haberlo hecho en su día con el padre.

Encerrada definitivamente en su habitación —que había llegado a adquirir un excesivo aspecto de leonera—, recorría Manuela la itinerante órbita de sus embelesos sin pensar en la eventualidad de que existía un mundo distinto al contrahecho en que vegetaba. Ni siquiera parecía advertir la permanente y estática presencia de Alejandra, que ni se movía de su lado ni había cesado de llorar ininterrumpidamente desde hacía meses, emitiendo el mismo angustioso plañido con que respondiera a la horrenda y nunca creída ejecución de Clemente. Juntas y mudas hora tras hora en aquel antro que las aislaba de toda comunicación con el exterior (y al que sólo tenían esporádico acceso el hijo de la narcotizada y el de la inconsolable), se miraban como si necesitasen constatar con una pasajera lucidez la evidencia de su mutuo y voluntario acabamiento. Sólo Alejandra reaccionaba a veces, rebajando un punto la graduación de los sollozos, para atender a su tutora y suministrarle algún improvisado somnífero. O para evitar que saliera del cuarto cuando, en más de un fugaz delirio erótico, pretendía correr desnuda a Malcorta al encuentro de algún bracero del mimbre que la esperaba en la pineda. La ahijada cubría entonces aquella vergonzante desnudez —más lastimosa por lo aceleradamente descompuesta— y la iba convenciendo con piadosa mansedumbre para que volviera a la cama.

Una tarde en que empezaban a negrear las nubes, se despertó Manuela más pronto de lo habitual y pidió por señas el espejo que colgaba encima del aguamanil, no porque quisiera —o pudiera— percibir con sus propios ojos el avance de ninguna devastación, sino sólo tal vez para comprobar que seguía viva. Y no bien se hubo mirado, o antes de que llegara a hacerlo, creyó entrever entre las nieblas penúltimas del azogue la misma lava que reptó por el corral de la partera cuando metieron allí al agonizante normando, y supo sin posible error que era de nuevo la muerte quien así se anunciaba. No llamó a nadie ni a nadie alertó ni quiso agarrarse por última vez a ninguna mano que no fuese la de su ahijada o acaso también la inencontrable de su hijo Diego Manuel. Cerró los ojos y se dejó ganar por lo que ya era una postrera iluminación de la conciencia, convocando allí en un solo e instantáneo destello el general desguazamiento de su vida. Se vio a sí misma a punto de meterse en el lodazal que ya inundaba la casona y por el que se iría arrastrando para regresar irremisiblemente al más miserable reducto de la marisma. Le dio a entender entonces a Alejandra que tenía mucho sueño y quería estar sola y, antes de que amaneciera todos los que aún permanecían bajo aquel inseguro techo se despertaron sobresaltados por la inconcebible magnitud de la fetidez que se había esparcido por toda la casa. Como pensó Manuela cuando encontró el cadáver del normando volcado sobre el escondrijo del tesoro, los que la hallaron a ella tampoco habrían sabido calcular si hacía unas horas o muchos años que había muerto. Quien primero pudo apreciar esa anomalía fue Alejandra y, después de Alejandra —y por este orden—, el primogénito de la difunta y el también primogénito del hijo de la difunta. Araceli no alcanzó a enterarse: prefirió ejercer sus caridades a una prudencial distancia, pensando —con razonable recato— que lo de menos era el sitio en que había de rogar por la dudosa salvación del alma de la suegra y agradecer simultáneamente la liberación de sus bochornos de nuera.

Mandó al punto Pedro Lambert, entre turbaciones y temores, que se cerrara la nauseabunda alcoba mortuoria y salieran todos de ella, bien que Alejandra se negara a obedecerlo con una inalterable sordomudez, permaneciendo ovillada a los pies del diván y sin llegar a comprender del todo si velaba el cadáver o el sueño de su tutora. Encendieron luego pebetes de lavanda y benjuí y papeles de Armenia, y toda la casa se impregnó de una mezcla de olores contrarios y atosigantes que traspasó las ventanas mal encajadas y los agrietados muros y llegó hasta donde ya sólo subsistían unos escuálidos matorrales. Se enrareció así de tal forma el aire circunvecino que en aquel mismo instante se produjo una aparatosa multiplicación de lombrices y empezó a caer un aguacero en el que ya nadie creía desde muchos meses atrás.

Había ido Medinilla entretanto —y a instancias de Araceli— a recoger al cura de Benalmijar, y así que volvió con él a media tarde, ya parecían haberse reducido algo los agobios odoríficos, arrastrados tal vez por el agua que encharcaba los alrededores de la casona y aun se metía dentro de ella por rendijas y hendeduras. Inspeccionó el empapado clérigo con atónitas ojeadas aquella mansión para él desconocida pero de la que tantas y tan oscuras ristras de historias había oído, y se quedó a la puerta como quien ve visiones. Ni alcanzaba a explicarse la deletérea amalgama de podredumbres y perfumerías con que tropezó, ni mucho menos aquel otro desajuste entre la todavía rastreable suntuosidad y el ostensible desmoronamiento del propio espacio habitado. Y en esas salió Araceli a recibir al aturdido y lo condujo al salón con enlutada humildad, usted perdone el desarreglo ya comprenderá que no estamos para nada, y como quiera que no encontrasen entre los dos ningún asiento que no estuviese o mojado o desportillado, optó el ama por llamar a Medinilla para que acompañase al padre a la capilla ardiente, eso dijo, ya que ella quería continuar sobreponiéndose al dolor por medio de sus privadas oraciones. De forma que se fueron para la escalera con una premura que resultaba por lo menos injustificada.

No más llegaron a la galería, les salió al paso Pedro Lambert, que parecía haber estado acechando a que subieran y que, después de inclinar dubitativamente la cabeza a guisa de saludo, se encaró con Medinilla diciéndole que si había visto la piedra de lincurio que tenía guardada en su cómoda, no la encuentro por ningún sitio y quiero ponérsela a mi madre era de ella. Lo acompaño en el sentimiento, empezó a recitar el cura quitándose de la boca el pañuelo con que fingía sonarse, la vida nos va enseñando que un día u otro mañana el miércoles el mes que viene debemos estar preparados contra, reflexión que fue interrumpida por Medinilla para aclararle al amo que él no creía haber visto nunca semejante piedra, es que ni idea. Pues ya la estás buscando si no es mucho pedir, insistió Pedro Lambert como si se tratara de la única diligencia que no admitía entonces dilación, es así verdosa parece un dije de ágata acuérdate tiene que estar por mi cómoda. Medinilla lo miró de soslayo y le contestó que descuidara, que iba a ver si daba con ella tan pronto aviase lo del rezo de la difunta, aquí el padre viene a darle el santolio, momento que aprovechó el aludido para volver a aparentar que se sonaba y proseguir sin otras puntualizaciones hacia el fondo de la galería.

No había querido Pedro alejarse de la puerta de la abuela (intentando tal vez cotejar los más recientes estragos con los que estaban a punto de producirse) y decidió entrar en la habitación tras los precavidos pasos del clérigo. Manuela aparecía envuelta en una manta marrón, por la que rebullían las moscas del muladar, y apenas le asomaba la fruncida y terrosa mascarilla del rostro a través de una angosta abertura. Era como la última posible referencia de una carne comida por las larvas de la marisma o en la que se hubieran inapelablemente materializado todos los sueños —o las agresiones ciertas— de la autofagia. Alejandra permanecía ahora inmóvil en una silla baja sin dar otra señal de vida que su incesante y metódico quejido. Sólo se había ausentado de allí el tiempo justo para dejar a su hijo con el ama y buscar algo con que amortajar o encubrir la pudrición de su tutora. Ni siquiera levantó los ojos para mirar a los que entraban o atender a los bisbiseantes responsos del cura, quien parecía estar ofreciendo de pasada el sacrificio de su propia asfixia por el perdón de quien sabía pecadora de muchos pecados, a más de madre de pecador empedernido. Y fue a mitad de esas exequias cuando empezó a aullar un perro por la parte del traspatio y sintió Pedro la doble y acongojante certidumbre de haberse extraviado para siempre de la tía Blanquita y de que todos los que habían habitado allí alguna vez irían también extraviándose los unos de los otros con la misma insuperable fatalidad con que se demolía la casona.

La no prevista llantina coincidió con la caída de la tarde y la primera tregua de la lluvia. Sin que Araceli hubiese podido evitarlo por más que lo intentara con mil súplicas y contraofensivas, arribaron al Huerto del Hurón gentes nunca tratadas por ella y globalmente repudiadas de lejos, cuya más indecorosa delegación quedó integrada del siguiente modo: la vieja partera Agripina, un sujeto de nadie conocido que se presentó como compañero de armas de Hermenegildo Pavón, una especie de vagabundo que dijo llamarse Cipriani por parte de madre y ser atalayero de almadraba, y otra media docena de vecinos de Malcorta y Los Albarranes que acaso mediaran un día en las usuras de Pedro Lambert o las dádivas de Manuela. Y aparte de todos ellos, cada uno por su apacible lado, llegaron también a testimoniarle a nadie su condolencia Rosalía la nunca-agraviada y el alimañero Jerónimo Pontedetrás.

Ya habían metido a Manuela en un ataúd teñido de negro y cruzado de flejes a modo de arcón, y fue la partera quien hubo de encargarse de arrimar al cuarto el lebrillo de la sal y el cabo de vela encendida en plenilunio y la botella de aguardiente y el manojo de yerbas de las Tres Marías. Hecho lo cual, nada parecía oponerse a que dieran comienzo unos trenos y plegarias que durarían hasta que ya no hubo otro remedio que sacar el féretro a los porches, en evitación de que aquel emponzoñado velatorio acabase también con los veladores. Y allí quedó el cadáver atravesado sobre dos banquetas y expuesto a la intemperie, con la caja sin tapar todavía y destilando un zumo negruzco que lo mismo podía proceder del tinte disuelto con la humedad que de los humores exonerados por el cuerpo de la difunta.

Sacaron los superfluos visitantes que aún no habían dimitido sus sillas y sus vasos y se dispusieron a esperar en un silencioso corro a que, con el lubricán matutino, llegaran también los oficiantes del entierro. Ni ladró el lebrel ni asomó la comadreja ni acudió el buitre. No se oía más que un sordo gorgoteo como de grifos mal cerrados y la lenta y espasmódica respiración de la concurrencia. Nada alteró aquella modorra del velatorio hasta que el amanecer pareció despabilar a la mustia Agripina, quien se acercó al cadáver de la que fuera su más hermosa y productiva huéspeda con el propósito de echarle un pañolón por encima o espantar con él a las moscardas. Y eso es lo que estaba haciendo cuando apareció Pedro Lambert, no se sabía de dónde, con la tapa del ataúd bajo brazo. Apartó entonces sin moderación ninguna a la partera y, después de cubrir piadosamente el féretro, pretendió clavarlo con ayuda de una piedra, desatino que si no logró cometer del todo fue porque ya venía por la hijuela Medinilla en compañía de los del sepelio y de alguien más con traza de forense o alguacil o experto en fumigaciones.

El entierro fue tramitado sin mayores tropiezos y profilaxis y, ya a media mañana, salió aquella comitiva (compuesta de plañideras y comparsas de ocasión antes que de deudos) tras el carromato que llevaba a Manuela al cementerio de Malcorta, donde —si no eternamente— pudo reposar al menos hasta que el poblado quedara barrido por las obras de canalización de la marisma y el nuevo trazado de los arrozales. Detrás del cortejo, no formando parte de él sino a manera de escolta en solitario, iba Alejandra con su hijo unigénito, evidenciando un porte tan resarcido y una obstinación de caminante tan previa, que nadie hubiese puesto en duda que ya no volvería nunca a la casa mortuoria después de haber dejado a la muerta en su última morada. Y a la zaga de todos, sin ya distinguir apenas el carro fúnebre entre los rasantes efluvios de la calina, se demoraba Pedro con una remisa consternación, los ojos vacíos y el ademán de quien vigila sin querer aparentarlo. Parecía, en cierto modo, que iba cuidándose de que Alejandra no dejara de cumplir la misma resolución de abandono que también él había proyectado, aun sin pensar ni remotamente que alguna vez volvería con el vano empeño del testigo que nada podía atestiguar.

No bien enterraron a Manuela, o quizá en el preciso momento en que la enterraban, pareció acelerarse vertiginosamente la extinción de cuanto ella había posibilitado con tan magnánima e indefensa prodigalidad. Del mismo modo que se fue desguazando la casona a medida que desertaban de ella sus más o menos estables moradores, la ya incontenible ruina del edificio se correspondió con el tránsito definitivo de su primera ocupante y la quiebra también definitiva de quien lo mandara levantar. Pedro Lambert regresó efectivamente a la casona sabiendo que no haría nada para impedir aquel final derrumbe de su hacienda. Tampoco lo hubiese conseguido de intentarlo, ni era ya capaz de emprender nada que no fuese tan irrazonable como lo había sido su misma e ilegítima pretensión de dominio. Porque todo volvió ese mismo día a remontar los atajos del tiempo y algo, un jalón del pasado, un solo y postrero viraje hacia la tortuosa fuente de la riqueza, enfrentaba de nuevo a su beneficiario con la demoledora reclamación de la propia tierra usurpada. Pero Pedro Lambert logró resistir aún en lo que quedaba de la casona el tiempo justo que tardó en convencerse de que ya no aparecerían por allí en requerimiento de nada ni su hermanastro Diego Manuel ni ningún otro enemigo procedente de los más alevosos espejismos de la marisma.

Sanlúcar de Barrameda-Madrid-Palma
de Mallorca, 1970-1974

RELACIÓN OCASIONAL DE CITAS

PRÓLOGO O EPÍLOGO

Y estas reliquias que están por este duro y estéril suelo, ¿quién las esparció y aniquiló sino la fuerza invencible dese poderoso brazo? Y ¿cúyos eran sus cuerpos sino míos? Y ¿con quién me sustentaba yo sino con ellos?

Don Quijote, Segunda parte, XXVI.

Siempre supe que, de algún modo, lo que se piensa es falso.

ROBERT MUSIL, *Los alucinados.*

... duna de un mar ya seco
bajo un gris de abolidas calaveras,
calvario de una nada
que el hombre inventaría.

JORGE GUILLÉN, *Maremagnum.*

Y la tierra que di en custodia y provecho a quien abominó de mí será yerma y cubierta de oscuridad y despojos y no habrá árbol que dé su fruto ni sementera que no sea esquilmada; y el inmundo huirá sin que nadie lo persiga porque en medio de la tierra se alzará una señal que infundirá espanto en su corazón incircunciso.

Levítico, 27.

Hoy recuerdo a los muertos de mi casa.
Rostros perdidos en mi frente, rostros
sin ojos, ojos fijos, vaciados,
¿busco en ellos acaso mi secreto,
el dios de sangre que mi sangre mueve,
el dios de hielo, el dios que me devora?

OCTAVIO PAZ, *Libertad bajo palabra.*

... éramos
el recuerdo que tenemos ahora.

GABRIEL FERRATER, *Teoría de los cuerpos.*

Cuando el futuro es suprimido, el origen ocupa su lugar.

CARLOS FUENTES, *Los reinos originarios.*

... extraño todo:
el designio, la fábrica y el modo.

GÓNGORA, *Soledad Segunda.*

PRIMERA PARTE

Y se entraron al camino del páramo sin otro aviso, el cual camino corría entre grandes anchuras de arena que movía el viento por poco que fuese y hacíala montón, y había mucha abundancia dellos y quitábalos el viento de donde estaban hechos y hacíalos en otra parte, y ese desierto no lo podían andar sino de noche y aun guiándose por señas que allí tenía puestas el enviado del segundo averno, con lo que muchos que allí se entraron no salieron sino con una marca de locura y sin poder recordarse de dónde habían venido.

SEBASTIÁN DE HINOJOSA, *Compendio de Demonología.*

Ese proyecto mágico había agotado el espacio entero de su alma; si alguien le hubiese preguntado su propio nombre o cualquier rasgo de su vida anterior, no habría acertado a responder.

JORGE LUIS BORGES, *Ficciones.*

Se oyen plantas antiguas
y carreras descalzas y un sonido
indefinible, solitario, crudo,
ni siquiera muy fuerte. ¿Era el signo, el aviso?

CARLOS BARRAL, *Usuras.*

La mentada ágata es como cristal lapídeo, con grande variedad de círculos uno dentro de otro y muchas mudanzas de colores según el ascendente del sol y la abundancia de luz que le entre al centro de lo oscuro, que más se asemeja al ojo de gato que la nombra que al linaje de piedra que se dice, y es tenida como fuerte antídoto contra venenos de mercurio y aojos y frialdad de los humores de la cabeza y quien la lleva con él puede avisar de cosas que se acercan estando ocultas.

GREGORIO DE CASTRO, *Lapidario.*

El hombre tiene miedo del ojo cuya mirada pasma, clava en la tierra, priva al instante de la conciencia, la voluntad y el movimiento. Teme hallarse ante el signo circular que propaga el vértigo o la muerte, que mata o transforma en piedra.

ROGER CALLOIS, *Medusa y Cía.*

Si esta defensa es una realidad, ¿cómo pueden ser irreales los hechos sobre los cuales se funda?

JAMES JOYCE, *Desterrados.*

SEGUNDA PARTE

Qué ruido tan triste el que hacen dos cuerpos cuando
[se aman.

LUIS CERNUDA, *Los placeres prohibidos.*

Alcé los ojos y vi la Muerte en su trono, y a los lados, muchas muertes. Estaba la muerte de amores, la muerte de frío, la muerte de hambre, la muerte de miedo y la muerte de risa, todas con diferentes insignias.

QUEVEDO, *Los Sueños.*

Y en llegando la Luna a dicha conjunción, abre en la tierra un hoyo del tamaño de dos manos juntas y deposita allí la sal y el bálsamo de la Naturaleza que ya has reducido a su materia prima. Y espera a que el calor se junte en ese hoyo porque de allí verás crecer cosas admirables, la primera la lámina de oro natural, que dejarás enfriarse y cortarás después en figura de triángulo para que de lo puro no se engendren los otros hijos impuros del metal.

ROGER BACON, *Espejo de alquimia.*

Y dramáticas sombras, revestidas
con el prestigio de la prostitución,
a mi lado venían de un infierno
grasiento y sofocante como un cuarto de máquinas.

JAIME GIL DE BIEDMA, *Poemas póstumos.*

Cuando una imaginación viva altera violentamente las especies, pinta en ellas la figura de la cosa en que ha pensado y las reproduce en la sangre; la sangre la imprime en todos los miembros que alimenta, como la imaginación de una mujer encinta imprime en su fruto la marca de algo deseado por ella, y la imaginación de un hombre mordido por un perro rabioso imprime en su orina imágenes de perros rabiosos.

AGRIPPA, *La filosofía oculta.*

La muerte daba a su quietud seguridad de haber estado vivo.

JUAN RAMÓN JIMÉNEZ, *Espacio.*

TERCERA PARTE

E por otros muchos servicios que nos fizo e face dámosle la su tierra agora ocupada, con los pobladores que oy son e serán de aquí adelante, e con todos sus siervos e sus términos e sus pertenencias, e con los pechos e derechos que Nos avemos e aver devemos dámosela que la aya cumplidamente para siempre jamás por juro de heredad...

ALONSO L. DE MEDINA, *Anales de Fernando IV.*

¡Un lugar salvaje, tan sagrado y hechizado
como el que siempre frecuentaba bajo la menguante
[luna
una mujer gimiendo por su amante demonio!

COLERIDGE, *Kubla Khan.*

... todas esas emanaciones que se desprenden del curso de una vida, que son percibidas por las personas que están dentro del mismo *sympatros* y que los muertos, apoyados tan sólo en la fragilidad sinuosa pero persistente de los recuerdos, conservan y elaboran para llegar a los vivientes en una forma que no sabemos si llamar despiadada o placentera.

JOSÉ LEZAMA LIMA, *Fronesis.*

¿Quién conoce la auténtica duración de esa pausa durante la cual la sombra acaba de correr una cortina sobre todo lo que aún se está tramando en sus profundidades?

BRUNO SCHULZ, *Las tiendas de color canela.*

Más allá de los contrarios
veo identidad.

SALVADOR ESPRIU, *Final del laberinto.*

A ciertas horas, frecuentando el reverso
pálido de los álamos o en la súbita
concentración de luz visible en las tardes de otoño,
un muerto insuficiente
asomaba aún su rostro acribillado.

JOSÉ ÁNGEL VALENTE, *La memoria y los signos.*

CUARTA PARTE

... el cual puso ley que ninguno entrase en el ayuntamiento de su ciudad con armas, so pena de la vida; descuidóse desto y otro día entró al cabildo ceñida la espada; advirtiéronselo y acordáronse de la pena por él puesta; al momento desenvainó su espada y se pasó con ella el pecho, y él fue el primero que puso y quebrantó la ley y pagó la pena.

CERVANTES, *El coloquio de los perros.*

Brumas inciertas de una criatura
desplazándose por mundos irreales...

WILLIAM WORDSWORTH, *El recluso.*

¿Quién rescata al silencio el pasado y sus máscaras?
¿Quién al espejo pide
la desvaída imagen de un extraño?

PERE GIMFERRER, *Arde el mar.*

No es posible tener superstición de lo dudoso, como no se puede tener fe en lo cierto.

JOSÉ BERGAMÍN, *La importancia del demonio.*

Preguntó a la dueña de qué cosa había recelo y por quién aquella cuita sufría y sabiéndolo acordó meterse con ella en un aire tan oscuro que ninguno verlos pudo y ello fue por los encantamientos que antes había obrado; y comoquiera que la tomase en tal tenebrura, sin ella notarlo ya era pasada una gran pieza de la noche y así aquella desventurada de ánima diose al encantador por haber venganza de los que tomarla hubieron sin su voluntad.

Amadís de Gaula, Libro II.

El opio agranda lo que no tiene límites,
dilata lo infinito,
profundiza el tiempo...

BAUDELAIRE, *Las flores del mal.*

... en el fondo de toda sensación táctil queda siempre una huella remota de terror colectivo.

LUIS ROSALES, *El contenido del corazón.*

La sombra en tanto albergue se pasea
y la luz disfrazada,
aunque toda se da, viene tapada.

PEDRO SOTO DE ROJAS, *Paraíso cerrado para muchos...*

El que duerme entre gemidos semejantes a los de un condenado a muerte, hasta que despierta y se da cuenta que la realidad es tres veces peor que el sueño.

LAUTRÉAMONT, *Los cantos de Maldoror.*

... con ese aire de doblemente quietas que tienen las cosas movibles cuando no se mueven.

JULIO CORTÁZAR, *Las armas secretas.*

Quinta parte

Y últimamente no mires nada, no desees nada, no quieras nada, no solicites saber nada, y en todo vivirá tu alma con quietud y llegará al perfecto estado de la aniquilación.

Miguel de Molinos, *Guía espiritual.*

Reloj que el relojero entierra después de volverlo a montar y cuyos engranajes torcidos hablarán un día de Dios a los gusanos.

Samuel Beckett, *Molloy.*

Estoy aquí, boca arriba, pensando en aquel tiempo para olvidar mi soledad. Porque no estoy acostada sólo por un rato. Y ni en la cama de mi madre, sino dentro de un cajón como el que se usa para enterrar a los muertos. Porque estoy muerta.

Juan Rulfo, *Pedro Páramo.*

Hoy todo me conduce a su contrario.

Ángel González, *Palabra sobre palabra.*

Y acordándose de lo que la Coronela su antepasada había hecho por vencer los asaltos de la carne, que era quemársela con aceite hirviendo, por no pararse ella a buscar artificios, tomó un tizón ardiendo que cerca de sí halló y metióselo por su miembro natural, con lo cual varonilmente venció a quien vencerla quería.

Luis Argote de Molina, *Nobleza de Andalucía.*

La persona acosada por sus demonios se venga incesantemente en el prójimo.

FRANZ KAFKA, *Cartas a Milena.*

... y al negro espejo de la muerte mira.

LUIS CARRILLO DE SOTOMAYOR, *Poesías.*

Al esplendor máximo del poder y la materia, sucede la extinción, que es su consecuencia lógica pero también su necesidad.

ALBERTO COUSTÉ, *El Tarot.*

El tiempo parecía esfuminarse a medida que pretendían calar en él, ofreciéndoles tan sólo un revoltillo de imágenes aisladas, escenas truncas, recuerdos descoloridos y borrosos, residuo de una época contra la que habían luchado sin éxito, de la que habían querido huir y que había acabado por devorarlos.

JUAN GOYTISOLO, *Señas de identidad.*

¿Inútilmente ha vivido esta resplandeciente mujer
o sólo vivió para ser alimento de gusanos ya muerta?

WILLIAM BLAKE, *El libro de Thel.*

ÍNDICE